吉田小五郎随筆選

第一巻

幼稚舎家族

CALAMVS GLADIO FORTIOR

慶應義塾
大学出版会

編集委員
福原義春　髙瀬弘一郎　近藤晋二　吉田直一郎

外函装画
駒井哲郎「岩礁にて」（福原コレクション　世田谷美術館蔵）
©Yoshiko Komai 2013/JAA1300121

カバー装画
駒井哲郎「時間の玩具」（福原コレクション　世田谷美術館蔵）
©Yoshiko Komai 2013/JAA1300121

昭和 21 年春、幼稚舎生に囲まれて

吉田小五郎随筆選　第一巻　幼稚舎家族　目次

I

Ⅲ

凡例

一、本随筆選は吉田小五郎が執筆した随筆を三巻に集成し、編集したものである。初出は各編の文末に記した。単行本収録作品一覧は第三巻の末に記した。

一、初出時に旧字・旧かな遣いを使用している文章は、現代の読者の便宜のために新字・現代かな遣いにあらためた（ただし、引用文のかな遣いはそのままとした）。また、明らかな誤字・脱字は正した。

一、漢字使用は原文を尊重したが、現代の読者にとって分かりにくいと思われるものは編集部で改めるか、または振り仮名を付けたものもある。

一、人名等の固有名詞で、現代の読者にとって特に分かりにくいと思われるものは、編集部が本文中に（　）の形で注記した。

一、本文中に、今日の人権意識に照らして不適切に思われる表現箇所があるが、作品の作られた時代的背景、著者がすでに故人であることを考慮し、そのままとした。

I

百萬塔

——若き友へ——

負ける楽しみ

ながい間の懸案だった会報*がいよいよ出ることになった。何をおいても先ず祝福したい。それで、近頃しみじみ感じて来たことを一言のべておきたい。

私はよく「因縁」という言葉をつかうが、私が諸君にめぐりあったのは真に不思議な「因縁」とおもえる。大正十四年の春、若きはにかみやの先生は初めて、幼いやんちゃの諸君にであった。爾来六年の星霜をともにし、その後諸君をおくって今に五年なお往来はたえない。仕合せの先生というべきである。つめこむことを知らぬ先生はまた、教育の本義たる引きだす術を心得ぬ先生であった。道を説くことをおこたって、むしろいたずらを奨励する先生であった。およそ「師表」などとは縁どおい先生である。しかし先生は常に先生たることに満足し、殊に諸君の先生たることを光栄とし、自慢にしているのである。ただ諸君が、この先生の自慢を単なる空自慢におわらざらしめられんことを衷心より希望してやまない。

先生はなお近頃負ける楽しみを感じている。「運動は競技をたのしむためのもので勝負は問題でない」などと、きいた風なことをいう輩をにくみ、早慶戦には何としても勝ってもらいたい先生が負ける楽しみを説くのである。大きな声ではいえないが、それは諸君にだけ負ける楽しみなのである。背の高さでは最早や完全に負けた。すくすくと若竹のようにのびた諸君の姿をみると胸のすく思いがする。知恵の方でもどうやら危しくなってきた。しかも先生は必ず完全に負ける運命にあるようである。負けて悲しまず、否なうれしいのである。実のところ負けたくはないが、勝ってもらって有りがたい。但しくれぐれもいっておきたいのは、これは諸君にだけしかいえないことで、先生もまた、精進をおこたるものではない。

この会報がいよいよ諸君の成長の姿をうつし、先生がどの点でも完全に負けてよろこぶ消息の満載されんことを期待してやまない。

おやおやおやおや子はのびにけり竹の丞　　宗　祇

（「塔」創刊号　昭和十一年一月）

＊「塔」、昭和十年代に、吉田小五郎が教え子達に出していた同窓会報

希望の一つ

前号に、私は「負ける楽しみ」をかいた。誰がいつ「勝つ楽しみ」、もしくは「勝つ悲しみ」をかいてくれるであろうか。

私は諸君の誰にもどうしても負けることのないのは年齢だけである。この点だけは諸君といえどもどうすることもできないであろう。私にはこの年齢にともなって開けた目がある、心がある。この目と心の修業をおこたらず、さらに馬齢をかさねて行きたい。そして諸君の成人していく日が待ちどおしい。

それにつけても、私は私なりに色々注文がある。号を追って私の願いを記すであろうが、何より先に諸君のだれにも希望したいのは、何でもよい、何か一つ人に抜きんでたもの、優れたものを持ってもらいたい。これが私の衷心からの願いである。学問でもよし、運動でもよし、趣味でもよし、何でもいい、何か一つ心にきめて、それに打ちこんでもらいたい。世の中には凝ることはいけないことのようにいう人があるが、いけないのどうのというのは二の次の問題で、その前に凝るだけの熱情がのぞましい。

その究極は、その道の蘊奥《おうのう》をきわめるとまでは行かずとも、少なくとも、その道の人をうなずかせるところまで行くことを理想としてもらいたい。どの道にしろ素人を感心させ驚かせるくらいのことは訳のないことである。いわんや、人のお世辞などを真にうけていてはたまらない。お世辞も程よければ（殊に少青年時代には）精神の肥料となることはなる。しかし人は境遇によりその肥料をうけすぎて立ち枯れになることがなかなか多い。自分はどういう境遇にいるか常に気をくばって、一通り身のまわりを見まわす必要がないであろうか。ともあれ坊ちゃん芸はごめんである。

くれぐれも素人を感心させるのでなく、その道の人、つまり玄人をうなずかせることである。これは容易なことではない。たとえば一枚の絵をかいて家族や友人にほめられていい気になってはいられないというのである。偶々《たまたま》知名の人にほめられたとしても、その知名が何であるかも吟味して見る必要がある。私は微力ながら学問のはしくれにつらなって、まだ何一つしでかさず慚愧にたえない次第であるが、その私とて学問の素人にほめられたことはない訳ではない。しかし生涯をかけて、いつかその道の人にうなずかれるだけの仕事をのこして死にたいと思っている。

けだし私の説く道は難行である。強固な意志と不退転の努力がいる。行けども行けども青空の見えてこない道である、ついに頂に到達することはないかも知れない。それでもいい、自力の門をすすみすすんで初めて見る他力の門。

どの道でもいい、ずばぬけてもらいたい。これは私の心からの念願だ。


（「塔」第二号　昭和十一年四月）

先ず西洋から

私は日本の家をこのみ、日本の着物を愛し、日本の食物が好きでいる。日本のお茶、日本の花に心をひかれること年と共につよい。それが良いとも悪いともいえないが、おそらく自然なのであろう。

ところで近来「日本精神」なる言葉が流行し、どうかすると支那人のように自分だけが偉くて、他国民、いや碧眼紅毛の徒までみな夷狄《イテキ》視するような傾向が一部にあるように思える。そのくせ、その声にはどこか張りがなく、弱虫の犬がもの影におびえて吠えているような感がないでもない。たとえば科学日本の進歩は著しく真におどろくべきものであろうが、子供の前で風をきり肩をいからして威ばって見せながら、どこかの裏口でぺこぺこしているといった感じがないでもない。（この感じが私の誤解であったら幸いである）「日本は偉くなった」という言葉をよくきくが、その言葉はいったい誰がいっているのかと私は時々考える。

私はかぎりなく日本を愛している。それでその「日本」にうぬぼれてもらいたくないのである。自信をもつことはよいのであるが、「自分がエラくなった」と思わずに人から学んで取るものを取るべきだ。とかく最早や西洋に学ぶべきものがなくなったようにいう声をきくことがあるが、それは大抵肩をそびやかすことを趣味とする人々の言葉であるらしい。

私は諸君にいいたい。なにごとを学ぶにも、「先ず西洋から」。それは単に西洋を崇拝するためではない。西洋流の学びかたは斜面がゆるやかで、比較的眼界がひろい。

「先ず西洋から」というのは、日本を軽く見たのでは決してない。その反対、日本をはっきり深く見るためである。日本語の文法をあきらかにするためには、是非外国語の文法を知る必要があるというようなことは今更いうまでもないことである。

なお、年をかさねるにつれて、多く人の心は自然に祖国にかえってくる。青年期は大いに外国、殊に西洋に学ばなければ、再びその時はないと思う。哲学、宗教、科学、美術、文芸、何によらず先ず西洋を学んで（今更西洋でもないというのが近頃のきまり文句で、実際そういった方が大向うの喝采を博しそうだが）視野を広く持ってもらいたい。私がかくいうのは、ひとえに諸君を井の中の蛙にしたくない老婆心にほかならない。あたえられた紙面がつき意をつくさないが、私のいわんとするところをくんでもらいたい。

（「塔」第三号　昭和十一年六月）

第二の誕生

近頃諸君の姿を見るたびに先ず思うことは大きくなったということだ。毎度おなじ言葉をくりかえすと諸君も思うだろうし、自分でも後から気がつくが、つい「大きくなりましたネ」と口ばしってしまう。話していても「お父さん」がいつの間にか「おやじ」に代り「お母さん」は「おふくろ」となり、中には「おやじ」「おふくろ」というのがテレくさいと見えて「ファザア」「マアザア」などとぼかしているのもある。無理もない、来年再来年は徴兵検査だ。

諸君は十九年前か二十年前に縁あってこの世に生れでた。この厳粛な事実、肉体的に諸君の第一の誕生である。父から母から、またその祖先から自分をかたちづくる材料要素をもらっており、何のなにがしと立派な名前をつけられてはいるが、これまでの諸君は、いわば何のなにがしと符牒をつけられた動く人形であった。

しかるに、諸君はようやく近頃第二の誕生を迎えつつあるように見える。つまり自我の発生、精神的の誕生である。この頃諸君の父兄にお会いすると、よく手はかかっても幼稚舎時代の方がよかった、大きくなったらどうもという言葉をきくことがある。人形に魂がはいったことに気づいた言葉である。先にもいったように、既に第一の誕生で自分の芽のきざしはある。しかもその因縁は深く自らはいかんともすることのできない先天的に運命を支配するものはある。

しかし第二の誕生にいたっては、先天的の運命に支配されつつも、自ら自分を生んでゆかねばならない。またそれができるのである。つまり自分の力で自分を創造してゆくのである。第一の誕生では玉たりたい礫たりたくないといったところでいかんともすることはできなかったが、第二の誕生では自分の努力次第で、ある点までそれができる筈である。人の幼少年時代をなつかしむのはよい。しかし今やようやく第二の誕生にさしかかった諸君は、努力して自らを生む現在の楽しみまた多かるべきだ。

以上は必ずしも諸君のみにする教訓ではない。かえりみて自分は第二の誕生を既におわって今まさに第三の誕生にさしかかったところかと思える。人間は生涯に何度誕生を迎えるか、今私は弟の第二の誕生を慶び祝っているのである。

（「塔」第四号　昭和十一年九月）

馬鹿不平多

昨年の九月、幼稚舎の新校舎の一部が落成し、十月の初め、塾内関係者の内覧があった。その折、大先輩の一長老が見えるのを幸いに、常に子供たちに示して教訓とすべき文句を記した額か掛物の揮毫をお願いしたいと思う。それについて予めこちらで佳い文句を用意しておきたい、こんなのはどうでしょうと上役から見本の二三を示された。結構ですと引きさがっていればよいものを、つい何時もの癖がでて、そんなのより福沢先生の言葉の中にもっといいのがありましょうというと、間髪をいれず、それでは君に一つ願いましょうと皮肉でなくいわれてしまった。ことわる訳にゆかぬ破目になって、一晩中かかって先生の著書をあれこれと引っくりかえし、結局四つ五つえらんで示したのが幸いに及第して安心した。

その時「馬鹿不平多」という先生の文句を見つけてひそかにほほえんだ。しかし待てよ、これはいけない、教室でチョークの粉がとびちって困ります、宿直は閉口です、月々に頂戴するものの軽いのは困りますといおうとする時、頭の上にこんな額がかかっていては具合がわるい、敵に武器をあたえるようなものだ、よし自分はそれでよいとしても、隣り近所同僚様に対して相すまない、とこれだけはそっと内懐にしまっておいた。しかし爾来私は自分一人でこの文句を味わってひそかに興味をおぼえている。なぜかというと、この短い言葉が如実に辛辣に世の実相をうがっているからだ。諸君、上から下まで、ぐるっと身のまわりを見まわして見たまえ。そうして「馬鹿は不平多し」と口ずさんで見たまえ、何か思いあたるに違いない。

ところが、くれぐれも戒めておきたいのは、これを人に対する攻め道具に使ってはならぬということである。諸君は皆一様に将来は人に使われるより人を使う人になるのであろうが、かりそめにも、この文句を盾にして人の口を緘《ふさ》いではいけない。人には大いに馬鹿面《づら》さすべきである。

但し、この額は自分の心の中にかけて時々口ずさんで見ると味がある。心の中に何か不平をこぼす隙ができた時、そっとこの言葉を胸にうかべると閉口する。不平は要するに暇の人のふかす煙草みたいなものかも知れない。ふかして気持の良くなる人もあろうし、目をまわす者もあろう。いずれにしても、不平の煙を鼻の穴からはきだしている図はみっともよくない。

「馬鹿は不平多し」こうずばりといってのけられた福沢先生を今さら思う。

（「塔」第五号　昭和十二年一月）

贅沢の弁

自分が年とった証拠には、諸君が大きくなった。諸君大きくなって、家の人から、とかく、何かにつけて「贅沢だ」などといわれることはないか。ここに一言諸君のために弁じておきたいことがある。

贅沢とは何であるか、おそらく分にすぎたことをするのをいうのであろう。同じ分といっても、物質的の分もあれば、精神的の分、つまり器量とか腕前とかに対する分もある。ところが、世の人は多く、この物質的の方の分でことをはかる。そこに一つの見方の誤りがある。

一例をとる。某富豪の息子がライカの写真機をもっている。一方、菜葉服の職工が同じくライカの機械をもっているとする。多くの場合、我々はすぐ、富豪の息子のライカをあたりまえとして、職工のを贅沢と見てしまう。二人のが共にピントのはずれたいわゆる芸術写真なら問題はないが、仮に富豪の息子のは、体裁だけで一向物になっていないとし、職工のは三年間の貯金と母親のへそくりをせしめて漸く買ったものながら、暇さえあれば機械の操作その他を研究し、世に名は知られなくとも、一見識技量をそなえているとする。私の見方によれば、もちろん富豪の息子の方が贅沢なのである。

贅沢はむろんいけない。しかし少々贅沢なものでも、自分の努力研究で贅沢を贅沢でなくしてしまう。つまり自分と物との均合に、たまたま物質的の不調和があっても、それを精神的つまり腕前や器量の方でその不釣合をなくしてしまうのである。

何にでも贅沢をするのは賛成できないが、自分が本気にやろうと思ったことには、大いに贅沢をつくしてもらいたい。その代りにはそれが決して贅沢に見えないところまで精進勉強してもらいたい。

私は学生時代から、数人のいわゆる「金持の坊ちゃん」とお付合いして来たが、概して贅沢であった。しかも肝心な時になると、申し合せたようにケチであった。つまらぬことのためには贅沢であり、肝心な魂の成長にかかわるようなことになると、ケチになるのである。

それからもう一つ何事でも、こと鑑賞に関するかぎりの勉強には、先ず第一流のものから入ること、いきなり努めて良いものを見てあるく、自分のそばにおいてひねくれればこれに越したことはない。この道ばかりは、下から順々に上へなどといっていては進歩はおそく、また邪道にそれる恐れがある。目に贅沢をさせて、心眼の成長をはかるのである。

私は常に分に過ぎた贅沢をしている。この一文は、諸君のために書いたつもりなのがいつの間にか、自分のための弁護になっていたことに今気づいた次第である。

（「塔」第七号　昭和十二年七月）

妥協是非

竹竿をもちだして屋根にのぼり、星をかきおとそうとしたという少年の話は、どこかユーモラスで聞いていやでない。いずれ作り話であろうが、あるいは昔はそんな少年もいたかも知れない気がする。しかし今日では絶対にいない、およびもつかないことを子供の頃からはやく知っているからである。

われわれが子供の時分、何になりたいといえば、どの子供も一様に陸軍大将、海軍大将、総理大臣とおよそ相場がきまっていた。何も軍人、政治家という意味でなく、単純に天子様につぐ一番えらい人の意味であった。つまり竹竿で星をたたきおとそうというのと同じ心である。今の子供でそんなのはいない。自分のお父さんは、会社の社長だか、これから社長になるのはなかなか容易でない、否絶対になれないことを小さいながらちゃんと心得ている。世の中がせちがらくなったのである。少年に夢をゆるさなくなってきたのである。況《いわ》んや青年をやというところであろう。

しかし、少青年時代には、やはり夢がほしい。理想がほしい。むろん昔のそれとはちがっていようが、夢や理想はもちうるのである。早くから世の中を知りつくしたような顔をして、無理想に世をすねて渡ろうとする青年を憐れむと共ににくむ。諸君は私が希うまでもなく、みな高い理想をもっていられるであろうが、理想は高きが上にも高いことが望ましい。またいったん心にえがいた理想は、妥協によって容易に引下げてもらいたくない。われわれは、とかく目先の利害や苦楽によって、つい妥協しがちであるが、妥協には十分警戒の要がある。ただし妥協をしりぞける以上は、自ら慎重な態度を持し、責任と覚悟とをもって進まねばならぬことはいうまでもない。時に、栄誉ある孤立のやむなき場合もあろうし、これには苦痛がともなうであろう。といって私は決して、諸君に素直でない片意地をすすめる心は毛頭ない。早くから無理想な妥協した態度を排撃するというのである。

また一方、われわれは、世間の交りに、自分の理想や権威には、何のかかわりもない些事には、きわめて妥協の態度がのぞましい。殊にお坊ちゃんに育つと（根性のまがったのなんかはお話にならない）妥協せず、片意地をはるのが、偉いことのように思う。いわゆる意味ないことに妥協を惜しんで事をかまえるのは神経の損失である。

妥協是非、この使いわけは、いうべくして行うにかたいのであるが、幸いなことに、われわれは、身近に景仰し、かつ学ぶべき古今東西稀に見る妥協の使いわけの名人ともいうべき師をもっている。それは誰あろう福沢先生その人である。諸君先生の自伝を見られよ、その一生は実によく妥協せず、実によく妥協されたのである。

（「塔」第八号　昭和十二年十一月）

家庭代表

父兄に会うのは苦手《にがて》だけれど、幼稚舎につとめておれば、そうはいっておられない。父兄といっても、十人中の九人までがお母さんだ。父兄に会って、いろいろ学ぶところがあったが、いつも感じるのは、毎日教室で顔をあわす子供の一人一人が、実に皆それぞれ家庭代表だということだ。中には父親代表もあれば母親代表もある。要するに、子供は、みんな家庭代表なのである。

お察しのよい諸君は、ここまで読めば私のいわんとするところが分ったであろうし私の役もたりたわけであるが、そこはそれ学校の教師で、もう一時間分の講義はおわっても、鐘がならなければ生徒を教室外に出すわけに行かない。時間のあるかぎり、余白のあるかぎり、註と称して蛇足をそえることになる。

諸君は、それぞれ諸君の家庭代表だ。諸君の容貌姿態はいうまでもなく、言葉つきから話の内容から、洋服のきこなしにいたるまで、悉くこれ代表者の身についたものである。たまたまこれを読まれる父兄の中には、甚《はなは》だ御満足なお方もあろうし、また眉をひそめられる向きもあろう。ただ諸君かえりみて覚悟はよいかといいたい。

いかに家庭代表とはいえ、そういちいちこれを意識していたら、苦しくてやりきれないだろう。代表すべき家の名が高く大きければ、多多ますます弁ずというところであろう。名のある家の代表者に往々間違のおこりやすいのもまた一面理のあることである。しかし、代表の不始末によっておこる家庭の憂鬱《ゆううつ》を思いうかべられよ。いかなる権力にも嘗て屈したことのない紳士が、代表者ゆえに、息子のような若い教師に頭をさげている痛ましい光景をわれわれは屢々《しばしば》見せつけられるのである。

もう一つ諸君にいっておきたいのは、諸君はさすがに家庭代表で、家庭から絶対の信頼を受けているという事である。試みに、代表者が二人よって何か事件をおこした場合、どちらの家庭でも、宅の代表にかぎってそんな悪事をはたらく筈がない、おそらく間違いであろう、一歩ゆずって必ず相手方に誘惑されたのであろうと自信をもっていってのけられるのである。いかに代表が絶対に家庭の信頼を受けているか。

各家庭の代表たる諸君、あれを思いこれを思って、ゆめゆめ家庭の名誉を傷けることなく、進んで家門の面目を発揮せらんことを。

（「塔」第九号　昭和十三年二月）

祝「塔」第十号発刊

早いものだ、諸君が私の手許をはなれてから、この春でちょうど満十年になる。十年前の少年は、今や完全な立派な青年となった。いや私にすれば、みんな頼もしい好青年だといいたい。

諸君の理想のいや高かれと、会の名を「塔」とえらばしてもらったのはこの私だ。会報を出しましょう、まだ早い、もういいでしょう、まだ早い、と意地わるをいいつづけて、いよいよ出すことに決まったのが三年前だ。きちんきちんと年に四冊ずつ発行してこのほど漸く第十号に達したのである。その間、会員諸君は、お互に窮屈な袴をぬいで、胡坐《あぐら》をかき、よく語りよく弁じ、時にはざまア見やがれ、糞くらえの悪口雑言を遠慮なくとばしながら、しかも規をこえず、どこか和気藹藹たる気分のみだれないのはさすがである。

聞くところによれば、諸君は「塔」をたのしんで隅々まで読み、諸君のお父さんお母さん、お兄さん、お姉さん、いやしばらくは家中で引っぱりだこだということである。発行部数は少なくとも、これだけ楽しんで読まれれば「塔」の存在理由は十分あるというものだ。

しかし「塔」はただこれだけで満足してはおられない。「塔」は既往において、良い会報だったが、将来において一段と立派な会報でありたい。私のねがうところは、稀に見る緊密な「塔」の会諸君の友情を、気質と境遇をこえて、とこしえに結ぶ楔たらんことである。

最後に私事をつけくわえることを許されるなら、私はこの「塔」によって、これから先、諸君が、広い世の中におどりだし、思いきり活動される様を眺めたい。恐らく「塔」はそれを見わたすに好都合であろう。しかし私とて安閑とながめて暮すつもりはない。若い諸君に刺戟され、鈍根にむちうって私の道を進もう。

「塔」第十号発刊を祝して、私の所懐の一端を述べた次第である。

（「塔」第十号　昭和十三年五月）

「やる」という言葉の遠慮

我々田舎漢にとって、言葉ほど厄介なものはない。文章上の言葉となればむろんだが、ここでいうのは日常つかう言葉をさすのである。美しい言葉をつかおうなどとはつゆ思わず、またがらにもない次第であるが、人と話して礼儀に欠けないようにとは日頃こころがけている。しかし、それがなかなかうまく行かないのである。常々おしたしく願っている向きと話している場合、さほどでもないが、私という人間は、一度はその謦咳にせっしておきたいと思う人にも、つい尻ごみしていつも後で悔む。時には仕合せにも先方から手をさしのべてくださるような場合にさえ卑屈に退却して機会を逸してしまう。それが私という人間の常である。

これと話はちがうけれど、私も気をつけ、また一度諸君にも話して心に留めておいていただきたいことがある。それは人に対して「何々してやる」の「やる」という言葉を遠慮しようということである。「何々を買ってやった」「職を世話してやった」「友人を紹介してやった」「飯をくわしてやった」「金をかしてやった」の「やった」である。なるほど何々してやった側の人からすれば、「やった」くらいの言葉ではまだ足りない心持かも知れない。しかし私はよく人の話の中にこの言葉をきくと、折角のゆかしい行いがこの「やった」の一語で、きれいに帳消しにされてしまったような気がする。またよく考えて見ると、事実「やった」という言葉の中には、それだけのものが含まれているのではないだろうか。

ひるがえって人間のために何か役だった場合、それは自分の意志でしたまでのこと「何々しました」とあればこの言葉は余韻があって美しい。近頃はやる「させていただいた」も悪くないが、これにはどうかすると、その裏に「してやった」が、待ちかまえているような気がして、少しこわいような場合がある。

要するに、これは言葉の枝葉末節で要は心の問題であろうが、私には「してやった」の心がきらいなのである。奇をこのんだ訳ではないが、標題の「やる」という言葉の遠慮とは以上のべた趣旨にほかならない。

（「塔」第十一号　昭和十三年七月）

公平・不公平

去年の四月、私は第三回目の一年生をむかえた。この一年生の入学式の日、初めてお目にかかる父兄のかたがたへ、私はつぎのような意味の挨拶をした。

「私はおそらくこれから先六年間、あなた方の大切なお子様をおあずかりすることになろうと思います。その間、この四十二人の児童諸君に対して、きわめて公平を期したいと思いますが、時にかなり不公平な取扱いをすることがあろうと思います。時には、最も厳格であるべき採点の上にさえも不公平な取扱いをする場合がないとも限りません。教育の業にたずさわる者が、恬《てん》然として不公平な取扱いをするとは何ごとかとおぼしめすお方がおありのことと思いますが、私の申したいのは、実はそこにあるのです。

公平を期すること、これは当然我々の心がくべきことであります。しかし、ともすると世の中には公平にしたつもりで、実は不公平をおこなっている場合がないとは限りません。たとえば私と力士の出羽ヶ嶽氏に、食事をあてがおうとして、昔の扶持米のように、一日について玄米二合五勺と決めたらいかがでしょう。私はたべきれないで毎日余分がでるのに対して、出羽ヶ嶽氏は毎度空腹を感じて力もでないというでしょう。私と出羽ヶ嶽氏に公平に二合五勺ずつあてがったのは、ちょっと公平に見えて実は不公平なのでしょう。

これは一例にすぎませんが、世の中のこと公平に見えて実は不公平なことが多く、不公平に見えて実は公平なことが少なくありません。児童を大勢うけもっておりますとその顔形《かおかたち》のことなるように性質もみなちがっております。ある児童は我々の一言が電気のごとくにひびき、ある児童は鼓膜のやぶれるほどどなってもなお平然たるものもあります。同じいたずらをして叱り方に気をくばり、これがつまり不公平となってあらわれることがあります。不公平、否な公平に見えるといいあらためた方が適切かも知れません。採点でも成績の良い子供を標準にしたら、悪い方へいくと点のつけようもないということもよくあることです。

ここに多少の匙加減も必要になってくるのであります。私は成績の良い人に辛く、悪い人に多少甘くの方針ですが、ついでにいっておきたいことは、成績の良いこと誠に結構で悪い人は遺憾でありますが、成績のみが人物をはかる標準でなく、その他、健康、品位、趣味、気質その他たくさんの要素をもって人物は決まるのでありますから、父兄におかれても、単に成績の良いというだけで誇り安心していただきたくないと同時に、成績が悪いというだけで、児童を見さげ軽んじることのないように特にお願いしておきたいと思います。

最後に、これから皆様と何かにと連絡をとってまいらなければなりませんが、何ごとも一切学校でお願いすることとし、当分拙宅の方へは一切おいで下さらないようにお願いいたします。一たびお子様が卒業なさいましたら、お子様方ともども、どうぞおいでいただきたく、番茶くらいならよろこんで差上げるつもりであります。いま皆様が拙宅へおいで下さいますと、とかく皆様がお互いにご安心が行きにくくおなりのことと拝察いたしますし、私といたしましても、気楽に不公平ができにくくなり、延いては、私をしておざなりの公平な教師にしてしまわれる恐れがあります。腑におちないところがございましたら、どうぞ御遠慮なくご質問ねがいます」

（「塔」第十二号　昭和十三年十月）

供養塔

我々は曩《さき》に堤仁礼《やすたか》、塩谷二郎の両君をうしない、最近また柴崎正三君をうしなった。あたかも秋冷の候とはいえ、一入《ひとしお》のさびしさを覚える。嘗ての級友をもって組織する塔の会会員は、今後いかなる場合にも、その数をますことは絶対にあり得ない。いずれも今かけることのあってはならぬ春秋にとむ人々である。しかるを何事であるか、その三人までが既に亡《な》いのである。

三人の中、最も早く列をはなれたのは堤仁礼君であった。君は昭和六年幼稚舎の業をおえる早々病を得、ついに普通部の門をくぐることなくしておわった。体は小さい方であったが、智慧にふくれた大きな頭の持ちぬしであった。算術の計算には「目にもとまらぬ早さ」でしかも正確で計算機の概があり、文字は君の名前の示す通り「仁礼」の感じで端然たるものであった。気が小さく常に神経をつかっているらしいのがよくわかり、これが私には不憫であった。鮭や鱒やそういう赤味の魚のたべられない人であった。誠実にして堅実、頼むべき君に逝かれたのは残念である。

色白の塩谷君の再びかえらなくなったのは、一昨昭和十一年の十月のことである。秋田人の血をうけてか雪の肌で、大きな眼のふちにどこか弱々しいくまがあり病身らしいところのある人だと思っていた。しかるに普通部へすすんでから俄然剣道の選手となり、それも大将株ときいた時は、かつ驚きかつ慶んだのである。嘗て流行ったヨーヨーの天才であり、ハモニカの名手であり、また流行歌の上手であった。よく君は「中庸は徳の至れるものなり」といっていたそうであるが、いかに野放しにしても絶対に安全な人であった。私は何故か、目をつぶって君の姿を思いうかべると、寒い朝、青いジャケツの手首を指先より五、六センチのばして、その手にハアハア白い息を吐きかけている図である。

つい最近、見おくったのは柴崎正三君、君への思い出はまだ生ま生ましい。この春の塔の会に出席するためわざわざ上京され、目黒の宅へも訪ねてくださった。学生生活をつづけている他の諸君とこと変り「御機嫌よろしゅう」と立派に世間にとおる挨拶をする人であった。幼稚舎時代、まるい白い顔のあごをやや引いて額に皺をよせ、腑におちなければ、どこまでも追究してやまない良い性質の持ちぬしであった。数学や理科が得意で、その夢が将来への熱情となってあらわれたのであろう。また君の凝り性は私の頼みとし楽しみとするところであった。しかるに君は一家の不幸にあい、かつ病魔のおそうところとなった。時に同級柳瀬君の篤き友情と同君御一家の方々が君に寄せられた並々ならぬ御芳志に君は泣いたであろう。おそらく柳瀬君はまた御一家の方々は私がかくいうことを好まれないであろうが、この蔭徳美挙に対し、私も僭越ながら、ここに感謝の意を表させていただきたいと思う。この春の君は心身ともに健康を取りもどされたように思われたが、また病を得、ついに再び起たずなってしまった。嗚呼

このたび同窓の友相はかり亡き三人の年譜をつくり、遺れる文章をあつめ、思い出をかたって我々の供養塔をたてんとの議あるをきき、私もいささか一文を寄せてこれに参加した次第である。

（「塔」第十三号　昭和十三年十一月）

鯛焼の買えない話

世のなかには甘党あり辛党あり、またどっちともつかぬ甘辛煎餅がすきだという人もある。そこへ行くと、私などははっきりしたもので、純然たる甘党だ。根性がきたないから、甘いものさえ見れば目がないが、実は私にも相応な好みはあるのである。上等の小豆と上等の砂糖、つまり材料を十分吟味した上で凝らない菓子、これに越したうまいものはない。お次ぎはといわれたら、駄菓子とこたえる。駄菓子といっても近頃百貨店でうっている駄菓子は駄菓子の心をおきわすれたもので、お嬢さんが女中の形容《なり》をしたようなものだ。そうかといって、裏長屋の鼻たれ小憎のほおばる駄菓子、これはまた、極端に材料がわるくなってひどいものだ。

そこへ行くと、駄菓子の中でまだ食べられるのは、昔ながらの今川焼か鯛焼だろう。それとても、粗悪になったが、温かい中ならまだ食べられる。（うまい勢いで食べすぎると、後で後悔するが）

こう書いてくると、お菓子にやかましいようだが、実は常に場末のロクでもないお菓子屋の菓子か、せいぜい百貨店の安っぽい菓子で満足しているのだが、そうかといって鯛焼がまたなかなか買えないのである。

私は上野毛《かみのげ》に越してきてから、毎日、中目黒でのりかえて玉川電車で天現寺の学校にかよっている。中目黒の駅の近所に鯛焼屋があって、学校のかえりにその前を通るたびに「うまそうだなあ」と思う。むろん「買いたいなあ」と思うのである。しかしそれが買えない。何となく具合がわるく、つい赤い暖簾がくぐれないのである。

このことで私は時々電車のなかで考えながら帰ることがある。「一体俺は何だ」と考える、「鯛焼を買うのが何で恥ずかしい」と自分をなじるのである。たとえ勤め先のだれかれに見られたっていいじゃないか、そんなような心だから、平生お前はやれることもやらないのじゃないか。馬鹿!馬鹿!と自分をあざけって見るのである。

そうすると、また何時の間にか、自分をひいきする他の声がきこえてくる。仕方がないのだ、それでよいのだ、それだからよいのだ。お前からその羞恥の心をとったら何をしでかすか知れたものでない。人前でどんな無作法をして平気でいるか、どんな不正をはたらくか。よいよい鯛焼を買えずともよい。不作法をするな、不正をはたらくな、とこう聞えてくるのである。

（「塔」第十四号　昭和十四年一月）

下手物にまなぶ

下手物、これをヘタモノと読まないで、ゲテモノと読んでください。下手物という言葉はけっして新しい言葉ではない。主に器物などについて、客用つまり上手物《じょうてもの》に対して、普段づかい、即ち下手物というほどの意味である。決して下等、がさつの意味はないのである。しかし新鮮な意味をもって下手物という言葉がよみがえって来たのは、ここ十年来のことである。柳宗悦先生の主張による。

世間の人は、ともすればこの意味をとりちがえているようである。下手物をもって安物、際物、下等な物という意味につかっているのである。これは飛んでもない間違いというものだ。

下手物を普段づかいと解釈すれば先ず間違いはない。先に私は近頃この言葉が新しい意味によみがえったといったが、その新しい意味とは何であるか、これを暫く考えて見たい。

下手物は普段づかいの品物であるから、飾っていない。もっぱら人に使われることを第一義とし、丈夫で安いことを主眼とする。安く作るためには早く多く作らねばならぬ。無駄な装飾や弱々しい技巧にとどこおってはいられない。ひたすら用途に忠誠を誓う。しかし美しさの方からいって摂理は不思議である。今と経済的な事情がちがっていたとはいえ、安く早く作られ飾りつけのない下手物が美しさにおいて上手物に劣る場合がむしろ少ないのである。否下手物は黙黙として上手物をしのぐといっていい。諸君には縁遠いであろうが、茶道でやかましくいわれる品物は、殆ど例外なしに下手物なのである。錦の衣をいくえにもまとった茶の湯の茶碗で天下の名物といわれるものが元をただせば、農民の飯茶碗であり茶入は多く薬壺か薬味入であった。

早く多く作られて、しかも美がやどる。否な早く安く作られた品物なればこそ、この美はやどったのである。ここにわれわれは思いをよせねばならぬ。これはもちろん摂理に帰すべきであろうが、見のがしてならぬことは、この品物のうまれた環境ことに精神的の事情である。奢らず、飾らず、素直にして忠実、また貪らず。

今は社会の殊に経済的な事情がちがっているから単純にはいえないにしても、品物が少なく高価だから良く美しいというのでなく、豊富であり安いから良いという事情は、何と人の世を明るくするであろう。同時に安い品物に誠実さの見られる事情は何と羨しいことではないか。私は朝夕下手物を友として、そんなことを考え学ぶものである。

（「塔」第十五号　昭和十四年四月）

友は友

数年前、杉村楚人冠《そじんかん》氏の随筆集「湖畔吟」「続湖畔吟」「続々湖畔吟」というのを立てつづけに読んで、登場人物がことごとく杉村氏に対しなみなみならぬ好意をもち親切なのをうらやみねたましくさえ感じたことがある。これと同じことは水上瀧太郎氏の随筆集を読んでもいえる。当時そのことについて色々考えたが、要するに楚人冠氏にしろ水上氏にしろ、稀にみる立派なお方で結局人に親切であられたからだと思う。

同じ羽色の鳥はあつまるという。我々はよく父兄の方に大切な息子の友達がよくないと訴えられることがある。ところが悪友と非難された子供の父兄がまた同じ台詞《せりふ》を述べられるのである。

「友は選ぶべし」と人はいう。しかし実際問題としてこの言葉は実行できるものだろうか、疑いなきを得ない。それより私はこんな言葉はなくもがなと思うものである。半襟やネクタイではあるまいし、友は選べるものではないのである。いろいろの因縁がはたらいて自然にできるのである。風に吹きとばされた雑木の種子が地におちて自ら藪をなすようなものである。趣味を同じくし性格に相ひくものがあり、境遇に共鳴するところがあるといっても要するに同じことである。

もし友を選んだら、動機のいかんにかかわらず自然に反くことであるから、そうした交友関係が長つづきする筈がない。選べというからにはよい友をというのであろう。しかし実際問題としてどうしてよい友を選んで、新たにその友と交わりをむすび得よう。もしそういう事の出来る人があるとしたら、その人はむしろ警戒すべき人である。わが友とすべからざる人である。

良友と悪友はあるかも知れぬ。しかし良友といい悪友というも、わが心の一部のあらわれに外ならない。思いもよらぬと思っていたのは、実はわが身に同じ色の羽があったのである。

友達と交わるのには、何のためということはない。ただ人生の街道を道づれとなって歩くだけである。友は友である。選ぶことなく目的なき友達の中にこそ良友はできるであろう。

良友悪友は善人悪人とはちがう。世の中に本当の悪人はあり得ないと信じるものだが、いわゆる善人悪人とならべて見て、良友は善人ばかりでなくいわゆる悪人の中に多かろう。感じからいえばむしろいわゆる悪人の方に良友が多いような気がしてならない。

良友を持つ人は恵まれた人である。一方からいえば、その人は良友をもつ資格のある人である。悪友をもつ人は不運である。しかしその不運をかこつ前に一度わが身をかえりみる必要がある。
友達に対する心掛けについて問われた場合、「友は友」とこう答えよう。

（「塔」第十六号　昭和十四年七月）

情実

情実という言葉はどうも響きがわるい。殊にこの言葉はとかく教師という職業についてまわるようだから、なおさら耳障りだ。さて、情実という言葉の意味をぼんやりと分っていても、適確に知らなかったから、試みに机辺の広辞林をひいて見たら、「実際のわけがら」「まごころ」「まこと」「人情上断固たる処置をなしかぬることがら」「私情のからまりたる事実」とある。こうして見ると、情実という言葉は何か深いものに通じているような気がする。
われわれは他人の情実をさげすみにくんで、己の情実を望んでいはしないか。学校の試験には極めて公平をのぞんで、自分だけには寛く甘いことを望みはしないか。何かの位置に対する機会の均等を欲しながら、われだけに便宜を与えられんことを心のどこかに願いはしないか。

他人の過失に酷にして己が失策に寛やかでありはしないか。（そうでない尊敬すべき人もあろうが）

私はいたずらに彼を悪くこれを善しとするものではない。事実を事実としていっているまでのことである。

人事において、親子、兄弟等すべて血につながる間柄以上に情実のはげしく行われているところはない。ただ人はこれを当然のこととして情実とはいわないまでのことである。諸君の一身上にどんなことがおころうとも、諸君の両親同胞は、同じ事が他人の子供、同胞の上におこった場合とは全然別に考え、必ず涙ぐましい私情をもって迎えるであろう。これを情実といわずして何というか。

また、人間の中、正義感にもえ、情実をにくむ精神の強いのは、諸君の青年期であり、また血縁の間にさえ情実をよく見すかすものは小説家の心である。しかし小説家といえども、わが事となれば、やはり目はくもるものらしい。かつて里見弴の「安城家の兄弟」というあの関東大震災を背景とし、その直前不自然な死を遂げた長兄（有島武郎）と作者自身の身辺におこった事件を取りあつかった小説を読んだ時、私情を交えずによく兄の像をえぐり描きだしているのにさすがと感心した私も、一たび作者自身のことになると余りに自分を甘やかしてあるのに腹をたてたことを覚えている。しかし肉身の兄によくも鋭いメスを入れてあるのには驚いた。

私は以上私情について思いつくままを書いた。そうしてその是非についてどういう風に考えるとは何もいってない。事実の上に虫眼鏡をおいてこれを見よといったまでのことである。

（「塔」第十七号　昭和十四年十二月）

田舎漢

単純な人は田舎漢といえば、すぐ素朴で無骨で正直でくらいに思うであろう。しかし田舎漢とて特別の人間ではない。土地がひらけ、都会の風がふけば忽ち狡くこすい人間になってしまう。いやそうなったら田舎漢ほど始末におえぬものはない。恥を知らずしつこくて、ずうずうしくて困るのである。こんな事がいえるのも、残念ながら私が生粋の田舎漢だからである。

一体、田舎漢とそうでないのと、どこで区別するのであろう。三代つづかなければ本当の江戸子でないとすれば、江戸子などは寥々たるものであろう。

しかし私が今ここで言おうとする田舎漢とは、極く普通の礼儀知らずというほどの意味である。食堂や劇場にはいって帽子をとらず、耳や爪を垢でまっくろくし、婦人の前で無作法な振舞をするという徒輩、また礼儀がすぎてどうかと思うのもある。自分のことに敬語をつけ、込みあう電車の中で深く体を折ってお辞儀をしたりする類いである。これらが先ず普通の田舎漢である。

しかし私は長年都会に住んで見て、もう一種類の田舎漢のあることを知った。それは精神的の田舎漢である。これは成金というような種類の人に多い。こういう種類の人々は、自らは田舎漢などとは飛んでもない、洗錬された都会人だと堅く信じ人にもそう信じさせようとする。したがって何時の間にか、それが態度にも口先にもあらわれているのである。自分一人エティケットをわきまえたしなむのは結構であるが、某は音をたててスープを飲むと笑い、某君の洋服は裏返ししたものだとあざける徒輩である。

精神的の田舎漢にもう二種類ある。それは自らを観ることなく概念的にただ田舎から来た人を田舎漢と思うのである。世間のせまい人を田舎漢といって良いかも知れない。私は都会に住んで色んな方面で世間のせまい田舎漢の多いことを知った。そういう都会の田舎漢が身は田舎で暮しながら案外の都会人を田舎漢というのである。

以上の感想は、軽い意味にうけとっていただきたい。実はこの感想はまだ十分煮つまっていないからである。

（「塔」第十八号　昭和十五年六月）

塔塔二十号

塔もいよいよ二十号が出ると聞いて「とうとう二十号になったか」とつい駄洒落の一つもいって見たくなった。こういう雑誌がよくも二十号つづいたものだ。かつてこんな性質のこんな体裁の雑誌で二十号つづいたものがあるだろうか。

この雑誌が二十号を出すということは、発行以来満五年たったということである。この五年間は、諸君の一生の中のどういう時代であろうか。諸君の心身の成長の目覚しさ、これは周囲の人が驚くより諸君自らがより驚いていはしまいか。諸君を長男といっている私にして見れば、驚ききれぬ驚きと同時に悦びである。

こんな雑誌が二十冊出たとてそれが何だと人はいうかも知れぬ。しかしこれは十分誇るに足ることである。実際何でもなさそうに見えて容易なことではないのである。これは会員相互の緊密な協力と編輯者のなみなみならぬ努力のたまものである。会員全部が全部よき執筆者であると同時によき読者であり、編輯者がまた一方ならぬ労苦と犠牲とを口の端に上せぬ人だからである。従ってこの雑誌は片々たる存在のようでいて実は含蓄に富んでいるのである。

それに計らずも「塔」は諸君に文を作る縁をむすんだ。文を読むことの大切なのはいうまでもないが、文をつづる習慣もまた極めて必要である。近頃の「塔」を読めば、どの文章も相当の水準にあることを知る。中には「塔」出身の選手として広い世間に出して立派に通る人さえ数人はいるかと思う。

今後「塔」はどうなるか。どうして行くべきか、これを篤と考えていただきたい。最後に一つ私の考えていることがある。それは「塔」の二十号記念号を出すと共にこの五年間、蔭になってはたらいた編輯者いく人かの労をねぎらい感謝する会を開いてはどうかということである。これはかねて私の考えていたことであるが、慮らずも先日、幹事の日高君の口から漏れた。我が意を得たものというべきである。「塔」の会は、いまだにお酒ぬきで続けて来たが、何とかただの水でなりと杯を挙げて祝おうではないか。


（「塔」第二十号　昭和十六年三月）

木造通信

第一号ノ二　昭和二十年七月十日

何を申しましても山川三百里を距てて、さすがに遠くに来た感がひしひしと致します。しかし子供達が遠く離れて愈々《いよいよ》正しく逞しく伸びて、皇后陛下の御意に添い奉るよう、私共は最善の努力を惜しまぬ覚悟です。

今後、大体十日々々、即ち旬刊にして御手許まで「木造通信」をお届けし、当方の希望を織りまぜてこちらの様子をお知らせ致したいと存じます。

第五号　昭和二十年八月二十五日

疎開学園開設一周年を迎う

次の時代を担うべき子供達の保護と教育、この重き責任を負うて学園を開設して、ここに丁度満一周年になります。想い廻せば洵《まこと》に感慨深いものがあります。

しかし、去る十五日正午を期して、天皇陛下におかせられましては、御親《みずか》ら戦争終結に関する御詔書の御放送をなさいました。朗々たる玉音も時に曇らせ給い、赤子たる我々は只々恐縮身の置きどころを知らない思いで拝聴いたしました。不幸にして戦争は、我が方に不利に終結を告げました。今後の生活は益々窮屈になり、いわゆる荆棘《けいきょく》の道を踏んで参らねばならぬことは当然であります。さらに日本人として、身に屈辱を受ける、これは実に耐え難いことであります。

しかし、摂理は、我々に静かに己を顧る時を与えてくれました。我々日本人の長所を知ると共に短所をも弁える良い機会であろうかと存じます。何と申しましても我々は日本人であります。これで潰れてしまう様ではなりません。今後我々の発展を許された分野で猛然立ち上り御詔書に示された「世界の連運に後れざらんことを期さ」なければならないと信じます。

想いをここに致しますと、我々の学園が過去一年間、修善寺と木造町で行って参りましたことは、必ずや、子供達が何時の日か奮起する日の為によい素地となったことを信じて疑いません。戦争は終りを告げましても当局の指示のある迄、それが本年末になりますか、年を越しますかは分りませんが、当分ここ木造でこれまで通り学園を続けて参ります。心身の錬成を第一とし希望を失わぬ様に心がけ、やがて猛然と立ち上ってくれる日を楽しみにしております。我々といたしましては、これまでに倍し一層の努力を致し「逞しい良い子」として、御父兄方の御手許にお返しする日まで大切にお預り致します。御安心願います。

第六号　昭和二十年九月一日

木造町の沿革（上）

「ミチノクのクニ」といえば、何やら淋しげに聞こえる。「ツガルのキヅクリ」やはり派手には聞こえない。その通り「木造の歴史」は至って地味である。史実だとは言えないにしても、例の「修善寺物語」などとはおよそ同一日の談ではない。

津軽伯爵家の祖為信《ためのぶ》がどうやら津軽に腰を落ちつけたのは戦国時代も末であった。二代目の信牧《のぶひら》公が今の弘前市、昔の高岡に城を築いたのが、ようよう徳川の初め（慶長年中）であった。従って当時岩木川両岸西北一帯の地は縹渺《ひょうびょう》として狐狸の住拠であったことに疑いはない。

元利八年（西暦一六二二年）八月のことであった。信牧公が、今の木造町、即ちこの辺りを巡視中、たまたま二三、いわゆる賎の伏屋に出会い、殊勝にも開墾に余念のない百姓が目に止った。公はわざわざその家に立寄り、名を尋ねると、福士《ふくし》勘左衛門といって、数年前から、この地へ来て専ら開墾に努めているということであった。公は大に嘉賞激励、派頭を命じて開発と派取立の仕事に当らせたという。（派とは田を開くこと。）これで、今からおよそ三百年前の木造は全くの荒地で、福士その他二三の百姓家があったきりということが分る。

またこんな話がある。同じ年、公はこの辺りが「天賦の沃野」たることを知って、大規模の開拓事業を計画し、先ず付近の亀ケ岡に工事を起こした。所が道路が狭くぬかるんで木材その他の物資の運搬が意の如くならなかったから、苦心の末、広須から屏風山下に至る間、つまりこの木造の辺に木材を敷いて道路を作った。町名の「木づくり」はここから出たのだということで、現在では「木造」と書くが昔は「木作」と書いた。（大体廃藩置県以前これで「木造」のそもそもの起こりは大体見当がついたわけである。今でも我々は朝に夕にただただ米の生る木を見て暮しているが、木造町は百姓が起こし百姓が育てた町だと断じていい。今でも町の隅々どこを見ても誰を見てもその匂いが十分である、我々がここへ来て町の人の淳朴で親切で住心地のいいというのもここから来ているのであろう。「木造」の歴史にはその濫觴から土の匂いがあるのである。生えぬきの東京子たる幼稚舎生が、再疎開地として「木造」を振りあてられたのは、何か天の配剤という気がする。せいぜい土の匂いを吸って丈夫になれという意であろう。

第七号　昭和二十年九月十日

木造町の沿革（中）

木造の秋は先ず稲の穂からというところ、昨今、漸く穂は出揃い、何を思うか首を垂れたのもある。この分で行けば豊作だろうとは何より芽出たい。

満目黄毛氈たる木造の田圃も三百年前は狐狸の住家であった。慧眼なる信牧公はここに新田の基を開き、次いで第四代信政公に至って開墾の業は活気を呈した。公は津軽の藩空前の英主と謳われる人で、明暦以後五十年間在職、文武百般のことに力を用いられたと聞くが、就中《なかんずく》、その開墾と植林の業は永世忘れてはならぬ功業であった。

公は荒地開拓のために移住して来る者があれば、家屋や農具を与え、かつ三年間、食を給し、七年間租を免じ、時には禄を給し士分にも取りたてたといえば、遠くは中国、四国からいわゆる千里を遠しとせずして遥かにやって来たという。かくして野に山に「殆ど開かれざる所なし」と言われる程になった。

我が木造もまた、公の時代に著しく膨張したのである。今ある社も寺々も悉《ことごと》く公の時代に基を開いたと申してよい。我々の宿舎の西教寺も慶應寺もそうである。西教寺、慶應寺の来歴に就いては前号でそれぞれ、吉田君や三宅君が書いていられるが、ここに慶應寺について一言しておきたい。慶應の子供が慶應寺に入ったといえば、何となくほほえましい。町の人も我々も、つい「何かの因縁ですね」といいたくなる。しかし、この慶應寺の「慶應」は、「文久」「元治」「慶應」とつづく年号の「慶應」に先んずること遥かに古い。慶應義塾が、実は慶應年間に出来たものでなく、安政年間に出来たものだというのとは話が違う。慶應寺の「慶應」は年号の「慶應」を遡ること百数十年、元禄年間に与えられた寺号である。従って、年号の「慶應」とは全く無関係ということになる。

話が少々横道に逸れたが元に戻そう。我が木造も信政公の時代に充実した。この木造と北の金木《かなぎ》と俵元《たわらもと》、この三つの新しい開墾田、これを「三新田」といい、木造に三新田奉行をおいた。総奉行は後に代官と変ったが、その役所は依然木造にあり、貞享年間、この代官屋敷を拡張して所謂「木造假館《かりや》」を設けた。その結構は塀を周らし、いわゆる「御假館」を初めとして代官役所、倉、御米倉幾十棟、公は屢々ここに親臨して庶政を監督したというが、蓋《けだ》し、年々ふえて行く稲の先に小判の垂れ下るのを楽しんだのであろう。今我々の住んでいる中学校は、実はこの假館の跡である（勿論、その一部に過ぎないが）

古い図を見ると「御居間」の側の御處」の隅に、銀杏の木の印がある。これは信政公が貞享三年（一六八四年）假館の落成した折の御手植であるという。今日我々が出入りする、寄宿舎の玄関の近くに亭々と聳え、炎天の日もその下に憩えば暑さを忘れる老大木として残っている。貞享元年から数えて二百六十一年、木造町の歴史は「俺が一番詳しい」といわんばかりである。目通周囲二十四尺、高さ七十二尺、天然記念物となっている。この木からとれる〝ぎんなん〟は三十俵にもなって、年々、代官から藩公に献上されたというが、今青いこの実が、やがて色づけば、幼稚舎生が喜んで拾うであろう。

第八号　昭和二十年九月二十日

木造町の沿革（下）

去る八月十五日を期して祖国日本は、正に大転換を開始した。よろずの物の上に万華鏡そこのけの目まぐるしい変化が行われつつある。この目を以て我が「木造」を見れば、我れと我が目を疑いたくなる位。騒然たる風はどこを吹くのか、戦前も戦後もない。町を囲って静かに稲が揺いでいるばかりである。

木造の町は土の匂いがする。既に記したように、その歴史もまた土の匂いが豊かである。新田の開拓に源を発した木造の町は、藩公の熱誠に動かされて忽ち開け、忽ち飽和状態に達し、町の発展も停止したかに思える。明治三十四年に町制が施かれたこの町は、現在約九百戸の戸数を持ち、人口は大体五千前後に止っている。本格的に戸数人口の増減を比較しようとすれば、勢い昔と今の町の範囲地域を厳密に吟味しなければ、意味をなさないが、大ざっぱに言って、試みに寛政四年（一七九二年、今から百五十三年前に当る。）の調査による戸数と人口は、今よりやや多い位である。即ち、戸数は一千七軒で、人口は五千七百九十人である。医者は四軒、豆腐屋が五軒、荒物屋が九軒、それに風呂屋も髪結《かみゆい》もある。今の木造の事だと言っても誰も疑わないであろう。木造の町にとって、年代の百五十年は一夜の夢に等しいのである。それほど町は、のんびりしていると申して差支えない。人情の美の由て来たる所以も自ら解けるというべきである。

事のついでに昔の農家の生活をかいま見ることにしよう。紙幅がないので、殿様の「お達」を生のままで掲げて御想像ねがうことにした。

一、国寛成時ハ民奢ル者也奢ル時ハ己ガ事業懈《ヤスレ》安諸民衣食住居諸事無奢様ニ可被申付事

一、民ハ国ノ本ナリ御代官ノ面々常ニ民ノ辛苦ヲ察飢寒ノ愁無之様ニ可申付事

以上、延宝八年八月三日の達

殿様は「民」即ち農民をこう見ておられる。

なお農事に就いては細々と種子の蒔きようから苗の植付、草取のことに至るまで意図している。例えば

一、彼岸ハ世話の言葉ニ春ノ彼岸ハ父、秋ノ彼岸ハ母ト言フゴトク春父ノ種を下ロシ母養育イタシ秋は実法ニテ種子刈自然ノ道理此ノ節ヲ違申間敷事

その生活植えは厳しい取締があった。

一、貧福ニ不寄朝夕之事一計一菜尤手作物下魚之外無用ノコト
一、煙草類惣テ可成丈ハ手作物可用買調候儀可為無用事
一、菓子ハ煎米火之昆布或ハ草木ノ木実之外可為無用事
一、畳可為無用　薄縁管莚可用事
一、火鉢ハ板サシノ土塗或ハ切石ヲ可用福者タリトモ善キ火鉢等無用ノ事
一、下リ元結、加羅ノ油、女化粧之具無用ノ事
一、青田並農具ヲ賣或ハ質ニ差置候儀堅ク無用ノ事
　以上享保九年十月

まだまだ細い点、よくいえば「かゆい所へ手のとどく」ような、悪くいえば「いらぬ御世話」のお達しが沢山ある。しかし今の我々はこんなお達しどころのさわぎではない。むしろこれを見てのんびりするばかり、束の間のんびりしていただきたいために写しとってお目にかけた次第である。

終刊号　昭和二十年十月十五日

疎開学園を閉じるに際して

ついに疎開学園を閉じる日が来ました。もう四、五日の後には、子供達のあるものは一年二カ月ぶりに、またあるものは七カ月ぶりにそれぞれ親許へ帰って行くのです。それを見送る私どもの心中お察し願いたいと思います。

戦争は終りました。子供達は子供達なりに実によく戦いました。よく忍びよく耐えて来ました。こし方を顧みて、万感、こもごも胸に迫り、ただこの小さき者の上に感謝あるのみです。不幸にして戦争は我が方に不利でしたが、子供達がこの学園で養った底力を思うと気強い気がします。新しい文化日本の柱石となるのは、実にこの子供達だという気がするのです。

私どもの口から申すのはどうかと思いますが、我々の学園は確かに模範的のものであったと自負して憚りません。それには塾当局の御理解と御父兄方の御協力及び地元受入側の御同情が大きな力であったことは、いうまでもありません。

しかし、私達は子供達が実によくやってくれたことを特筆大書したいと思います。
私ども（教員、医師、寮母、看護婦、作業員等）としては、別にとりたてて申すほどのこともありませんが誠心誠意、最善を尽したと、ただこれだけ申上げれば足りると思います。
新しい日本に幸あれ
子供達の上に幸あれ！

見よ学園の全貌

職　員

一、教員（編制順）
園　長　清岡暎一
副園長・木造通信編輯長・六慶　吉田小五郎
図画工作専科・庶務会計部長・傭入部長　吉武友樹
五年担任・生活必需品配給部長・煙草専売局長　大島継治
六應担任・作業部長・第一学寮訓育部長　川村博通
図画工作専科・第一学寮舎内造作部長　小堺　徹

四慶担任・教務部長・理科専科　永野房夫
三應担任・行事部長　奥山貞男
四慶担任・薬品部長・独身者　渡辺徳三郎
三慶担任・輸送事務長・主食品部長　赤松宇平
一、二年担任・木造通信記者兼編輯員兼印刷局員　林　佐一
校医・町田病院長　町田敏蔵

二、寮母

第一学寮　土田　操　山崎タイ　岩瀬君代　沖　嶺香　西郷ひな子　山上正子
第二学寮　甲斐和子　阿部才子　水落みつ枝　鈴木泰子
第三学寮　飯田ひで　内村克子　高野芙美子　鈴木譽子

三、看護婦（編成順）

石川　桐　今野加世子　佐伯廣子

四、作業員

第一学寮　田村福次郎　田村タカ　田村忠夫　田村勝夫
第二学寮　葛西みつ
第三学寮　高橋リヨ

疎開学園終了生

六年慶組　岩井　洋　岩切文雄　石坂恒夫　富田恭弘　友田昌利　大谷津京三
岡田昭夫　小野澤忠男　小澤小一郎　渡邊眞三郎　川田貢一郎　加藤正男　金子光雄
神谷一徳　米田昭八郎　吉本幸生　田中稀一郎　村田基生　古賀忠昭　佐野初夫
平井新一　鈴木光雄　鈴木幹男

六年應組　岩瀬晴男　伊藤洋規　飯田哲也　堀内　晋　星野澄夫　富澤康男　加山岳生
吉田義雄　澤田秀之助　白取　隆　島田康夫　島田安克　樋口昌夫　鈴木貞一　長井二郎
平戸康雄　田中清一郎　中津川浩三　中村一雄　内田　晟　漆山　治　大矢裕康　奥田祥一

五年　伊丹一行　榊原健壱　篠　弥輔　川島　修　塚原孝四郎　岡崎久夫
杖下孝之　野中　孝　小島忠明　近藤一男　山岡海三　福澤文士郎　石川博章
早川一郎　早川二郎　堀之内寛保　折下竹雄　奥田榮二　横倉友次　山元康邦
小谷映一　小林　繁　福島昌彦　青木榮佑　秋山譲介　佐藤文三郎　清田盛久

四年慶組　岩川孝一　尾関全彦　若林兌和　甲斐睦興　吉田康男　高橋　脩
田中　明　高野博靖　植松好徳　安部幸一郎　阿部愼蔵　足立建郎　宮島吉亮

四年應組　川田隆一郎　多胡好兼　土屋　宏　中村義雄　山崎真之亮　八木忠一郎
松山雄一　小島忠治　寺尾　浩　厚治秀行　齋藤勝彦　守屋　健　森　哲夫

三年慶組　岩橋康輔　萩原守雄　高橋正人　田中雍久　田中則忠　上野　信
山口英二　高野敦臣　小林　恵　近藤晋二　青木宏之　木野文海　三宅一夫
宮島欽一　清水　彰
三年應組　市原敬雄　岩田弘和　千葉常英　吉村英一　山本忠雄　淺原保明
廣瀬治彦　平野　明　川田純平　松本恒廣
二年　加藤輝彦　廣瀬光雄　千葉常敬　垣内鎮夫　岡　清里
一年　田中將堯　谷　高之　本澤　寛　加藤武男　中村公一　吉村　稔
島田孝克　守屋　忠

（「木造通信」昭和二十年十月五日、「昭和二十年夏 木造」平成二年七月所収）

衛生室をよくする

昭和十二年（一九三七年）天現寺に移る前の幼稚舎は三田にあり、校舎は木造でした。私は大正十三年（一九二四年）前のことは知りませんが、当時衛生室のことを看護室といい、教員室の隣りで、畳六畳くらいの板敷のせまい部屋で、東の方に縦に細長の窓が二つ、寄宿舎時代の鉄製のベッドが二つそなえつけてあって、外には隅に薬など入れる小さな戸棚が二つあるきりでした。むろん看護婦さんはいません。病人やケガ人が出ると、三田通りの松山病院（院長松山陽太郎、幼稚舎出身）へ連れて行くのです。一年一度の身体検査も、松山病院の人が来てやってくれました。たしか昭和の初め頃から看護婦さんが一人看護室にいてくれるようになったと覚えています。

ところが、昭和十二年に幼稚舎は天現寺に移りました。前年の九月、半出来の中に、六年生だけ移って来ました。さて天現寺へ移って見ると、衛生室は今までのに比べると、天国と地獄ほどの変りようでした。南に面した本館の真中で、日はさんさんと当り、広くて明るくって、まぶしいほどです。看護婦さんのほかに、医学部から毎日お医者さんが来てみていてくださる。ところが戦争が始まって、だんだんはげしくなると、若いお医者さんは戦地へいってしまわれて、思うようになりません。昭和十九年、疎開となって、当時の幼稚舎係りのお医者さんは松原敬介先生、第一の疎開地修善寺へいくと、間もなく松原先生は召集となり（戦死なさいました）、やっと開業医の町田敏蔵先生に来ていただきました。疎開中は、宿舎が三つにも分れていましたから、看護婦さんも、今もいてくださる石川桐先生のほかに、田坂匡子さん、今野香代さん、佐伯拡子さんたちが来てくださいました。石川先生は昭和十八年からですから、もうずいぶん長くいてくださるのです。いつもお元気で、わけへだてなくお世話くださるので、幼稚舎にとって、宝物の一つです。

戦争がすむと、戦地から若いお医者さんがどっと帰って来られた。医学部では、町田先生をお払い箱にして、慶應のお医者さんを使えといわれるのですが、それは無理ですと返事をしました。町田先生が昭和三十一年（一九五六年）お亡くなりになるまでいていただいたことは、何時か書いたと思います。

町田先生の後は、元のように医学部の一人の先生にお願いが出来ません。一週間に三人の先生が代りあって、たしか水原春郎先生が先頭に立ち、熱心に研究的に幼稚舎生の健康管理を完全に近いものにしてくださいました。石川先生も資格をとって養護教諭となり、どんなにかお役に立ってくださったことでしょう。

それに衛生学教室の上田喜一先生のお言葉があって、衛生室に新たに歯科の設備をととのえ、歯医者さんに週二、三回ずつ来ていただくことになりました。これは、創立八十周年にいただいた施設拡充資金によるものでした。衛生室の先生方が立ててくださった「衛生室の年間計画」を見ると、その用意周到なのに、ただただ驚くばかりです。

（「幼稚舎新聞」八一〇　昭和五十二年九月二十一日）

女子の制服

戦後、慶應は昭和二十一年（一九四六年）に大学が男女共学になり、次いで二十二年には中等部がそれにならいました。ここで申しておきたいのは、戦前慶應には普通部と商工学校という二つの男子の中学校がありました。そのために中等部は商工学校が名前をかえたのだと思っている人がありますす。そうではない、商工学校はやめになって、中等部は昭和二十二年、全く新しくできた学校なのです。

当時G・H・Qでは日本中の学校を男女共学にする予定でしたが、ミッション・スクールなどでそれに一部反対する空気があって、必ずしも男女共学でなくてもよいということになりました。第一中等部は男女共学で始めましたが、幼稚舎と同居している普通部が初めから男女共学にする気がありません（それには色々訳があるのですが、ここではははぶきます）。さて幼稚舎ではどうするかということになって、評価が分かれました。男女共学研究会などをつくって色々研究した結果、昭和二十三年度から男女共学にふみきりました。女子のための設備が何にもないのですから弱りました。

戦後各学年二組になっていたのを三組とし、戦前の三組時代に「KEIO BOY」のKとOとBの三組にしていたのを、女子が入ってくると、Bでは困ります。それでKEOとし、男子三十人の女子十二人計一組四十二人にしました。女子はタッタ十二人、三組で三十六人。それでも受験者は二倍はなかったでしょう。幼稚舎と聖心や白百合とかけて受け、他が受かると、幼稚舎をやめて他の学校へ行くという、今ではあまり考えられないようなことがおこりました。最初の担任はK組内田英二先生、E組清輔道生先生、O組桑原三郎先生でした。清輔、桑原両先生は幼稚舎へ入りたてのお若い先生でした。

この頃は男子でも制服はそろわず、何を着てもよいという時代でしたが、無論女子も最初はそうでした。しかし、ほうっておくと、どんなハデな洋服でくる人があらわれるかも知れない。そこで昭和二十五年頃から研究にとりかかり、父兄の意見をきいたり専門家にも相談しますと、制服はない方がいいといわれる方もありました。結局、長谷川先生がなかに入って、三越の婦人子供洋服部にお願いして試作をしてもらいました。何回もなおして、その度に父兄にも見ていただき、昭和二十八年の新学期から今の制服にふみきりました。帽子はどうするかで迷いましたが、とうとう決まらず、その中に男子のお釜帽をかぶってくる人があり、それがなかなかかわいいので、結局そんな風になりました。

女子が入って来ると、今までのように体操も男の先生だけでは間に合わず、昭和二十五年倉持京子先生、前園容子先生とつづきますが、みんな体操学校で天野蝶先生のお弟子さんなのです。天野先生はお婆さんでしたが、張りきって元気がよく、ぴちぴちしておられました。

（「幼稚舎新聞」八〇五　昭和五十二年七月六日）

一ねんせいのみなさんへ

ちいさいしんしとしゅくじょのみなさん！　おめでとう。みなさんはようちしゃへはいれて、どんなにうれしかったでしょう。わたくしも、かわいいみなさんをおむかえして、とてもうれしいのです。

わたくしは、みなさんを、ちいさいしんしと、しゅくじょだと、いいました。

ようちしゃのせいとは、みんなちいさいながら、しんしとしゅくじょなのです。が、しんし、しゅくじょというのは、ひとにはしんせつでげんきなひと、つまりりっぱなひとと、いうことです。

それではここで、ちいさいしんし、しゅくじょにまもっていただきたいことを、四ついっておきましょう。

だい一、うそをつかないこと。

どんなことがあっても、うそをついてはいけません。しろい、おひげをはやしたまほうつかいのおじいさんがでてきて、うそをついたらごほうびにきんのおのをあげるといっても、いやですいやです、うそのきんのおのなんかいやですといって、きっぱり、ことわりましょう。

だい二、せんせいのいいつけをまもること。

せんせいに、おなまえをよばれたら、げんきよく「はい」とへんじをなさい。ぐずぐずしていてはいけませんよ。せんせいのおっしゃることをよくきいて、よくいうことをきくのですよ。

だい三、みんななかよくすること。

おともだちどうしけんかをしてはいけませんよ。けんかをするようでは、しんししゅくじょではありません。ことにおとこのことおんなのこはなかよくし、たすけあうようにしてください。

だい四、じぶんのことはじぶんですること。

みなさんは、もうようちしゃのせいとです。ようふくをきたり、ランドセルをしょったり、くつをはいたりくらい、じぶんでできるはずです。じぶんでできることを、おかあさんや、じょちゅうさんにたのむようでは、ようちしゃのせいとはいえません。

この四つのことを、まもってください。しっかりたのみますよ。


（「幼稚舎新聞」四　昭和二十三年四月二十五日）

独立自尊の人

――卒業生におくる――

私が独立自尊の人というのは、福沢先生のお訓えを身につけた人のことで、幼稚舎の卒業生は全部独立自尊の人でありたいものです。福沢先生のお訓えといって、むずかしくいえばきりがありませんが、私はやさしく次のように考えています。

一、明るい朗らかな人になれ。

こそこそじめじめしたのは一番いけない。何でも正々堂々といい、またおこなう。

二、正しいことは勇敢に主張し、ふにおちないことは勇敢にことわる。

勇敢にことわることが案外むずかしい。間違ったことをしでかして、やれ友達にそそのかされたの、勧《すす》められたの（たとえそれが本当であっても）といういいわけは以ての外である。

三、自分だけよい子になり、自分だけ得するような根性をけいべつすること。

人はとかく他人のことはすぐ気がつくけれど、自分のことは棚にあげてしまう。自分のいやな根性をけいべつするくせをつけること。

四、何でも一生懸命やること。

頭は悪くとも一生懸命に努力する人こそたのもしい。努力はしないが実は頭はよいのだなどといわれて得意になっている人があるが、はずかしいことだ。

五、弱い人の味方になり、女の人の前では特にお行儀に気をつけること。

りっぱななりをしていても、女の人の前でお行儀のわるい人を下品な人という。

六、ぜいたくは堅く無用。

毎度いうとおり、良家の子供はゆめゆめぜいたくをしてはならない。福沢先生はぜにをつかわないのにも勇気がいるとおっしゃった。

まだ考えれば、色々あるでしょうが、私はこんなふうに考えます。以上、卒業生諸君に示すと共に、私もその実行を心がけたいと思います。

（「仔馬」一—六　昭和二十五年三月）

わかき友へ
――卒業生におくる――

何の不安げもなく、ただうれしげに幼稚舎の門を出て行く若き友よ。

過ぎる六年間に、私達が諸君にいうべきことは、もう言いつくした。しっかりやれ、病気をするな、忘れものをするな、頑ばれ、小学校の先生のいうことは大方きまっている。諸君はもう耳にタコが出来ているということだろう。

その諸君に最後に呼びかけるのだ。諸君に背骨《ばっくぼーん》があるかな、何ツ！　吉田先生のように猫背じゃないって！　真直《まっすぐ》か！　よろしいよろしい、それでよろしい。この六年間に大分カルシウムの注射をして来た筈だから、背骨はかなり丈夫になっていることだろう。しかし、世間の人間を見わたして、背骨がありそうに見えても案外骨なしの人間が多いのだよ。幼稚舎の卒業生には背骨（特に道徳の）がある、そうなってほしいものだ。

私は時々諸君に福沢先生のことを話した。しかし実をいうといつも遠慮がちであった。福沢先生は、子供が好きで幼稚舎生をかわいがられたというが、その思想《かんがえ》や行いは子供向きでない。

それでも私はいくらか糖分のまじった諸君の口にあいそうなことをホンの少しへたに語った。

私は諸君がいつか、福沢先生の書かれたものを自ら読む日の来ることをのぞんでいる。もし諸君が福沢先生にじかにふれたら、諸君はおどろき、その先生がおたてになった慶應義塾に学んだことを心から仕合せに思うだろう。福沢先生は、生まれおちるより骨太の子だったというが、それより私のいう背骨のしっかりした人であった。

諸君を呼び止めて、先生の謎のようなことをいうと思うかも知れぬ。それでもよい、どうかこの謎ののっている「仔馬」をどこか書斎の一隅において、十年後、二十年後にとりだし、その度に背中をなでて、僕に背骨はあるかなと思い返してほしい。

ああお待たせしてすまない、遅れないように中学の門へ急いで下さい。さようなら。

（「仔馬」二―六　昭和二十六年三月）

芽茂（Memo）

——仔馬雑記——

私の頭は始終おかしなことを考えている。例えば、坊さんや宣教師や教師の社会には案外虚偽が多いと考えたり、年中口をひらけば、先ず教訓を垂れなければならない校長商売はいやだと思ったりするのである。

私は毎日世間の垢のまだ染まないきれいな子供たちに接して暮していられることを幸福に感じている。しかし、この子供たちの中に何かかくれているのだろうかと思ってそらおそろしいような気がすることもある。またある時は、自由にはねまわっている子供たちも、何か見えない糸でがんじがらめに縛りつけられているのではないかとぎょっとすることもある。

今日何でも「つめこみ」と称して記憶を強いるようなことは世間からきらわれている。もっともなことである。しかし余計なことを記憶させるのはバカらしいことであるが、一生の中で一番記憶力旺勢な、大人が考えるほど苦痛もなく何でも覚えてしまうこの時代を無駄に過させるのももったいない気がする。

私は少年の頃、初めて「古事記」の話をきき、「かたりべ」というものがあって、あの長い「古事記」をそらんじ語りつたえたという話をきいてびっくりした。しかし、坊さんたちが、きいている方でしびれを切らすような長い長いお経をやすやすと誦むことを考えれば、別に何でもないことだ。大した名僧知識というのでなくても、その辺にいくらでもいる普通の坊さんが皆そうなのである（もっとも小僧にお経を覚えさせる苦労はしっているが）平凡人がよく奇蹟をおこなうに等しい、いろいろ考えさせられる問題である。

（「仔馬二―一」昭和二十五年五月）

○

私も先生のはしくれである。なが年教師をしておれば、十分先生くさくなっているであろう。かつて幸田成友先生が某所で講演をされ、その速記を見て私にいわれたことがある。「キミ争われないもんだネ。速記をとって見ると同じ事を二度ずついっているんだヨ。教室ではどうしてもそうなるからネ、おソロシイモンだヨ」小学校の教師であるわれわれは二度ならず三度四度と同じことを繰りかえして語るであろう。しかし大工が大工らしく、八百屋が八百屋らしく、教師が教師らしくあるのもまためでたいとすべきであろうか。

（「仔馬二―二」昭和二十五年六月）

○

二月三日、福沢先生の御命日、少々風はあったが、今年は珍しく雪のない明るい日であった。例年のように上大崎の常光寺にお墓参りにいった。蕎麦屋の角をまがってからの道は、人にきかれても説明はできないが、自然に墓所へ行きつくから妙である。

（もっとも当日は学生が流れるように歩きつづいているが）

先生のお墓の前に立って何時も思うことは、お墓がいかにも小じんまりしていて良いという事である。伊豆石の極く平凡な形で誠に小さい、それに先生らしく奥さんと仲よく、二行にならんでお名前が刻まれている。確か先生が生前に作っておかれたものと覚えているが、よくも遺族の方々や慶應義塾の当局者が、墓域を拡張したり大げさなものにしてくれなかったことを床しく嬉しく思っている。

私は谷中や青山や雑司谷や多磨墓地をあるいている時、ふと辺りを威圧するような、それも鬼面人を威すといったような墓碑を見て――それが知名な人のである場合余計――ぎょっとしぞっとした経験をもっている。

生きている中住む家も死んでから移り住むお墓も成るべく小さい方がよいようである。

（「仔馬二―六」昭和二十六年三月）

◯

普通部の改築と幼稚舎の設備充実の名目を以て、六百万円の寄付金募集を発表し、父兄に訴えたのは去る六月のことであった。幸いに大方諸賢の賛同を得て、遥かに予定額を突破した。心から敬意を表し感謝の誠をささげたい。

元来、学校の寄付は、アニイ連の酒代になるお祭の寄付とはおもむきを異にする。学校は、いって見れば我が子のためのものである。我が子の書斎の延長と考えていい。しかし寄付はどこまでも寄付であって、心がなければ出来ないし、心があっても実力が伴わなければそれも出来ない。そこは十分考えておく必要がある。

私は今度の寄付を発表するに当って、その点に意を用いたつもりである。勿論多く集まることは望ましい。しかし、どこまでも自発的で無理があってはならない。今の時勢では人それぞれ悩みをもっている。立派な善意な人ほど経済的な悩みを持っている筈である。そういう人々に寄付のわずらいをかけては相すまないばかりでなく、寄付に応じられない不快な思いをさせてはいけない。そう私は考えて、万事、その方針でやったつもりである。担任の先生方が寄付のことに全然タッチされないようにし、また寄付金が幾ら集まっても、各組毎の集計や、各個人の寄付金を一切担任の先生方へ知らせないのも、その為である。

しかし、私の心の中では金高のいかんにかかわらず、たとえ、僅かでも全父兄にこの寄付に応じていただきたかった。それは先に述べた学校の寄付は学校自身というより、子供のためのものだからだ。私は父兄にお願いした以上、私としても真先に貧者の一灯を捧げたのである。

（「仔馬」三—四　昭和二十六年十一月）

○

私も近頃とみに顔が広くなったらしい。教師の生活も三十年となれば、おのずからそうなるのは当然の成行きというべきであろう。というのは、最近どこへ行っても思わぬところでお辞儀をされて、まごつくのである。電車の中で、街で、何かの会合の場所で、ヒョイと帽子をとられ、さて誰だったかナと思う。当方がよく覚えている場合はそれでよいが、見ず知らずといった感じのことが少なくない。私の教え子なら忘れる筈もないが、三十年間に迎えおくった幼稚舎生か、何時の間にか幼な顔が消えて立派な紳士となり、自分の担任でも何でもなかった私の顔を見て、さすがに幼稚舎時代を想いだすらしく、つい帽子をとるという訳なのである。さらにそれを何倍する父兄その他の中にも、声をかけてくださる方がある。現在の生徒、父兄はいうまでもない。それで私は思う。われわれ教師はウッカリしていられないということである。つまり到るところに伏兵ありで、油断も隙もあったものでない。とんだところで仇にめぐりあうし、そんな事がないとは限らないのである。

私は生粋の田舎育ちで田舎漢であるが、年少の頃（四十幾年か前）、しばしば自転車競争なるものを見たことがある。当時ケイリン（競輪）という言葉はなく、また今日のように博打がそれに伴っていたかどうか知らない。とにかく、少年の日、赤、緑、橙と原色の帽子に原色のシャツ、泥除もなにもない軽快な自転車、水牛の角のように下に折れまがったハンドルにおっかぶさるようにし、つぶてのようにつっ走る様を見て胸をときめかした記憶を今に忘れない。それで今日、電車の中、街角にはりめぐらしたケイリンの広告を見ると、何か少年の日の郷愁をおぼえ、一度見て見たいと思うことがある。しかし例の伏兵のことを考えると、別に悪所という訳ではないにしても、その折のバツの悪さを想像して遂二の足を踏むことになるのである。

恐らく、人はそれはつまらないことだというであろう。何も遠慮にはおよばない、ケイリンでも競馬でも、誰はばかる事があるものか、見たければ見ればいいというであろう。しかし凡俗の教師たる私は私の行きかたでよいと思うのである。ぐうんと偉い教師だったら花柳の巷に出入りし、賭博の席につらなるもよいかも知れない。しかし、凡俗の教師たるわれわれ（否私）は狭い教壇にあくせくしているのが、丁度柄にあっているばかりでなく、また楽しみでもあるのである。

「人間」という重宝な言葉がある。教師も人間、坊主も人間、すべて人間のすることなら、何の構うことはないという説である。もっとも至極で正にその通りといいたい。しかし教師が、坊主が教師らしからざる不潔な行いをする場合、さすがに気がとがめると見えて、一応「教師だって人間」「坊主も人間」と呪文を唱えて逃げるのである。しかし、私は教師や坊主には自ら戒律があって然るべきだと考える。理窟はどうあろうとも、私はそうならなければいけないと思っている。無論今の時勢に外から押しつける戒律はないかも知れない。しかし戒律は自然にある筈である。凡俗の教師たる私は、そう考えて、せめて子供の前に立ちたいと思っている。

（「仔馬」三―六　昭和二十七年三月）

〇

去年の十月、六年生の卒業記念旅行のお伴をして名古屋にいった時のことである。日本陶器（ノリタケの西洋陶器として有名である）の工場を見せてもらった。

近代的な流れ作業で、一巡すると大体の工程がよく分り、興味深いものがあった。

一例をあげると、ベルトの上に白い皿が行儀よく列んで徐《しず》かに流れてくる。両側にいならんだ女の工員さんたちが、各々自分の前に来た皿をとり、写し絵で絵付をする。恐らく流れてくる皿の速度と工員さんたちの仕事の能率との間には精密な時間の配当計算ができていて、急ぐ必要がなく、また怠けることが出来ない。無論時々小用に立つ時間も勘定に入れてあるのであろう。

丁度私たちが見ている最中に正午のブザーが鳴った。トタンにベルトは止まり、工員は間髪をいれず仕事を止めて食事に立った。私はこれを見ていて非常に興味をそそられた。それは我我教師の仕事と何たる相違であろう。そう思ったのである。

我々も朝の何時から午後の何時まで時間的に仕事をするには違いない。しかし、どんなに力を入れても入れたりないほど努力することも出来るし、またどんなに怠けることも出来る。殊に受持の時間が終ってそれで仕事がすむというのではない。むしろ教室外の時間の方が肝腎なのである。直接教えるための準備としての仕事もあるし、人間修業のための準備もいる。これは寝る間も寝ないで準備しても、どうにもならなければ、またどんなに怠けても、一寸見た外見では分らないのである。器用な人の授業は恐らく効果も十分であろうし、見た目にもよい。その反対もまた真なりといえる。そう考えて来ると、教師という職業はどんなに怠けても勤まるし、また良心をもってすれば、やりきれない商売なのである。常々そんなことを考えていたことが、ベルトの上を流れてくる皿を相手にまめまめしく働いている工員さんたちをながめている中に、ふと頭を往来した訳である。人より余計精を出すことも出来ず、また怠けることも出来ない組織、如実に近代的な感じを受け興味がつきなかった。

(「仔馬」四―一　昭和二十七年五月)

疎開の思い出

今度の戦争は、終りがあの通りの結果になったから、人は何もかも一切が悪いようにいう。「終りよければ総《すべ》てよし」の反対である。戦後にあらわれたある種の人々の文章を見ると、戦争中の文章に不正直が多かったのと同様、文章にウソと不正直の多いのを感じる。

戦争中の学童疎開、私たちは運がよかったせいか、苦しかったけれど、色々得るところも多かったように思う。疎開の記録は何時か整理しまとめておきたいと思いながら、今日まで怠っている。これはどうしても我々教師側のものと、主体であった子供側のものが両側揃わなければ完全でない。

私たちの幼稚舎では、伊豆の修善寺へ行った。昭和十九年八月である。一行三百七八十名、教職員十二、三名、同じく寮母十二、三名ほどの大世帯で、私は当時五年生の担任であった。無論負けるなどとは露思わず、恵比寿駅での父兄とのお別れも、それほど悲痛というほどの気持はなかった。もっとも父兄の中には遺書をしたためて万が一の場合と担任の先生に渡しておかれた向きもあると聞いた。

修善寺駅へ着くと、ドシャ降りの雨であった。土地の小学校の生徒等が駅へ出むかえてくれたのだが、雨のためにウヤムヤになり正式の礼儀をかわすこともできなかった。野田屋、仲田屋、涵翠閣の旅館三つに分宿した。野田屋が本部ということで、私はその寮長であった。当時主任（舎長の旧称）の清岡先生は御病気のためにおいでがなく、高橋立身氏が代理をされ、現地では私が主任みたいな役目をうけたまわった。

着いた日の昼食は持参の弁当であったが、夕飯の膳に向って一時に労《つか》れが出たような気がした。ドンブリの底にチョッピリ〝おこわ〟がのぞき、小皿に盛った蕗にしては穴のあいていない野菜、これが生れて始めて口にするサツマ芋の蔓《つる》であった。豆粕の入った少量の飯と芋の蔓と皮と〝めだか〟よりは大きい魚と、これが毎日のお菜であった。まるまるとふとっていた子供たちが見る見るやせていった。それでも最初の四五日間は元気であったが、五日目から一週間目くらいになると、子供たちは東京の家を思いだした。殊に食料の不足がてきめんに郷愁をおぼえさせた。何か話のようだが、夜、月を見ると悲しくなり泣けるという。一人が心ぼそくなると、次々に隣りの子供に移って行く。

さもしいようだけれど、人間いざとなると食料のことが悲しみの種子となり喜びの元となる。子供たちのやせて行くのを見るに忍びない。私たちもさもしくなった。隣り近所の旅館にはそれぞれ東京のどこかの小学校の学童が来ている。他の学校の先生方と秘かにドンブリの飯を持ちよって、量の比較をした。ある日、私は宿の主人夫婦を呼びつけ、里芋の皮の煮つけたのを示し「見よ、君たちは我が子にこの芋の皮が食わされるか」私は激情をたたきつけた。その当時の子供たちの日記は、挙げて食物のことばかりだそうである。「芋の皮と大根と人参と何とか」と子供たちは大声に歌った。その中に、東京の父兄側から、時々野菜をトラックに積んで修善寺へ送りとどける運動が始まった。三津浜から直接生きた魚がとどいた。蜜柑はふんだんに入って来た。しかし、それも長続きはしなかった。

だんだん子供たちはこの生活になれた。自分のものは一切自分で処理し、自然に弱い者をいたわる習慣がついた。毎日おねしょをする子供がいても、これを軽蔑したりひやかしたりする者がない。戦争は苛烈になって来たけれど、伊豆の山の中は、いたって平和でのどかであった。B29が、トンボの大きさで遥かに高く光り、富士を目がけて北へ進む時、その下で子供たちは暢気に山の中を縦横にかけめぐり、狩野川へ釣りに出かけた。しかも日に二度は必ず温泉につかった。青森へ再疎開するまでこの生活はつづいたのである。

戦争の不安なく食料が豊かであったら、長期（少なくも三月）にわたる団体生活は、子供たちにとって愉快であり、どんなに有益であろうかと思う。昔の幼稚舎の寄宿制と考えあわせて、そんな施設が欲しいとも思うのである。

（「仔馬」六―一　昭和二十九年五月）

どうぶつのこどもたち

とらのこ

おうい！
あんまり
そばへきちゃ
だめだよ
ぼくは
とらのこだい
ねこじゃ
ないんだぞ！

――サムエル・マルシャーク――

サムエル・マルシャークという人の「どうぶつのこどもたち」（岩波の子どもの本）を読んでいたら楽しくなった。えもいいし、詩もかわいい。それにしても人間の子にしろ動物の子にしろ、うまくできている、何てかわいいものだ。人間の子を動物の子と一緒くたにして、人間の親達は不服かも知れない。それでは「虎の子」「麒麟の児」といいなおしたらご機嫌だろう。私もさんざん一年生の子供を飼いならしたが、始めて学校へはいりたてなんか、動物の子とちっとも変らない。教壇にたって、みんなに話したって、マルで聞いてやしない。フクロウのようにキョトンとしているのもあるし、お猿さんのように隣りの子の頭を鉛筆でつついているのもある。そうかと思えば、一人がオシッコに立つと、どどどッとみんな前をおさえて走りさってしまう。それでも、私はそういう子供たちの先生だったことを仕合せに思っている。今は直接子供に接することのない事務屋になりさがったが、小学校の教師たるもの、何といっても動物のような子供たちを飼いならすところに醍醐味があるというものだ。

私は一年から六年まで持ちあがり、それを三回完全にやりとげた。自分では、各クラス毎に長男、次男、三男といっている。その三男坊（昭和十二―八年）を受けもった時、「教室日記」なるものをつけていた。その内容がおよそどんなものであったか、その帳面の始めに次のような序文めいたものが書いてある。

これ気ままの日記なり、学業に関する余り必要なことは却って記さず、むしろ要らざる、タアイなき事のみを記す。子供の鼻くその如きものなり。
この日記は一年のある時期（昭和十二年）と、とんで三年生（昭和十四年）になってから思いだしたように、また書きつづけている。今から思えば、ずっと六年間つけておけばよかったと悔まれる。一年生の分、四月八日が始業式で、その翌日の九日が最初の授業、それから一カ月あまりの日記の中から、とびとびに写して披露することとしよう。

昭和十二年
四月九日（金） 朝はかなり強い雨
一時間目に「オハヨウ」「サヨウナラ」等帽子をとって挨拶する稽古をし、読本、筆入、鉛筆一本、時間割等を渡す、二時間目、校内を見せ、体育館で二回かけ足をさせて見た。かえり新田君、西川宗一郎君のレイン・コートを間違えて着る。靴のハキ替で大混雑、梅岡君のお迎えおそいとて泣く。
四月十日（土） 晴
一時間目、並ぶけいこ、三階の屋上を見せた、黒河君、昨日、チョークを見て「このローソク停電の時使うんでショ」という。二時間目、絵をかかす、村山君の絵は装飾的、阿部君、大橋君、小田岩、西川君は中々うまい。帰る時は、十人位ずつ靴箱に連れて行って少し混雑は避けられた。今宮君、前田鑑二君欠席。

四月十二日（月）

花壇にチューリップ、アネモネ、水仙など花盛りなり。

一時間目、体育館の屋上で帽子とりをした、二時間目初めて唱歌。

中村晃君「先生何故、僕達と同じ洋服を着ないのか」という。山井君のお母さん曰く、「学校へ行くのをいやがる、廊下にいないときかない」とのこと。

阿部君、つつじ、菜の花、かいどうなどの花持参、為に教室明るし。

四月十三日（火）

一時間目、修身の時間、小波《さざなみ》のお伽全集の中、短篇「蝿と蜂」「雀と鷲」「燕のお別れ」を読んでやる。学校往復の乗物に注意を与える、遊び時間におにごっこをやった。

新田君私の後にまわり、襟首に砂をいれる。二時間目手工、キビガラの馬なり。

四月十四日（水）

一時間目リレー式の遊戯（鬼ごっこ）をやる。「誰だ」というと、大橋君「誰だと呼べば何ンだいと答える」という。

黒河君、何かのことで泣く。

帰り、高橋太郎君、島崎君の書生おくれた、しかも二十分もおくれた。

四月二十六日（月）
朝雨、体操の時間に算術をやった。
中村君曰く「先生はかわいいよ」
算術で1、2、3の数字を教える。カードと連絡をとる。
五月一日（月）
福沢家との間の塀がとれた、すがすがしい。算術では数字6まで、国語は「サイタサイタサクラガサイタ」全部。
これまで字をならった事のない人ときいたら、久保君、福沢君、根岸君、猪原君、細山君、市川君の六君であった。
六月二十二日（木）
二三日前、梅岡君、ケシゴムを手に持ちながら無いとて泣く、昨日藤木君、かきとりおくれたとてなく、少々意地悪く待たぬこととす、彼大いになく。
また昨日、安田菊太郎君、帰りにランドセルを変な風にひっかけて、いたいといって泣く。
次は飛んで昭和十四年四月、三年生の時の日記である。
四月二十一日（金）
樺山君二三日前に曰く、僕はとてもうれしい、お母さんに双子が生れるの、レントゲンで見たら双子なんですってという、岡野君水ボーソーで休み。

四月二十六日（水）雨

一時間目の算術の時間に、黒河君、算術の宿題を忘れ、そのいい訳に「やって来たのだけれどやってない」と変なことをいったので叱った。なお四時間目の終った時、手洗場で手を洗っていると、同じく黒河君がそばにいてハンカチを出す、子供らしくないので不快を感ず。

五月五日（金）

四時間目が終って、今日は鉄棒の日、安田菊太郎君のお尻を押して上にあげた。それから次の方へ行って後向きになっている間に、安田君が口を真赤にしておっこっている。あわてて医務室へ抱いて行った。幸いに歯が折れておらず、安心した。迎えをたのまず一人で帰った。安心安心。

五月八日（月）

欠席十八人、麻疹と風邪が大部分、土曜日にも欠席十一人で、四時間目の地理をのばし、花畠の石を拾わした、子供たちよろこぶ。

五月十九日（金）

一時間目、教室にはいりながら、S君私の手にぶるさがりながら歩く、手にあたたかきものを感ず、私の手に接吻しているのである。この子は去年T小学校から転校して来たものだが、家庭に複雑なるものありと聞く、私にべたべたとなつく。始終教員室に入って来ては体をこすりつける、どこかあわれを感じ、ムゲに拒みがたきものあり。
麻疹のため欠席未だ減らず、学課も進まず。

六月七日（水）
高橋太郎君弟が生れたと家から電話があったとよろこんでいる。
近頃、教室の出入にぶるさがったり、ついてあるく子は、中村、日比谷、細山、猪原君等なり。

六月十四日（水）
昨日の自治委員会で言葉遣いに関する件が話題に上った由、今日の修身の時間に樺山君がやり玉に上った。つづいて樺山君がいろいろいたずらすることについて皆が次々に訴えた。「てめえ」というのは樺山君、楽書をするのは樺山君、靴箱の靴をかくすのも樺山君、という具合、所が樺山君はこれを否定しない。家でもいたずらすると正直にいう。お家の塀に楽書をし、この間はお父さんの靴の下に、カンシャク玉を入れておいた、所がうまく行かず、靴の下からころころと転げでたとか。

六月二十日（火）
この頃、喧嘩があって困る、いつも中に入っているのは樺山君だ。それから新田君だ、新田君というと口をとんがらかして抗議する、今日は根岸君が泣いた。

平井君は始終口笛を吹く、注意するとハッと気がつくけれどまた無意識に吹く。

阿部君が弁当を忘れて来たそうだ、パンを買って上げようというのにいいという。

六月二十三日（金）

今日、あんまり先生に気をもませると先生は死んじまうかも知れないといえば、平井君曰く、先生は独身だからいいという。

六月二十四日（土）

阿部君、頭痛がするとて欠席、阿部君の欠席は珍らし。

六月二十九日（木）

中山君、菅谷君なく。

中村、日比谷、細山の三君はしょっちゅう教員室に入ってくる、いけないといっても入ってくる。

ここのところ梅雨つづき、じめじめして気持悪し。

五時間目、習字の時間ががやがやし、アンマリやかましいと先生死んじまうといえば、篠原君曰く、どうぞ遠慮なく、お墓へいって下さいという。君んとこへ化けて出るぞといえば、お座敷に甘いものを出して待っているという。

樺山君、先生が一番すきな人を知っているという。「誰だい」といえば、「僕だ」といって笑っている。

七月六日（木）くもりで暑い日

一時間目、新田君、算術の道具を忘れたというので、家へとりに帰した。新田君だけで少し悪いような気もしたが試験的な気もちもあってのことだ。時間の終らない中に、ゆでだこのように赤くなり汗にまみれ息をきらしてかえって来た。「えらいえらい」とほめれば、なき笑いしている。これは恐らくよい薬になったろう。

高橋太郎君は体操の先生（宇都宮さん）によそみ大統領とあだ名をつけられたそうだ。先だってから赤ちゃんのできたお家がちょいちょいあるそうな、高橋君、樺山君、岡野君、根岸君、西川君のところなど。

きりがないからこの辺でうちきる。この子供たちが今ではみんなそれぞれ成人し、去年大学を卒業して、折目正しい立派な紳士になっている。医者の卵もいるし会社員もあり、アメリカへ留学中のもいる。うれしいかぎりだ。終りにもう一つマルシャークの「どうぶつのこどもたち」の中から、

ふくろうのこ

ちいさな　ふくろうを　みてごらん
ちびたちは　ちゃんと　ならんで
　　　　　　こしかけてる
　ねてないときは
　くってるんだ
　くってるときは
　ねてないんだ

（「新文明」五—二　昭和三十年二月）

先生

彼の師に勝らない弟子は憐れだ

——レオナルド・ダ・ヴィンチ——


レオナルドの鼻まがり、いやなことをいう。「馬鹿めッ！」といきたいところだが冒頭にそう書いたのでは、石坂洋次郎君の文章の真似になる。それにしてもこれは図星というものだ。

私も子供の時分から、ならった先生の数は何十人あるか知れない、先生運のいい方で、なかなかいい先生に教わっている。また教室で教わらなくても、いろんな方面で身近かに素晴らしい先生をもっている。但し頭に何何先生とことわらず、私がただ先生という場合、それは幸田成友《しげとも》先生お一人にかぎられている。昨年の五月、先生が八十三歳の御高齢でおかくれになった時、会う人会う人が私にお悔みをのべた。ひとも、幸田先生が確かに私の先生だと許していたのであろう。

そうかといって、私は卒業論文を先生に出した訳ではないし、身のまわりの世話をかけた訳でなく、原稿の斡旋を願って小遣いどりをした覚えもない。その点では、力もないくせに、むしろあべこべで、あちこち飛びあるいて先生の原稿をどこかの雑誌にはめこんだり、本がでるたびに造本のお手伝をしたりした。造本の場合、いつも細かい費用一切こっち持ちで、本が出来て一銭の御礼をいただいたこともない。キレイ・サッパリしている。しかし私は先生によって、生涯最大の恩恵をうけた。それは、学問の道の嶮しさと厳しさをまざまざとこの目で見とどけさせていただいたことである。自分ごとき、たとえ真似ごとでも、学問をする人間でないことをはっきり知らされたことだ。それでも、常に先生がいっておられた「オリジナルに返れ」の一言は私の胸ふかく食いいって、何をするにしても心棒になっているような気がする。

私はここで、先生の学問や学風をうんぬんする気はない。幸田家から、先生の伝記を書くように依頼されているから、いつかそんなことでへらず口をきかなければなるまいが、これは、先生おりおりのスケッチみたいなものである。

先生は随筆集の一冊に「番傘・風呂敷・書物」と標題をつけておられるが、講義の場合、いつも書物をいっぱい風呂敷に包んで教室へもって来られた。時には風呂敷包みを二つ両手にぶらさげて来られることもある。その包みをといて順序よくその本を教卓の上につみならべ、ノートをひらいて、さて両手で教卓を持つようにして、あのひょうひょうとした薄い髪の毛の大きな額の頭をチョコンとさげて一礼し、やおら講義がはじまる。名調子である。心持上をむき目を細め、「左様ですな、徳川氏は系図をだんだん見てまいりまするというと、家康から×代まではさかのぼれまするし、先祖から×代目までは、判然わかります。しかし途中がさっぱり分らない、難しいもんですナ」というように説いて行かれ、いちいち証拠をあげられる。それがお宅からわざわざもって来られた本で攻めて行かれるのである。艶のあるいいお声である。伝説によれば、あの小山内薫氏が、隣りの教室で近代劇の講義をしておられたのが、たまたま先生の名調子に聞きほれ、しばし学生と共に自分の講義がお留守になったという。ところで二時間つづきの講義が途中の十分休みに一服ということになる。すると先生の言葉はいきなり江戸ッ子のスラングになる。「エレエことになっちまいやがった」「つまらねエネ、キミ」「チッタア、オレにもよこせヨ」煙草をふかしながらにこにこしておられるのである。

やがて休憩時間がすぎ、ノートを開くと、再び慎しみぶかく丁寧な言葉で講義がつづく。「でござりまして」というような言葉が、殊に皇室のことになると、一段と丁寧になる。息を引きとるようにして「誠においたわしい、なさけないことでござります」とくると辺りはシンとする。国史の講義に外国側の史料がぽんぽん飛びだしてくる。そうして持参された書物史料を見せてくださるのである。

先生は、愛書家であり、蔵書家であり、書誌学者であった。その一端は慶應の通信教育部からでている「書誌学」のテキストを見れば明らかである。私はよく先生のお宅へうかがったが、書物を見ておられない先生を見たことがない。タマに脚立にのって植木の手入をしておられたことはあったが、その外は必ず机に向い、晩年、御気分がすぐれず寝たり起きたりでおられるようになっても、炬燵で本、寝床でも本であった。御気分の悪い時でも、本の話になると急に元気になられ、うれしそうだった。五十歳以後、特に日本に関する外国の本を多く買われるようになられた。「吉田君にそそのかされてネ」などと冗談をいっておられたが、イギリス、ドイツ、フランス、イタリーなど方々の古本屋から来る目録にいちいち鉛筆でシルシをつけ、「君どうだい、オレ註文した、みんな来るとエレいことになる、ツライね！」

目録で、それも遠く時間をかけて海外から本をとる妙味である。折角註文しても売りきれて、来ないかも知れない。それで、そんなことも予算にいれて、つい余計註文することにもなる。来ないとガッカリするし、力いっぱい註文したのが、時にみんな着いたりすると、嬉しいけれど支払いに苦労する。先生はそれをいっておられるのである。「吉田君、どうだい、この本は」その御機嫌のお顔をありありと目の前に浮べることが出来る。「君、この表紙、豚の皮だぜ」「ストライトの目録で見ると、この脱けている分が、ミュンヘンの図書館にあることが分った、便利な世の中になったネ、写真とって送ってもらえばいいんだから」

戦争中から終戦後は、始終外国の本が買えなくなったとこぼしておられた。「困るネ、日本の学問がおくれる」「君、外国へ金を送る何かいい方法はないかネ」ねてもさめても本だった。

私が何か先生のお持ちでない本でもお見せすると、「オレによこさないかい」とおっしゃる。

今丁度おかくれになる前の年の十一月十七日付でいただいた先生のハガキが手許にある。

何回か久しく御目にかゝらぬように思われ淋しくくらし居候。フハンダムの東印度会社史第三巻、一誠堂の手にてまいり候、之は戦争中に発刊せられたもの、その以前に発刊せられた五冊は所持の事とて、大そうれしく存じあかず眺め居り候、読むにあらず、御一笑〳〵、ボックサー氏のヤソ教百年史等は逸早く御入手お羨しく存候、之は最近ラウレス先生にたのみアメリカより取寄せ得ることになり候、むかしのように書物代を直接先方へ発送出来ざること読書人にとりて大きな障害と存じ候。

とある。先生の手紙は、一種のおもむきがあって捨てがたく、学生時代からいただいた三十年間の手紙は一通のこさず、全部どこかに保存してある筈だから、いつか手紙による先生を書きたいと思っている。

なお、先生は何でも勉強したら発表することを大切にしておられたようである。五十幾歳で、子供のように喜びいさんでオランダに留学し、帰朝されてから、次々に随筆風の論文を発表された。「和蘭夜話」「和蘭雑話」「史話東と西」「南と北」が相ついで本になったが、その本の発刊の間が段段のびて行くことを気にしておられた。気力が衰えて勉強が不如意になったとこぼされるのである。しかし先生は最期の最期まで勉強をつづけ発表を怠られなかった。幕末にでた邦訳ペルリ遠征記の諸写本に関する研究は例によって執拗に追究せられ、いよいよ立ち居が御不自由になられてからは、中井信彦氏に原稿を託され指図をつづけ、ついにそれは先生の御他界の後に版になった。

　なお私に一つの心残りがある。スウェーデンの探検家で、幕末に日本へも来り、おびただしい日本の書物を集めてかえったノルデンシェルドという人がある。その書物は現にストックホルムの王立図書館に保存され、先生は留学中にその図書館をたずねられたのである。（但し、先生は、当時その本のことを知らずパリーで書目を求めて、始めてその存在を知られたのであった）フランスの日本語学者ロニーによって編纂されたその目録が出版されている。先生はおかくれになる数カ月前、その序文を訳して欲しいと、私にその目録を渡された。私は、こんな図書館に、へエエ元和版の「破提宇子」がある、ああ「和漢船用集」があるなどとびっくりしながら、目録をとみこうみしてついに、先生の御用を果さなかった。無論、先生が急におかくれになろうとは夢にも思わなかったからだ。もし私があの目録の序文を訳しておとどけしておったら、恐らく、ノルデンシェルドの目録の紹介が先生の絶筆となったのである。

（「新文明」六―一　昭和三十一年一月）

II

一年生の担任になって

去る三月かぎりで舎長の任期が充ちてその椅子を退き、すぐ自ら進んで一年生の担任にしてもらった。人は何か異例のことのように思うらしいが、私にすれば、極めて自然なのである。餅屋がしばらく餅屋組合の組合長をつとめ、その職を去って、元の餅屋にかえるのは当然ではないかと思う。今更、親の業をついで呉服屋になる訳にもゆかない。私がまた一年生の受持になったときいて、私をよく知る友達はみな、いかにも君らしいと祝福してくれ、私の長男の一人（私が昔教えた最初の人を長男といい、以下次男、三男、今度の一年生が五男である）で、この頃では私の方から物を多く教わるようになっている一人が「そこが先生のさゝわりというところかも知れませんネ」といった。それはどうでもいいことであるが。

暫くの事務員生活から元の餅屋にかえって、肩がかるく、かわいい人々を相手にしてわれながら生き生きして来たように思う。これから先六年間、子供と共に「よく学びよく遊んで」お互いに思いでがよく、万事「総てのこと我れによからざるなし」にしたいと思っている。

（「仔馬」八―一　昭和三十一年五月）

滑り台のある風景

校庭の一隅に一区画、ブランコだのジャングルだのシーソーだの、それに雲梯《うんてい》、鉄棒と一かたまりになっている中に、一きわ高く螺旋形の滑り台がそびえたっている。それに這いのぼる梯子には、オカッパの子供たちが鈴なりになって押せ押せだ。

「しっかり手すりにつかまってェ」

手のひらをラッパにして下からそうさけんでも、子供たちは一向平気で手離し、腰を浮かしたり立ち膝になったり、寝ころんだりして愉快げにすべりおりてくる。大勢の子供の中には、何をやらしても、一人二人は必ず法《のり》をこえるのがいて、はらはらさせられる。

「危いぞォ、しっかり」

「大丈夫ったらセンセ」

ませた口をききながら、滑り台からおりるといきなり抱きついてくる。「エラいなア」そういうより手がないのである。

校長から転落して久しぶりに受けもった一年生だ。そういえば校長をやめた翌朝目を覚すと、何だか知らん、身も心もフワーッと宙に浮いたような気がした。いかに鈍感な私でも始終、小さな肩にずっしり何か重荷を背負っていたものと見える。そとへ尻尾のない動物みたいな一年生を相手にして、愉快この上もない。私をよく知る友人たちは、いかにも君らしいと祝福してくれ、昔の教え子の一人は「そこが先生のさわりというところかも知れませんネ」といった。

一年生の担任になったのは、十年ぶりのことだ。入学式から一週間ばかり、今度の一年生は何ておとなしい物わかりのよい子供たちだろうと感心した。戦前、入学試験の競争はせいぜい二三倍そこそこだったのが、近頃無闇にセチ辛くなって八倍とか十倍とかいう。厳選された子供はこうも違うものかと感心していると、一週間が過ぎ十日たつと、段々本性をあらわして来た。確かに物わかりはいいが、みんな勝手にふるまって教室の中は沸きたつ。忘れ物はする、喧嘩はする、「テメエ」なんかいうのがいる。入学試験の難関を突破した子供というのは猫をかぶることの上手な子かと思いなおしたほどだ。それに私がこれまで扱った子供たちはみんな男の子ばかりで、今度初めて女の子を受け持つことになった。どうして女の子でも男の子をどやしつける当世向きで気の強いのもいる。たのもしい限りだ。

入学したての子供四十三人について読字調査というものをやった。子供一人ずつ呼んで、勝手にならべた平仮名を一字一字指して読ませて見ると、一人のこらず読めない子はいなかった。

そこでみんな字を知っていると買いかぶると大違いである。読めるけれどもマルで書けない、既に教えた字でも口でいって書かせると追っつかない、あっちこっち泣きだすのがいる。それでいて、口だけは達者なものだ。

「センセ、肩をもんであげましょうか」

「ウン、そうねがいたいネ、お家で誰かの肩をもんであげるの」

「ウン、おばあちゃんの、そいでアイスクリームを買っていただくの、ソフトだよ」

ソフトというところに力を入れた。どこか燕の子を思わせるような黄色い喙《くちばし》を思いきりあけてしゃべっている。こちらも大きな声をはりあげて、「遊ぶのにも勉強するにも何にでも一生懸命にやる子が一番いい子だ」と話していると、すぐまん前の子供が大きなあくびをする。前をおさえた子がこきざみに走ってきて「オシッコ」とくる。

「ウン、行ってきなさい」というと忽ち別の十四五人がぞろぞろ前をおさえて教室を出ていった。

「センセ、〇〇君は外ばっかり見てるんです」という子は、何にも仕事をしないでよそ見をしている子である。

小学校の一時間は、正味四十分だけれど、一年生にその四十分がなかなか骨なのだ。我れながら今日はウマくいったと思う日は一日もない。あらかじめ仕事を予定し子供の顔色を見ながら授業を進めて行くのだが、それに当てはまる子もあるし、全然枠外の子がいる。一時もじっとしていられない、始終ガアガア、ネジのほぐれているような子というものがあるものだ。子供も注意されるとその時だけおとなしくする気になるのだろうけれど、腹の中にかくれているネジがひとりでにホグれて、つい手足が動きだすという寸法だろう。

「おい○○ちゃん、これで同じことを何べんいわれたろう」

「五へんでース」傍から余計なことを算えている子がいて、そう答える。

「君はまた人のことばかり気にしているんだナ」

「だってエ」の先がぼやけている。

「おお、ショクン道具しまって」一年生が道具といっても、本や帳面や下敷や筆入や鉛筆やクレヨンだが、それをしまうとなると一騒動だ。早いのもいるが、みんなの始末が終るまでにはなかなか時間がかかる。先ずがやがやし、机の上から何か落とす、注意しないとそれに気がつかない。バタンバタン机の蓋で音をたて、チョイと隣りの子にチョッカイをかける。「センセ、○○君が僕の頭ぶつんです」とくる。「それはいけませんネ」といわれると一先ずおさまる。「それではみんなよく勉強したからこれから外の滑り台へいってすべります。先ずジャングルへ上りなさい」忽ち歓声で教室はわきたつ。

みんな鉄棒でできた桝形の籔へリスのように我れ先にとかけ上る。「高いナ、エライぞ」と応援する。天上でバンザイをする子もいる。「ようし今度は滑り台だ」ジャングルを猿のごとくすべりおりて、また滑り台の梯子をぐんぐんのぼっていく。

一人小がらな子が体を左右にふって梯子をのぼろうとしない。

「君どうして滑り台のぼらないの」

「おばあちゃんがおこるんだよ、洋服がよごれるって」

「いいよ、洋服くらいきれてもいいよ、先生あやまるから」

その子もにこにこして梯子をのぼっていった。

「すべったすべった」

「しっかりしっかり」

みんな降りてはのぼり降りてはのぼり、こま鼠の大車輪だ。私はつい見とれて一人つぶやく。

「エラいこっちゃ」

五月の空は雨もよいである。ちなみにわが知れる良寛の歌一つ二つ。

子供らと手毬つきつつこの里に遊ぶ春日は暮れずともよし

霞立つ長き春日を子供らと手毬つきつつ今日も暮しつ

（「新文明」六―八　昭和三十一年八月）

入学笑話

入学難という言葉がある。それは無論入学を希望する側からいった言葉で、それを受けいれる学校側、教師側の方にもそれ相当の苦労がある。言わば、入学受けいれ難とでも言えば言えないこともない。私は終戦後、約十年間、詳しく言えば昭和二十二年四月から昨三十一年の三月まで正味九年間、慶應義塾幼稚舎の舎長をつとめた。地方の読者のために言っておきたいのは幼稚舎といっても幼稚園のことではない。慶應義塾大学付属の小学校のことである。

戦争前はそれほどでもなかったが、戦後だんだん希望者がふえて、毎年応募者が募集人員の数倍、時には十倍以上になったことさえある。何しろ相手が可愛いざかりの坊や嬢ちゃんときているから親は夢中になり、為に色々の悲喜劇を生む。実のところ腹の中では我が子こそ日本一と心得ていて、テストに受かれば当り前で受からないと相手を疑う。第一、テストを受けて帰った子供の中で、間違えたことに気のつく子供はよい方で、何でもかまわず、家へ帰れば「ボクみんな出来た」と親に報告するらしい。絶対の信頼をおく我が子が「みんな出来た」というのに、落ちたとあっては、怪しからん、これは何かあるゾと一途に思うらしい。

それはそれとして、テストを受けるとなれば、何とか出来るものならと事前工作にとりかかる。心理学専攻の学生のアルバイトが繁昌するのもこの頃である。また広い世間には誠しやかに、お取りもちしましょうなどと申出るサムライもあるらしい。何しろそれこそ藁をもつかむ心持で、学校の誰彼に、いや舎長たる私にいささかでもコネクションをつけようとする。それであらゆる工面をして紹介状を手に入れ、面会を求めてくることになる。自宅に押しよせられては第一迷惑で、また世間の疑惑を招きやすいから、入学に関する件では一切自宅では会わないといい、その代り紹介状があろうが無かろうが、学校でなら誰にでも、何時でも会うと宣言した。

何処で会おうと同じ筈なのに、やはりこそこそ自宅で会いたいものらしい。他人のことでは絶対に公平にして貰いたいが、自分のこととなるといささかの不公平がして貰いたいものらしいのである。自宅で会わないくらい何でもないと人は思うであろうが、実はそれが容易でない。私のところでは、もの柔らかで頑固な女中氏―なかなかエラい―のお蔭で、どうにか、それが出来たのである。

ベルが鳴って女中氏が玄関に出る。時節がら何で見えたか大方知れているが、一応用件はときく。学校の御用でなら自宅で主人はお会いしない、その代り学校へ行っていただけば、必ずお目にかかりますといっても、容易に退散してくれない。玄関ででも、一目だけでもとねばる。中には「女中のくせに」などと失礼なことをいうのがあり、またある時は藤山愛一郎氏の添書を持った一中国人は「こんな偉い人の手紙を持って来ても会わないのか」といったという。二十分もねばった揚句の果がいわゆる名刺代りなるものを置いて行こうとする。これがまた一苦労である。中には「御主人が受けとらないというなら、アンタ、ソッと取っておきなさい」などというイサマしいのもあったそうである。しかしこちらも撃退法が構えてある。どうしても置いて行くといわれるなら、それでもいい、追っかけて小包でお送りするからというと、やっとすごすご帰って行くという始末である。

ある時、こんなことがあった。随分ねばった末に漸く帰ってもらった。少しして何か玄関の戸がかすかに開いたような音がしたそうである。気のせいかとも思ってその時はかまわずそのままにしておいたが、暫くして何かの用事で玄関に出て見ると、たたきの上に品物がおいてあったという。早速小包で送りかえしたが、バカな手数をかけたものだ。

またこんなことがあった。確か二十二、三年頃のまだお米の入手が困難な頃であったと思う。ある日、リヤカーに積んだ米俵が一俵玄関に送りとどけられた。いくら受けとらないといっても、先方は米屋でお客様から届けるよう命じられたので、と無理矢理に土間において行った。米一俵では一寸動かそうにも骨がおれる。そこで一計を案じ、早速手紙を書いて、お届けになった米俵お引きとりなければ、お子様の受験資格をなくするがと速達を出した。すると早速先の米屋さんが来て引きとって行った。またある時は高価（？）な盆栽が一鉢とどいた。これも持参人は植木屋である。小包にもならず近所の百姓さんに頼んで遥々《はるばる》届けてもらった。小包で返し、人を頼んで返した場合余程、運賃心付の実費を請求しようかと思ったが、それだけは思いとどまった。

外に巧妙に仕組んだ大札束の一件があるが、こればかりは泣くの喚めくのの大立ちまわりとなり、結局何の罪もない子供にかわいそうなことをしてしまった。子供に対し相すまなかったと今でも後味悪く、笑話としてここに書くに忍びないから、この辺でやめておこう。

こうして三、四年たつ中に、何時の間にか「あいつはバカだ、ダメだ」と噂となって拡まったものか、何時とはなしに自宅にくる者がなくなった。めでたし、めでたし。

（「文藝春秋」昭和三十二年八月）

犬年の賀状

ついこの間注文したばかりの年賀状が、もうできて来た。できて来た途端にああしくじったと思った。私はここ約十年、毎年大人に出す分と子供へ出す分の年賀状をふたとおり区別して別々に印刷した。大人向きには何のへんてつもない謹賀新年とただそれだけかき、子供の分には福沢先生の言葉の中でいともやさしい、例えば「日々のをしへ」とか「文字のをしへ」（第一、二）とかいうものの中から好きな文句をとりだして印刷した。ところで今年は何だか気ぜわしく、そこへ印刷屋さんが注文をとりに来たときいて、そそくさと「犬年の春、あけましておめでとう」といった原稿を書いてわたした。

それができて来たのである。すぐしくじったと思った。来年は犬年だ、犬年といえば宅の四郎とリイの当り年である。四郎とリイの写真をいれて、どうぞ宜しくごひいきにとか何とか書けばよかった、おしいことをしたと思った。この次となれば十二年先になる。普通の犬の寿命からいって、この次の犬年には、彼等は共に尻尾をふってあの世へ旅だっているに違いない。

吉田小五郎旧蔵　朝鮮民画　蓮華図
19 世紀（日本民藝館蔵）

そう思うとなおさら彼等のために、相すまないことをしたような気がしてならないのである。

十二年先といえば彼等ばかりではない、この私だってあやしいものだ、四郎とリイを連れてあの世の池のほとりを散歩しているかも知れない。大賀博士ではないが、浄土の蓮も開く時ぽんと音がするとか、しないとか、あちらでも相変らず早起きをして見物に出かけているかも知れない。それともつい先だって民藝館へおくった虎の子の朝鮮の蓮の絵、あれと浄土の蓮とどっちが美しいかなんて犬どもに話しかけているかも知れない。私は、運のいい方でどうにかすき勝手に生きてきた。この世がいやになったなどとは思わないが、そうかといって大して執着もない方だから、十二年先どっち岸にいたってかまわないと思っている。

子供用の年賀状をつくる話をしたついでに、それについて少しつけ加えておくとしよう。私は校長みたいな役を約十年つとめた。毎年現在の生徒と卒業生からもらう年賀状の数は大変なものだ。積んで一尺にあまるであろう。それに私は必ず返事を書いた。年賀状は虚礼だといって反対する人もあるが、犬がたあいなく尻尾を振ることを思えば、マアそんなにムキになることもあるまい。それより一年生の子供なんて年賀状をかいてポストに入れると、翌朝はもう自家の受箱に張り番をして返事のくるのを待っているそうである。私は元旦から小包みたいのをどさりとだかどしんとだか投げこまれた年賀状の中、子供の分だけを別に積みあげて返事を書き、書いた分に赤鉛筆でいちいち丸をつけて出した分と出してない分の区別をする。ところで、ある年、子供から一通の手紙をうけとった。それには兄さんのところへ返事が来て自分のところへ来ないのは一体どういう訳かというのである。これには少々へこたれた。虚礼どころの話ではない、これでは真剣勝負である。新年は年賀状にあけて年賀状にくれ静心ないのである。ところで、今年も余日少なくなった。落葉樹の多い宅の庭は既に大方葉が落ちて空が明るくなったように思われる。寒いのは好きでないが、葉のない坊主の木の風情もまた捨てがたい。おとといい日曜だったが久しぶりに神田の古書展へ出かけた。朝十時ころ向うへ着いたがもうお尻がつかえる程人でいっぱいであった。定連というか相変らず知った顔があちこちに見える。今日はあまり獲物がなかった。それでもロクでもない本を風呂敷に包んで片手には重たいほどだった。勘定場でまごまごしていると、ここでも知った顔がいきなり茶色表紙の洋書をゆびさして「これはあなたの買う本ですよ」という。見ればジョージ・ヘスとかいう人の「樹木の冬」という本である。ぺらぺらと頁をめくると、樹の形とか、葉のない樹木とか、常緑樹の美とか樹齢とかの章があって、なるほど私好みの本だから一も二もなくまたこの一冊を加えた。ヘスなんてどんな人か無論知らない。同じ著者によりての欄を見ると「羊歯《しだ》」とか「花卉」とか「庭」とか「葉」とか「田園生活」とかそうした本を色々書いている人である。またこの本には冬木立の挿絵が沢山はいっていて、あちこち拾い読みしてみても、何か冬枯れの美に酔いしれているような書きぶりである。それに千八百年代の古めかしい年号も悪くない。休みになったら昼日中ストーブに火を入れてゆっくり読みたいと思う。

さて来年は四郎たちの年である。嘗て私は「正月の顔」と題して四郎の顔のおめでたさぶりを紹介したことがある。四郎といいリイといい本当におめでたい。来年は一層おめでたかろうと楽しみにしている。朝の散歩は相変らず続けている。ただ近頃寒いので散歩の区域をややちぢめた。家を出て、その道順を一まわりすると、あちこち離れて街燈がちょうど七つある。七つの燈なんていえば推理小説めくが、別に何でもない。近頃六時少し前といえばまだうす暗く、東の空はほんのり紅い。あの錦絵の江戸風景によく地平線を茜色の板ぼかしにした、あれが実に写実だと気がつくのである。

私は四郎とリイを連れ、殊に橋の上が白く見える霜をふんでとぼとぼと歩く。そして何時の頃からか七つの街燈を一つ一つ消して歩くようになった。冷たいセトモノのスイッチを手前に引くとプツンと音がして同時に明りは消える。これが何か命をたつといった感じで妙な気のすることがある。

むかし幸田先生はお年をめされてから、よくお友達の死にあって「近火」「近火」と笑いながら肩をすくめ、じょうだんめかしておっしゃったが、近頃先生のお言葉の意味がよく味わえるようになった。人の命のはかなさ、人はこういう話をきらい、エンギでもないというが私は別に何でもない。街燈のスイッチをひねりながらいろいろ思う。私がそうしている間、四郎やリイはにこにこではないが、上機嫌でその街燈の柱に片足あげて用をたす。彼等の心境はすんでいる。われわれ人間にくらべて役者が一枚上である。

（「新文明」八―二　昭和三十三年二月）

ひとの本棚

N・H・Kには、「私の本棚」という番組がある。人に小説をよませて聞くなど、ものぐさの王様かわがままな実業家のような気がするし、それに午前十一時とあっては勤めの時間で聞けもしなかった。たまたま、去年の秋、どういう風のふきまわしか私の随筆集を何日かつづけて放送してくださるというので、そのタッタ一回分だけを都合して聞いた。なるほど樫村さんが、読みの不明なところを予め聞いてこられ工夫されるだけあって、うまいもんだと感心した。しかし私には人にものを読ませてべんべんと聞いているということ自体が、何か昔の人のいう冥利につきるといった感じでこころよくない。

それはそれとして、小説や随筆を朗読する人にとっては私の本棚かも知れないが、聞いている方では、正《まさ》しく他人《ひと》の本棚である。さてひとの書斎や本棚というものは、チョイと興味のあるものである。

私は内ずきで、あまり人を訪問してあるく方でないから極くかぎられた人のほか、ひとの書斎や本棚を知らない。身内ではまず父親といいたいところだが、田舎の商人であった父が本を読んでいる姿を見たことがない。隠居してから奥座敷の十畳二間つづきの広い部屋の真中で年中玉露をのんでいたが、白木の杉の柾の机に緑色の羅紗のきれがかかり、蒔絵の硯箱がきちんとおいてある。床の間には沢山集めた雅邦（橋本）を次ぎ次ぎととりかえてながめていたが、その辺に書画骨董の入札目録や桐箱入りの確か東洋美術大観がおいてあった。せいぜい「実業の日本」といったものをねむそうに開いているくらいなものであった。

ところで兄の書斎となるとがらりと様子がちがっていた。これも六畳と八畳と二間ぶっとおしで、その周りには額やセトモノの皿がすきまもなくかかり、本棚には小説や美術の本がぎっしりつまっていた。それについてはほかで一度かいたことがあるから、くどくはいわないとして、大判のダ・ヴィンチから石濤、八大山人の画集、図録、荷風や万太郎、瀧太郎の小説、夢二の詩集、与謝野晶子の評論集といったものがところせまいほどおいてあった。私は青少年の日を兄の書斎ですごしたことが多かった。したがってその本棚の様子や、本の背を今自由に頭の中で再現できるのである。

不思議なくらい友人の書斎や本棚をよく知らない。中で学生の時分、三田から近い聖坂《ひじりざか》にあった山田俊輔君のうちへはよく遊びにいった。山田君は、もうとうに亡くなった仏文学者で、東大の図書館長だったかしておられた山田珠樹氏の令弟であった。その山田君の家へ遊びにいって、どうかすると兄さんの書斎らしきものの前をとおった。私はある日、ひょいとその書斎に足をふみいれたが、ぐるりずっと大変な本棚で、むろんフランス綴じの洋書が多かったが、案外日本の歴史、それも群書類従とか史籍集覧とかいった基本的なものがそろっているのに驚きかつ感心した。後に氏がツンベルグの「日本回想記」の翻訳などされたのがもっとものように思われた。

ひとの本棚で私が一番親しんだのは、三年前に亡くなられた幸田成友先生の書斎と書庫であった。学生時代には赤坂の表町からだらだら坂をくだった所に先生のお住居があって、それからさらに道をへだてた裏にもう一軒別棟があり、そこが書斎になっていた。うすぐらい書斎だったように覚えているが、そこへはホンの一度中へ足をふみいれたというだけだから、はっきりした記憶がない。

ところが先生は関東の大震災後、荻窪に家をたてて引っこされた。広瀬哲士氏の勧誘によるとかで、その材は米松《べいまつ》、庇《ひさし》があべこべにそりあがっていると先生はよくあざ笑うがごとく例の調子で話された。そこには二間《けん》半に三間ほどの書斎があり、つづいて三間に四間ほどの書庫がついていた。玄関をはいってすぐ右側が書斎で、書斎には北窓があり、北向きに大きな机と回転椅子をおき、ぐるりは無論つくりつけの本棚である。創刊号からの史学雑誌や考古学雑誌等の雑誌類が製本されて右側の本棚にならび、前左の僅かの棚には、雑誌の論文の抜刷がよく整理されていた。左側の本棚には上の方にこれも確か明治二十三年発刊以来の大阪の鹿田（古本屋）の目録が二三年分ずつ紙包にしておいてあり、その下には辞書類、先生ご自身の著書、当座に読みつかっておられる本などが色々おいてあった。うしろには留学された時もちかえられたトランクが二つ三つ積みかさねられており、その後にまた本棚があったが、そとには図書館その他ひとから借りておられる本が、いつでも返せるようにしておいてあった。

先生はいつ上《あが》っても、机に向かって勉強されていた。コール天の服だったり、裏にもじゃもじゃ毛皮のついた支那服だったりのことがある。背を丸くし本を右手にも左手にも持って対照しておられる。緻密丹念な先生は史料を攻めてきりがないのである。オリジナルに返れ、孫引きはいけません、これが先生の信条であった。同じ兄弟でも露伴先生の原稿なるものを拝見すると、それこそ一字も直しがないといったおもむきだが、成友先生の原稿ときたら直しで真黒くなっている。私はよく先生の原稿を清書してさしあげたが、それがまた直しで真黒くなる。先生笑って「また元へかえったヨ」とよくいわれた。

書庫は二階建てで、階下と二階の一部は図書館にあるような本棚で裏表の両方から本が入れられるようになっている。階下の奥には揃いの観音開きでガラス戸のついた本棚が四本きちんとならんでいた。それは大阪に在勤中（大阪市史編纂のため）世話する人があって囚人がつくったものの由で、「仕事が丁寧でネ」とは先生のお言葉であった。このガラス戸棚の中には洋書のバルトリー、ゴローニン、チチング、ツンベルグ、シャールボア、クラッセ等の様々な版といった貴重書が入っており、特に大切なものは紙に包んでいれてあった。

その他の書棚にもやや大きな洋書、殊にシーボルトの「日本」とかテレキの地図集とかリーンデン伯の「日本の思出」のような超弩級の大型本はヨーロッパから着いた時のままの包紙に包んであった。天井の踏台をしなければちょっと手のとどきかねる高いところにおいてあり、それは重くて晩年の先生にはお一人でおろすことは無理であった。

その他階下には洋綴の公私の文庫図書館の目録類が整然とならび、日本経済史関係の本、それに叢書類、日本経済叢書や国史大系、群書類従、史籍集覧、国書刊行会本大日本史料、大日本古文書の揃い、珍しいのはアジア協会雑誌の大揃といったものがならんでいた。

階上は多く和本で、奥にはたしか旧幕府引継本を謄写させたものが綺麗に製本されており、棚には大揃の武鑑類や書籍目録や念を入れて蒐集された商業史経済史関係の和本、写本が色々あり、梯子段を上ったあたりには、刀箪笥や和本用の本棚が二三十本おいてある。それにそれぞれ片々たるものまで整然と類を分けておさめられており、先生の命令で奥様が何時何をとりに行かれても、チャンと持ってこられたほどであった。天井には横にわたした桟の上に拓本類が表装されて何十本かならんでいた。刀箪笥の中には御自慢の肖像画がいっぱい入っていた。

なお先生がオランダ留学中、イタリヤの本屋から手に入れて、それこそ虎の子のように大切にしておられた名物サンデの「遣欧使節記」、これはたしか三井信託の倉庫にあずけておかれたようである。この本については色々語るべきものがあり、いつか筆をあらためて書くこととして、ただ先生の歿後慶應大学を経て天理図書館の有に帰したことだけを記しておくことにしよう。

先生は天下の学者と蔵書家と愛書家とをかねておられ、実に本を大切にされた。本をよごさぬように常に丁寧にあつかい、欠本があれば長い時間をかけてそれを補い、時には遥々ヨーロッパの図書館に檄をとばして欠頁を写真で補ったりされた。

ひとの本棚をこんなに詳しく知っている、チト怪しいなんぞいう人があるかも知れない。私は先生のそんな弟子だったのである。

（「随筆サンケイ」　昭和三十三年二月）

私の小便小僧たち

約十年間、校長を勤めあげた後で、再び進んで学級担任を申し出た時、他人《ひと》は驚いたようである。何も驚くことはない、他に能のないこともあるが、私は元来小学校の教師として秘かに誇りを感じており、それに校長なんて教師としての醍醐味も何もありはしない、事務屋に過ぎない。ところで私はせっかく、本来の教師にかえったとはいうものの技量甚だ未熟で、山下清クンの筆法をかりて兵隊の位でいえば、せいぜい伍長までいけるかどうかという所だろう。殊に動物の子供とあんまり変らない五十人ちかくの一、二年生を調教することは容易なわざではない。それに都会の子供は一体におしゃべりだから、教室は始終がやがやしている。

久しぶりに担任した子供たちに、自由に絵をかかせて見ると、さかんに戦争の絵をかく、それも飛行機や軍艦から火を吐いているところを描くのだから驚く。いわゆる文化人たちが中共を視てきての紀行によると、あちらでは幼稚園の子供までが「平和」「平和」というそうである。それに引きかえ、我が子の戦争熱?に目を見はるが、それでも私はそっと見ている。未だオッパイ臭くじゃれついている子供たちに、今すぐオウムや九官鳥みたいに、「平和」なんて教えこもうとは思わない。また不思議なことに映画の「明治天皇と日露大戦争」が余程気にいったらしく、二度三度、中には五回も見たという子がいる。殊に旅順攻撃の鉄条網下死骸累々と重なる場面など、よく覚えていて克明に描く子供もいる。それでも私は内心驚きながら、それをおしかくして「ウマいナ」なんかといっている。

また社会科の時間に、店屋の話がでたから、買物をする場合、普通の店とデパートと、どちらの店が買いやすいかという話になる。デパートが買いやすい、それでは、それはどういう訳かという所へ話がおち、子供はデパートは品物が豊富だとか、キレイだとか、屋上に動物がいるとか、壺にはまったことをいう。さて私から普通の店だといったん入ったら少々気に入らなくとも買わないで出てくるのは具合が悪い、デパートだとその点が楽だ、それでついデパートへ足が向くというような話をすると子供たちはアッケラカンという顔をしている。気に入らないものを無理に買うという心持が分らないらしい。「センセイ気が弱いな」なんていう子もいる。みんなサラッとしているのである。ああ古い古いと自分を思いながら、これも致しがたない。一、二年生の子供の中に立って、感情の上で完全にエトランジェを感じることが屢々ある。

そんなことで、へどもどしながら、とにかく教壇に立ち（もっとも私の学校では一段高い教壇というものがない）こつこつ教室日記をつけている。後世に残す必要のあるようなことは何も書いてない。むしろそんなことは意識的に避け、何でもない子供の屁みたいなたあいないことばかり書きこんでいる。ようやく一、二年の分がおわったところ。その一年の日記の一部を抜萃してお目にかける。君とあるのは男の子、さん付けは女の子である。

昭和三十一年十月十二日（金）曇

今朝平井君の結婚式に列するため、黒のダブルの服を着て行くと、教室へ入るなり子供たちが目にとめて、どうしてかときく。どうしてだろうナといえば、葬式だ、会だというのがある。もう少しおめでたいんだといえば、笠原さん、ああ結婚式だといってにっこりする。そう、皆もいい子にならないといいお嫁さんがこないよ、女の子はいいお嫁さんになれないネといえば、案外真面目顔で、こちらが拍子ぬけの体。

理科の時間、くだもの、やさいのところをやった。日本は小さい国だけれど、寒いところから暖かいところまで南北に長細い国だから、くだもの、やさいの種類にめぐまれているという話、雑誌で読んだ満州やシベリヤで、やさい、くだものが乏しくて苦しむ話などした。子供たちに、くだもの、やさいの名をいわせて見ると、一通りみんな知っている。セロリ、パセリになってタッタ一人だけ知らない子がいた。お父さんお母さんが嫌いなためだろう。

十月十三日（土）

　また雨だ。きのう無欠席がつづくと賞めれば、今日は本田君が欠席だ、がっかりする。近頃、毎日、前日もしくは二三日前にあった出来事の話をし、子供がどうそれを受けとるかを見ている。今朝中目黒の駅で、電車を待つ間、行列をつくっていると、小学生で女の子が一人後から来て行列の前に立った。その話をして行列している時は人の前に出てはいけない。子供だから人が許すと思って前に出るのもいけない、同時に人が割りこむのをだまって見ていてもいけない、そんな話をした。子供たちもそれぞれの経験を話した。私の毎日の経験では、行列に割りこむのに抗議する人が殆どいない、私だけだ。

十五日（月）曇後晴

　大山君が今日も遅刻、彼は時々遅刻し、それもそっと入って来る。私が黒板の方をむいていれば気がつかないくらいそっと入ってくる。今日も陳さん遅刻、今のところ、よく遅刻するのはこの二人に限られている。

　砂川問題、ついに多数の負傷者を出すにいたる、心いたむ。

七日（水）　十晴

朝礼の時、私のクラスの子供が特にお行儀が悪いようだ。今朝早く教室へいって黒板に「朝のたいそうの時しずかになさい」と書いておいたら、今朝は静かであった。叱らずに静かに出来ないものか。

藤井君がスベリ台から落ちて口から血がでているといって来た。既に医務室へはこばれていたが、舌をかんで少し……の程度、先ず安心。

二時間目の遊び時間、運動場で服部君が犬にかまれたという。これも医務室へ。服部君の外に二年生が二人。相手は小さなかわいらしい犬。坂上先生（校医）は最悪の場合を見越して万端の手当手筈をして下さった。犬は保健所へ、犬にかまれた子供の父兄を呼びだし、伝研（註：伝染病研究所）へ連絡、事なからんことを切に祈る。

昨日もまた参宮線に列車事故あり、埼玉県の坂戸高校の生徒、修学旅行中とのこと、五十何人中二十幾人死亡、十幾人負傷、人ごとならず。

十八日（木）　午後から雨

一時間目、一年三組合同遊戯の練習（運動会のための）、よくやるものだ。ところで同じ遊戯を二年生がやると、格段のちがいだ。能力が目に見えるということは面白いことだ。

　補習の時間、大村さん仕事がおくれたとてムチャクチャに泣き、ムチャクチャにあばれさわぐ、他の子供たちアッケにとられて見ていた。

　坂上先生の報告に、幸いここ一年ばかり狂犬が出ていない、あの犬について保健所から報告があり次第さらにお知らせすると、その旨服部君の父兄へ手紙をかいた。

二十六日（金）

　ずっと雨か曇、頭をおさえつけられているようで閉口だ。今日明日読書祭。一、二時間目、一、二年生が自尊館で映画、ディズニーの漫画一本と民藝による劇映画「少年探偵」一本。明るくなると、矢島君が本格的になきべそをかいている。喧嘩した筈もないがと思ってきいて見ると、少年が汽車の中でお金をとられたのが可哀そうだという。感じやすい子があるものだ。

　検便の結果は山崎君一人の外、全部卵が発見されないということだ。そうかしらと思った。服部君に対し、坂上先生から保健所の通知が渡された。先ず大丈夫。

三十日（火）

　雨で朝礼なし。国語、今日から巻下にはいる。近頃の教科書は文章の切れめが長く取扱いに不便を感ず（たまに長いのがあるのはいいが）。今日「きしゃごっこ」のところで、女の車掌はあるが女の運転手はないというような話から、前川君が、ウチのお母さん自動車を運転するヨという。それではこの中にお母さんで自動車の運転できる人ときくと、前川、陳、須田、本田、東国、矢島、上杉、高須、恩田の九人が手をあげた、少なからず驚く。それではお父さんで運転できる人ときくと二十九人ある。これにも驚いた。こういう時勢かなと思う。

理科の時間、落葉をひろわせて図案をかかせて見た。思いの外、面白いのができた。しかし一人ほめると、すぐその周りの子が影響を受けて真似をする。例えば、大山君が象の形をつくったので、ウマイぞとほめると、忽ち前川、小室、藤井の連中が似たようなものをかく、おそろしいものだ。

十一月六日（火）

社会科の時間、大分進んでいるので、自由に絵をかかす。よく戦争の絵をかく子があり、飯野、本田、勝川、渋谷、恩田など最たるものだ。飛行機からタンク、軍艦、それも火を吐いている絵をかく。上杉君曰く、宇宙戦争だヨ。高須君、タンクは日本語で戦車は英語でしょうというから、あべこべサといえば、ああそうかという。

理科の時間、「とりいれ」のところで、戦争中伊豆の修善寺に疎開した話、その時幼稚舎の生徒が農家へいって稲の刈入れの手伝いをした話をした。食料の乏しい頃で、お芋をふかしてもらって食べたのがとてもおいしかった話をした。子供たち神妙におとなしくきいていた。

十一月八日（木）曇

補習の時間、北村君が粗相した、それも大きい方で閉口。松本のおばさんに始末してもらった。子供たちにはやしたりしないように堅くいましむ。その点幼稚舎生は紳士である。

放課後、作文を見る。きたないのがある。赤鉛筆で「せんせいなかせ」を書きそえる。

坂上先生から服部君へ手紙がきた。犬は解剖の結果、狂犬でなかったことが判明せりと、よかった、それにしてもあの犬あわれ。

十一月九日（金）晴

高須君が散髪してきた。キミ髪かってきたネといえば、高須君、昨日床屋へいったノ、パパが慎太郎刈りにしたら家へいれないといったといった。

半田さん、先生は額にミミズがはっているという、よく分らない、どこといえば、そばへきて、額を指す、額のシワのことであった。

原口君に対する訴えが多い、彼にはどこかエコジなところがあり、それは家庭でもよくわかっているようだ。大村さんも女の子としてよくいじめるとの訴えがある。

昭和三十二年一月八日（火）晴

九時五十分始業式、自尊館で舎長の話、人には誰にも長所があり欠点がある、欠点は直して行きましょうという話。さて教室へかえって、舎長先生はどんな話をなすったと訊くと誰もきいていなかった。

教室にならんだ顔を久しぶりに見て、大人びて来たように見える。正月の顔おめでたい顔。

一月九日（水）

二時間目、ショッパナから読本の中にはない昭という字と和という字を教えた。これから生活に則したこういう字を順次教えていくつもり、二時間目、社会科の時間には、話の本を読んだ。「ピノキヨ」これは余程面白かったらしい。こうして六年間に人として誰でも一応知っておくべき童話は読んでやるか読ませるかしておきたい。三時間目に先学期に予告しておいた席替えをした。子供の配置は相当考えたつもり。

明日福沢先生の誕生日で、今日子供たちめいめいに大福がでた。前川君曰く「ダイフクって何のこと」「タベラレルノ」ときき、小室君がそれに説明していた。

朝半田さん、教員室に入って来て、今日はママの誕生日だという。お祝いにおねまきを上げるのだという。少しトッピのようだ。暮に福引で一等が当り、現金で千百円もらい、それでねまきを買って上げるのだそうだ。

一月十一日（金）曇

四時間目、体操の時間の半分、ドイツ昔話というのを読んだ。この本はまことにまずい。恐らくドイツ語がよく分らない人が訳したのであろう。それから日本語も。

川端さんに、いい子だなというと、先生もいい子だなという。

今日はむつかしい曇という字を教えて見た。子供たちはむつかしいという。しかしこれから曇り日のたびに一年中何十ペンと書かせれば自らおぼえるであろう。

一月十八日（金）

もう三十八日か雨がふらないという。これも神武以来か。

昼食の時間、藤井君、椅子に腰かけている私の膝にチョコンと腰かけている。そうしてリンゴをかじっている。ダメダメといってものかない。また私が立っていると、目をつぶってじっとしておれという。その通りにすると、いきなり拳闘の手で私の脇腹をついてきた。オットどっこいあぶない。

今朝、朝礼で牧野富太郎博士が亡くなったこと、その業績について永野先生が話された。昨日から無欠席、誠に気分よろし。

一月十九日（土）

ゆうべ子供の小便ほどの雨があり、とにかく運動場はかすかにぬれ、空気すみ、すがすがし。幼稚舎新聞が出た。国語の時間、例によってそれを読む。新年の名刺交換会の記事で、鏡餅、蜜柑、酒と読んで行くと、上杉君いきなり大好物と大声をあげた。キミお酒すきなのといえば、お酒じゃない、お餅のことだという。その中に高須君ボク、ビール一本くらいのめるといい、小室君ウィスキーのめるという。高須君にビールのんだことあるのときけば、のめばのめるよと答えた。

一月二十一日（月）晴

教室の花が少しすがれた。とってゴミ箱へ捨てようとすると、弘田君が見ていて、モッタイナイ、家では枯れるまでおくヨといった。

一月二十六日（土）

算数の時間、謄写版で縦横格子に桝目をつくり、それに数字の1234567まで入るようにしてある。ところで、それにきっちり二四七まで書く子は実に少ない。二三五になったり二五八になったりする。正確なのは四、五人であった。またその格子を鋏できらせて見ると実にぞんざいなのがある。キミぞんざい学校の校長先生とひやかすと、子供たちの中からあちこち声がする、原口君はおこりんぼ学校の校長先生といえば、原口君自らケンカ学校だヨという。松木君が大谷さんのことを失礼学校の校長先生という。どうしてときいたら大谷さんは、何かにつけて「失礼ネ」というそうだ。

小林一三氏が亡くなられた。慶應出身の実業家の中で最もオリジナリティのある人だった。

一月二十九日（火）

無欠席が続いてよいアンバイ。

理科の時間、あぶりだしをした。材料は、ミカン、タマネギ、ジューソー、キリューサン。キリューサンだけは直接子供に使わせられない。一人一人私がかいてやった。子供はいい機嫌で書いている。コンロ八箇もちだしてあぶったが子供たちうれしそう。しかし始終教室の中をとび回って遊んでいるのがある。服部君ミカンをたべたので大いに叱る。高須君おせっかいをするので、これも叱ると僕どうしてこうおせっかいなんだろうという。

あぶりだしの途中、ちょっと流しへいそいだ。戸をしめないのを見て子供たち「犬犬」という。ふだん戸をあけっぱなしにしていると私が犬だとかワンワンだとかいっているからだ。

二月一日（金）

今朝教室へいくと、シーンとしてみんなきちんとならんでいる。あんまり静かなので、どうしたのと訊くと北村君がそうしようじゃないかといったという。先生、鼻がたかいでしょうとウマいことをいうのは例によって高須君だ。私も両手で鼻の先ににぎりこぶしを二つ重ね、こんなだヨといった。

二月二日（土）

もう今日で無欠席が六日つづく。うれしいものである。

原口君が相変らず毎日青鼻汁をたらしている。始終鼻汁をかみなさいと催促する。酒泉某という知らない人から私にあてて速達がとどいた。電車の中で幼稚舎生の一人が他の一人をいじめているので注意するとツバをひっかけた、弱い子がかわいそうだ。子供は田園調布でおり、あなたの組の生徒らしいとあった。早速しらべて見ると、いじめられたのは弘田君でいじめたのは桑森君だった。桑森君はとかく他の子をいじめたり、もんちゃくを起こすようだ。弱いものいじめのいけないことを全体の子供に強く話す、酒泉氏へは礼状をかいた。

二月八日（金）曇後晴

理科の時間、磁石の利用をやり、子供に色々工夫をさせてみるとなかなかのがある。また社会科で新聞の話をした、その後で新聞をつくらせて見ると、これにも感心する。誰々がケンカした、高須君が立たされたとか、広告を入れ、漫画まで入っている。名前は一日新聞とした。

二月十三日（水）

恩田君が作文をもって来て見せた。つくづく恩田君の顔を見て、君は頭はいいし、しっかりすると随分できるようになるゾというと、うれしげにニッコリした。

二月二十日（水）

社会科の時間、和田先生時代（明治初年）の幼稚舎の話をした。和田先生は和歌山のお方で、おやつのことを「おちん」といい、その頃の幼稚舎生も、その言葉をつかっておやつのことを

「おちん」といっていた話をした。子供たち目をかがやかしてきいていたが、「おちん」で大よろこび。また先生夫妻がオネショのお世話をなすったといえば、すぐ前にいる服部君、ボクゆうべオネショしたヨという。それではこの中に時々オネショする人手をあげてというと、女の子をいれて十五六人、いきおいよく手をあげた。

私は毎日こうして子供達と一緒に暮らしている。大人と付きあっていれば時にいやなこともあるが、子供達では全然それがない。私は仕合せというべきである。ただ近頃の子供が感覚的には大股にずっと先を走っているのに、こちらが、とぼとぼよちよち歩いていると思うことは屢々である。別に情ないとも思わないが、これも時勢だと感じるのである。一年生というのに、忘れものをした、ウチへ電話をかけて取りよせていいかと訊く、無論いけないと答える。硬筆のお習字みたいなことをさせて、お習字はゆっくりキレイに書きなさいといえば、早くキレイに書いたらどうかと来る。これにはたじたじだ。恐らく昔の子供達の口にしなかった科白《せりふ》だろう。

入学の時、何人に一人という相当厳しい選択を経て来ている子供達だから、極端に出来の悪いのはいない筈だが、それでもだんだん優劣が出来てくる。私は子供達がそろって成績が良ければ無論喜び、悪ければ悲しむが、腹の中では点数による成績をそれほど気にしない、それよりは人間だ。有りがたいことに出来の悪い子（点数の低い子）には、またそれだけ良いところがある。天の配剤というものか。それで父兄にもいうことだ。同じ同胞《きょうだい》の中にも、出来る子あり、出来ない子があるだろう。しかし出来ないからといって決して軽蔑してはいけない、殊に同胞同士で軽蔑などとは以ての外、学校でとる点数の成績なんて、その子の持つ値打ちのホンの一部に過ぎない。さらにその子の遠い将来となれば、学校の成績は殆どかかわりがないといっていい。これは長い教師生活の経験で得た結果である。因みに歎異抄の中に「善人なおもて往生す、況んや悪人をや」とある善人、悪人を出来る子出来ない子と置きかえて見てはどうか、ふとそんなことを思って見るのである。

私はそんな心持で、この子供達を見守り、六年卒業するまで持ちあがって行く。

（「文藝春秋」　昭和三十三年五月）

定年

近頃、学校で定年制の問題が論議されている。大学の先生方が六十五歳で、高等学校以下小学校までの教師はおしなべて六十歳としたいというのが原案で、それに対し大学、高等学校以下教員で差別のあるのはケしからんとか、昔とちがって今は六十歳はまだ青年で七十歳だって八十歳だっていいじゃないかと囂々《ごうごう》の論議が沸きたっているようである。

ところで余の人は知らず、私は近頃人さえ見れば、早く定年制が布かれてくれればいい、それも成るべく低年齢の方がいい、今担任している子供を卒業させたら何が何でも止めますよと言いふらしている。そう触れあるくのは、実は、早く自分をやめさせる算段なのである。何年か前に「煙草は必ずやめられる」という本が出たことがある。私は自分で煙草をすわないから、気にもとめていなかったが、人の話にきけば、その本の梗概は次のようなものだそうである。会う人会う人にむかって自分は煙草をやめると宣言する。大勢の人に披露した手前、どうしても煙草をやめなければならない破目に自分を追いやるのだという話。近頃私が何年かたったら学校をやめるというのは、その伝にならったようなものである。

　私は、現在の仕事にいや気がさしている訳ではない。それどころか、私はよい職をえらんだ、こし方を顧みていささかの悔なきのみならず、道を誤らなかったと堅く信じ感謝しているくらいである。それでもなおかつお暇を頂戴したいというのには理由がある。

　それは足許の暗くならない中に、早く宿についてゆっくり休みたいのである。休んで道楽がしたいのである。どうせ私のことだから大した道楽など出来よう筈がない。望んでいることといってたわいないことばかりである。しかし、その時を考えて胸のおどるのは、先ず朝の光の中へ机をもちだして本が読めるということである。われわれ教師には春、夏、冬とそれぞれ長い休みがあるが、それはよい時節とはいわれない。年中うまやのように取りみだしている私の書斎では明窓浄几などと立派なことはいえないが、暑からず寒からず、気候のよい時、床を離れ、さてウチにいて本が読める。それは考えただけでわくわくするほどのものである。なお空想は飛鳥のようにあまかける。老人になれば記憶力はうすれて語学なんかいけるものでない。当然である。それだから一つやって見たい。根気がなくなって、長篇小説なんか読めるものではない。だから、若い時読まなかった「ジャン・クリストフ」でも「戦争と平和」でも冥土の土産に是非読みたい。そんな希望に胸がふくらむのである。

　私は社交とか、他人には至ってケチンボだが、自分自身のことには割に思いきって金をつかって来た。殊に何かに行きあたると一期一会のつもりで、財布をはたいた。それは私の生活の様式で、平生ケチンボの心掛けに依って出来たのだといえよう。実に常識を越えた買物の連続だった。それが何時の間にか相当の蓄積になっている。日の暮れない中に、それに秩序をつけたいのである。

ただ定年制が布かれようが、布かれまいが、食っていけるかどうかが心配である。長いバカな買物の連続だったから、それを手放せば、むしろモウかるのかも知れない。しかしそれはせっかく薬はきいて病気は直ったけれど、既に生命がなくなっていたというのに等しい。

定年になって学校をやめるのは、私にとって日暮れてウス明りの中で、少々人間らしく生きたいためである。(実をいうと既に手おくれなのだが。)

(「原生林」二　昭和三十四年七月)

幼稚舎むかしばなし

かねて幼老会の方々から、一度幼稚舎で集まりをしたい、またもし思い出となるような学校の旧い記録でもあったら見せて欲しいとの申し出があった。

幼老会とは、その昔慶應の幼稚舎に席をおいたが今は老人という意味だそうで、昨年か亡くなられた平沼亮三さんの命名だという。いわば明治三十年以前の幼稚舎にいた方々の同窓会で、一番お若いといっても山下吉三郎氏の七十七歳、最年長は八十八歳の森村市左衛門氏。近頃メッキリお仲間がへって会員数僅かに十四名、一年に四回ずっきちんきちんと銀座の交詢社にあつまっては昔をしのび、少年時代をなつかしんでおられる様子である。

会員の中には福沢先生の直きの御子息であられる福沢大四郎氏や芸術大学の学長上野直昭《なおてる》氏、元海軍大将山本英輔氏、中国古陶磁の研究家として知られる尾崎洵盛《あやもり》氏、その他大倉喜七郎氏、高木貞一氏、磯部民弥氏、和田駿氏らの面々である。七月四日の月曜日はあいにく病気その他で欠席者が多く、出席されたのは僅かに半分の七人であった。

慶應義塾に幼稚舎という付属の小学校のあることは近頃だいぶ知られるようになった。殊に最近不幸な誘拐事件があって余計名だけは知れわたったかも知れない。それでも幼稚舎の子供たちが地方へ旅行したりすると、とかくバスのフロントグラスや旅館の入口にれいれいしく慶應義塾幼稚園様などと貼札されることが屢々である。

幼稚舎は古い歴史をもっている。福沢先生の直弟子で和田義郎という一種の豪傑が先生の旨をうけて三田の山上に塾舎をひらいたのが明治七年である。和田は和歌山藩士で、ご維新のころ、長い大小を横たえた大勢の壮士が大道狭しとのして来る中を丸腰でいきなり前をまくって小便をしながら真直ぐにゆく、かかってくれば五人でも十人でも投げとばして見せよう剣幕に若武者どもは何にもいわず避けて通ったという、「福翁自伝」の中にそう書いてある。そうすると人はすぐ容貌魁偉のいわゆる豪傑武骨者を想像されようが、案に相違して容姿端麗の偉丈夫、性質きわめて温良、それに子供好きときていたから、福沢先生はそれへ目をつけて後楯となり、幼稚舎を開かせたのである。

幼老会の方々のおられた明治三十年以前の幼稚舎はなかなか特色のある学校だった。当時の規則書には「七歳以上十三歳までを限りとす」というふうにうたってあるが、事実は十五、六歳以上のものが多くて中学校と小学校が同居していた形で、どちらかというと中学校にちかかった。和田の家庭から始まったのだから、七、八割が寄宿生で、東京在住のものが大抵寄宿舎にはいっていた。クラスの編成にも特色があり、同じ生徒が各科目の能力に応じ、例えば国語漢文が五年生で英語は二年生というように組みいれられ、出来がよければどんどん上へ飛びこしていく。歴史も地理も算数も、いわゆる原書で舶来の教科書をつかい、和田が柔術の達人だったから、午後は毎日柔術の稽古をした。時間になれば「お八ツ」が出、それを和田のお国言葉で「おちん」といい、これが後々まで幼稚舎の通り言葉になった。

その日森村（市左衛門・明治十六年入学）さんは、古い写真を二枚持参された。氏は当時かず少ない通学生の一人で毎日品川のお宅から三田の幼稚舎まで自転車でかよわれたという。その自転車とともに写した写真が頗るふるっている。明治二十年頃の錦絵で見たことがあるが、前輪が人力車の輪くらい、後輪がせいぜい子供の三輪車の車の大きさ、曲芸師の自転車みたいな、あの珍品である。もう一枚は制服をつけた紅顔可憐の氏ご自身の写真、制服のことは明治十八年頃の時事新報に出ているが、その頃の制服とはいわば洋服という意味らしく、当時の写真をよせ集めて見ると様式はてんでんばらばらである。それに当時見えた方々にきくと、洋服といっても体操の時間か遠足行軍の時着るだけで、ふだんは和服の着ながしだったという。

私の方では古い帳簿や写真や月謝の請取といったようなものを用意したが、特に「慶應義塾勤惰表」なるものが余程お気に召したらしい。勤惰表というのは一に勤怠表ともいい、明治四年頃から三十年頃まで慶應義塾でおこなわれた今日でいえば成績表とか通信簿とかいうべきものだ。変っているのは全塾全校全生徒の成績が成績順に印刷されている。これを父兄に配布したのである。学生生徒の少ない頃は新聞紙大の一枚刷のこともあったが、生徒の数が多くなると菊半截くらいの小冊子で、だんだん紙数がふえて百頁をこえたのもある始末である。何しろ六、七十年前の自分の成績から友人、忘れていた故人の成績がずらりと並んでいる。しかも学生時代の成績とその後の出世とはおよそ関係がない。むしろ逆の場合が多いのに感慨一入のものがあるらしく、それこそ時のたつのを忘れるといった風情であった。

それにつけても思いだすことがある。かつて平沼亮三さんとやはり今は亡い東大総長だった長与又郎博士が勤惰表の同じ頁に名をつらね、それも平沼さんの方が優位にある。私はそれに興味を感じてそこのところを写真にして平沼さんに送った。後できくと、平沼さんは早速格別昵懇にしておられた小泉信三先生のところへその写真を持ちこんで、「世間の人は私が運動ばかりやっていたから成績が悪いと思いこんでいるようだけれど、これこの通り、東大総長の長与君より私の方が成績がよかったんです。これが何よりの証拠」と甚だご機嫌だったとは小泉先生の直話であった。

（「文藝春秋」　昭和三十五年十月）

思い出

私が塾を出て幼稚舎へ入れてもらったのは、関東の大地震の翌年、つまり大正十三年の春だった。当時幼稚舎の主任（今なら舎長）は小林澄兄先生で、お若いながら髭があった。考えて見ると当時の先生には事務の先生に至るまで大抵髭があった。先生に多く髭のあった時代と髭のない時代とでは自ら空気が違う。およそ明治時代のいわゆる官員様は別としても、学校の先生、小説家、新聞記者は大抵髭をはやしていた。小林先生は留学から帰られてドルトン・プランだの何だと新しい風をいれようとされても、校舎そのものが明治三十年に出来たのを元にして少しずつ、増築されたもので、教員室にはどことかくまだ明治の空気がただよっていた。殊に教員室の椅子などは明治十年代か二十年代のものではないかと思われる古風で味のあるものがあった。事務室で取扱う書類（例えば在学証書）の中には、生紙《きがみ》で藍色手刷りのものなどがあった。一年に一度の忘年会なども、大森鮫州の川崎屋で芸者も出るというのだから何といっても明治調だった。

私が幼稚舎へ入った年がちょうど幼稚舎の創立五十周年に当っていた。私は幼稚舎へ入れてもらっても、一年間は門前の小僧で、それも同年に幼稚舎へ就職された手工（今なら工作）の横田仁郎さん（今はシャムで絵の先生をしておられる）の助手みたいなことをさせられていた。一、二年の教室をまわって折紙や切り紙細工とか粘土細工などをするのだが、切り紙で花の弁を七つに切るとか九つに切るとかいうことになると、正直いって横田さんより私の方が少し上手だったらしい。

小林先生から幼稚舎へ入った早々の私に幼稚舎の略史を書くように命じられ、心臓強く幾月かかかって、それでもチョット厚みのある原稿を先生の手許まで差出した。それが小林先生の手で圧縮され、翌十四年の二月頃か版になって出たのが「幼稚舎紀要」である。私が原稿の中で「充分」と書いたところ二ヶ所ばかり小林先生が「十分」と直されたのを何故か今でも覚えている。

それからもう一つ不思議に覚えているのは初めてもらった月給袋である。当時前もって月給を幾ら貰えるかなど知ったことではないので、さて貰ったのが五十五円であった。それはいいとして、その袋である。「三田評論」かなにか雑誌をつぶして作った、言わば一文店か八百屋でエンドウ豆でも包んでよこすああいった袋で、中味はとにかく、これには少し侮辱されたような気がした。俸給の中味、当時の教師は、大体そういう事には気をつかわなかったので、ずっと後に聞いた所によると、私と同年に文学部を出て普通部へ就職した連中と私では格段の違いがあったのだ。それでも私は幼稚舎へ入れてもらって後も長い間、田舎の家からも月給をもらっていたので、せっせと本や絵やセトモノなどを買って楽しんでいた。

見習一年の後、大正十四年からクラス担任になった。当時各学級二組から三組になる過渡期で、そのために塾出身の大多和顕さん、私、宮下正美さんなどが幼稚舎へ就職が出来たのだ。大多和さんは私より二年前の卒業、宮下氏は一年後だったが、都会で子供を扱った経験があるとかで、見習期間なしで、いきなり学級担任になった。それでK組が菊池知勇氏、O組吉田、B組宮下正美氏ということになり、(K・O・Bはケイオー・ボーイの略)それからこの三人は大東亞戦争の途中まで十九年間同じ学年を担任し、連れそった。三人とも全然性質が違い興味も違っていたが、お互いに賢明? だったから喧嘩一つしないでよく十九年間を過ごしたものだ。私の受けもった子供たちは自分たちのクラスがO組なので、O組王様、K組家来、B組ビリッかすなんて威ばっていた。

考えて見てそれから三十何年間私は教室で何一つ特色のあるような事はしていない。ガリ板がきらいで、今でもあの鑢の板の上を鉄筆でモノを書くいやな音と手応えと、ぞっとするように思うけれど、しかし随分よくそのガリ板を書いたものだ。それより、私が最初の担任の子供たちで思いだすのは、有馬が原へ子供を連れだしては犬ころのように遊んだことである。今の三井倶楽部の前の簡易保険局、三田高校、赤羽小学校のあるあの辺いったいは、所々に松林があり、またかなり大きな池のある原っぱだった。当時大震災のあとで、フランス政府から贈られた天幕張りの病院がその一角にあった。看護婦の制服が、浅黄色の瀟洒なもので、それが遠く青空の原っぱにちらちらしてきれいだった。子供達はそこで思いきり駆けずりまわって遊んだ。私は寝ころんで眠った振りをしていると、子供達がわいわい私の上に積みかさなり、枯れ草を無闇に顔にふりかける。それこそ、犬ころのようにきゃっきゃっといって騒いだ。その犬ころ達が今ではもう四十幾歳、幼稚舎はもう三年すると創立九十周年を迎える。私は今その九十周年にそなえて九十年史の準備に忙しい。

（「三田評論」六〇四　昭和三十七年五月）

幼稚舎の音楽事始め

わが国で洋楽発達の歴史をたどってゆくと、その先はどうしても海軍の軍楽隊とキリスト教の讃美歌、つづいて学校の唱歌という順序になる。明治初年に薩摩藩の海軍が英人フェントンを招いて鼓笛隊を組織したのを始めとし、次いで兵部省が軍楽隊を組織したことなどから、当時洋楽といえば軍楽隊のことだった。明治九年九月二十七日、本郷金助町の大槻磐渓の新邸で故磐水の五十回忌の追悼会をした時、ぐっとくだけて陸軍の軍楽隊の出張演奏をおこなった。これが日本で公開演奏会の最初で、その席には、当時の新知識箕作秋坪、勝安房、成島柳北、福地桜痴等の面々がいたが、わが福沢諭吉もその一人だった。

学校で音楽、いや唱歌がとりいれられたのはずっと後のことになる。明治五年に学制が布かれた時、何でもあちらの真似をして教科の中に「唱歌」を入れたものの、第一おしえる先生もなければ教材もない。それで学制の中では「当分之を欠く」として辻褄をあわせている。

そこで文部省では急に音楽教師の養成にふみきった。式部寮雅楽課にたのみこんで作曲を始め、それに伊沢修二をアメリカへ派遣して音楽教育についての研究をさせた。早くからアメリカにわたって、留学生の監督みたいなことをしていた目賀田種太郎と伊沢修二両人の名で、時の文部大輔田中不二麿にだした音楽に関する上申書というのが振っている。

現時欧米の教育者皆音楽を以て教育の一課とす。夫れ音楽は学童神気を爽快にして其の勉学の労を消し、肺臓を強くして其の健全を助け、音声を清くし、発音を正し聴力を疾くし、考思を密にし、また能く心情を楽ましめ其の善性を感発せしむ。是れ其の学室に於ける直接の功力なり。しかして社会に善良なる娯楽を与え、自然に善に遷し罪に遠からしめ、社会をして礼文の域に進ましめ、国民揚々として王徳を頌し太平を楽むものは其の社会に対する間接の功力なり云々。

という書きだしで、音楽の霊験あらたかなことを述べて、まるで特効薬の広告みたいである。とにかく伊沢が帰国すると、その意見をいれて、アメリカからメーソンを招聘し、音楽取調掛ができ（明治十三年）、時にいわゆる伝習人、つまり生徒をつのったところ、十八人の応募者があったという。それから音楽取調掛は音楽取調所にかわり、それからややおくれて（明治十九年）、学界の名士桜井錠二、矢田部良吉、外山正一、菊池大麓らの建議（文部大臣森有礼）によって、音楽取調所は東京音楽学校となった。この頃になるともう世間の学校にはぽつぽつ唱歌をとりいれる学校が出来て来た。

ところで、何でも世間に先がけて取りいれた幼稚舎が課目の中に唱歌をおいたのは、あまりに遅く明治三十三年のことだった。そうかといって幼稚舎の生徒が、何時も唖のようにだまっていた訳でなく、軍歌もうたったし、流行歌もうたったことは確かである。現に後の東大総長になった長与又郎は、「お江戸日本橋七ツだち」が大好きで、足をふみしめふみしめ大声はりあげて「恋の品川女郎衆に袖ひかれ」なんかとうたっていたという。

坂田舎長の時代（幼稚舎三代目の校長）明治二十六年の幼稚舎の課程表にいきなりポツンと唱歌がでているが、どうも実行された形跡がない。どうして幼稚舎の音楽がそんなにおくれたか、創立者の和田義郎は柔道家で謡曲をこのみ、文章まで謡曲調をおびていたと伝えられるが、西洋音楽など思いもおよばなかったらしく、また幼稚舎のこととなると、目の色かえて肩をもった福沢も、さすがに唱歌のことまで思いつかなかったらしい。福沢は、自伝の中に「実は鳴物は甚だ好きで」といっているくらい、歌舞音曲はきらいではなかったし、長唄の杵屋弥十郎の面倒をみたり、お嬢さんがたに琴、三味線、長唄の稽古をさせられたようであるが、ピアノやバイオリンにはご縁がなかったようである。

とにかく幼稚舎では明治三十三年の一月、森舎長（第四代目校長）の時代になって始めて唱歌をとりいれた。もっとも森は明治十五年に慶應義塾を卒業して、福沢から時事新報入りをすすめられたのを振りきって郷里の熊本にかえり、小学校や中学校の校長をしていたのだから、明治三十年に呼びよせられて幼稚舎に来て見たら唱歌がない、びっくりして始めることになったのであろう。明治三十三年一月十二日始めて風琴（オルガンのこと）を一台百円で買い、音楽学校をでたての神山米吉なるものを招いたが、授業をはじめて十日たらずに神山は逃げだしてしまった。音楽教室がある訳でなし、周りの空気がそぐわなかったのか何となくいや気がさしたのであろう。

その次に見えたのが、これも音楽学校在学中の鈴木すずであった。この人は上州館林の旧秋元藩士鈴木重明の女で、後に実業家で文部大臣にもなった平生釟三郎夫人になった人だ。若いに似あわず、いたずら坊主の取扱いが上手で、うまく授業をはこんだらしい。この人の思出話に、福沢がよく幼稚舎に見えて鈴木のことをお嬢さんといい、唱歌の授業を参観して「これは大そうよいものだ、子供達の行儀もよくなり、おとなしくなるから、修身の助けになる」と言われたという。福沢も晩年のことで唱歌と修身をむすびつけるあたり、お年をとられたものだ、という外はない。鈴木は二年ばかりでやめ、その後も唱歌の先生は頻繁にかわった。当時音楽の先生にとって空気が快適でなかったのであろう。明治四十年になって講堂ができ、その講堂が音楽室と兼帯であった。大きな部屋の片すみにピアノをおき長椅子をならべて授業をしていたが、これが天現寺の現在の校舎へ移るまで幼稚舎の音楽室だった。

ついでのことに鈴木が幼稚舎で唱歌をおしえていると、大学の学生がよく、授業をのぞきにきて、自分達にも教えてもらいたいと申出、とうとう夏休中、鈴木の自宅で講習会みたいなものをやってもらった。集ったのは十四、五人であったが、その一団が元になり、盛んになって、今日のワグネル・ソサイティができたということである。なるほど塾内学生の各種団体の表を見ると、ワグネル・ソサイティは明治三十五年の創立となっていて年代もよくあうようである。

（「三田評論」六三四　昭和四十年一月号）

仔馬百号に寄せて

「仔馬」が百号になったという。私には特に感慨が深い。それは昭和二十四年のことであった。終戦から四年目、当時世間も幼稚舎も戦争の傷痕を十分に止めていた。普通部と同居していて、その前年に自尊館（赤屋根教室）ができ、幼稚舎は何時一本立ちが出来るか分らない状態にあった。

「仔馬」の創刊される、確か前年の秋頃から、現舎長の内田先生から、多分、田中清之助氏や目下イギリスに滞在中の桑原三郎氏と話し合いの上のことと思われたが、雑誌発行の話が出た。幼稚舎には大正十一年から、児童作品の発表機関として「智慧」があり、それが昭和七年に「文と詩」に変り、戦争が激しくなり資材の不足から、昭和十七年には当局の忠告によって、廃刊の已むなきに至った。

戦後、新たに雑誌を出すについては、これまでの児童の作品一本のものから、無論児童の作品を主とするにしても、それに多少幼稚舎の先生方や父兄その他に紙面を提供し、ある種の記録をのこすことに方針をきめた。新雑誌の標題が問題になった。二三の候補の題名があって、その中全教員の投票の結果「仔馬」と決定した。この名前は可愛らしく、上出来だったと、今でも思っている。

私は創刊の辞を書かされ、その中に「仔馬」は「幼稚舎家族の研究室であり、サロンであり、食卓でありたい」というようなことを書いたと記憶する。当時、紙も印刷も不自由な時代で、その上、私が安く安くといった由で、その線に沿って、幼稚舎の卒業生の経営される明文社に依頼することになり、爾来、常に採算を無視して奉仕してもらっている次第である。

創刊当時の「仔馬」は、四十頁そこそこの形は今から思えば貧弱のものであったが、編集者の心意気がこもっていて、見応えがあった。その前年に初めて女子をむかえたので、二年生になった女子―その人達がもうお嫁さんに行くようになった―の作文ものった。幼稚舎出身で、現在大学文学部教授の松本正夫先生の「幼稚舎の思い出」がのった。

この「仔馬」に関連して色々の思い出がつきない。「仔馬」を計画された内田先生も、その直後から大病をされ、また現主事の渡辺徳三郎氏も、多分その頃重病、両先生とも苦難の時代であった。

なおこの雑誌の出た頃、若々しくお元気な矢田部先生（当時鈴木姓）、杉田先生が新たに就任され、赤松先生とコンビで一年生の担任をされた。当時上級生は二クラスで、一組六十人以上、教室は机がぎっしりつまって、先生は生徒のそばへ行けない始末であった。校内には西側に普通部の木造六教室と、東側に同じく木造の理科教室が建ち、普通部生、幼稚舎生が合せて千五、六百名、大きい体の生徒とまぜて現在幼稚舎の約二倍の生徒がいたのだから、今では考えられない位である。運動場は文字どおりぎっしり満員で、普通部の先生方からは、運動場内の由緒ある大木を切るように要求されたが、我々は頑強にそれを断った。今亭々とそびえたつ欅、銀杏、榎の風姿を見るにつけても、よかったよかったと思うのみ。しかし当時佐原六郎先生ついで小島栄二先生が普通部長で、今思いかえして快いのは普通部と同居して七年間（普通部は昭和二十七年に日吉へ移転した）一度も内紛をおこしたことがなく、万事円滑に終始し得たことは、当然のことながら仕合せであった。

今から思えば、「仔馬」の創刊は、戦後幼稚舎復興の先がけを努めたようなものである。それから二十五年、昨年は幼稚舎は創立九十周年を迎え、立派な講堂ができ、特別教室がたち、華々しく厳粛な記念式典を挙げた。内田先生に苦難の末の花が咲いたのである。芽出たさこの上もない。

長い間、私も「仔馬」に求められて、恥ずかしげもなくよく駄文を書いた。しかし空々しいものは一つもなく、その折々の心境をかたったもので懐しく思う。

私の生涯は全く幼稚舎と共にあったので、何か縁あって、その最後に、幼稚舎史を書き、最近上梓の運びとなった。トンネルを設計した人が一番、その危険を感ずるようであるが、私もこの幼稚舎史では、上梓の日が近づいて嬉しいどころでなく、それこそ「いやアな感じ」である。それにつけても、大正十一年に創刊された「智慧」その後の「文と詩」が今の「仔馬」のように、学校としての記録を少しでも載せてあったら、舎史の編纂の上でどんなに助かったかと思う。

「仔馬」は最初からよい企画であったと自讃する。

（「仔馬」一七―四　昭和四十年十二月）

鈍才尊重

この標題を見て、むかしご自分で秀才でおありになった父兄や、秀才のお子さんをお持ちになる父兄はあんまりいい顔をなさらないかも知れない。それとは反対に、ご自分が鈍才でおありになったか、お子さんがまた鈍才であられる父兄は、ちょっと我が意を得たような気持ちになられるかも知れません。

私は長いこと幼稚舎につとめ、正直なところ四十何年か担任をしたり、また舎長を十年ちかくつとめました。学校を出て初めてクラスを受けもった頃は、ただ勉強ができる子供がよく、勉強のできない子供がわるいような気がしました。べつに勉強のできない子供をけいべつはしませんでしたが、何となく、将来があんじられるような気がしました。

私ども幼稚舎の教師は、自分で教えた人が卒業すれば、それでエンが切れるということはなく、中学生になり高校生になり、大学生になり、大学を卒業して世の中へ出てからも、何かとおつきあいがつづきます。

さてりっぱに成人した人を見て、昔幼稚舎でできなかったとか、秀才だったというのが、あんまりあてにならないことを知りすぎました。私は学校で勉強がよくできることがわるいといっているのではありません。できるのは大変よいことで、ほめてよいことです。また成績の悪いのをほめるわけにもゆきません。

ところが、幼稚舎時代に成績のわるい人がダメで将来見こみがないとか、成績のよい人がモノになるとかいったら、私は「待った」といいます。ほんとうにそうなのです。成績のわるいことをじまんにはできませんが、将来のことをヒカンすることはありません。

神さまは、まことによくしてくださいました。私はつくづくかんがえますのに、神さまも勉強のできない子供をおすきだと見えて、秀才より鈍才のほうが何となく人ずきのするかわいらしさにめぐまれているように思えてなりません。私はいつも申すのですが、にんげんは、いろいろの面があって、学校の成績はその一部です。

ひろい世の中へでると成績ばかりがものをいいません。その人のもっている性質、がんばりとかやさしさとか、人にたいする思いやりとか、また体がじょうぶとか、そんなことが、よい武器になります。私のみたところで秀才には何となくつめたさがあり、思いやりにとぼしいところがあるようです。

そんなこんなで、私は秀才もよいと思いますが、鈍才もまた大いに尊重します。私が幼稚舎でおしえた人々でかつやくしているのは、むしろ鈍才の方におおいように思えてなりません。
鈍才のしょくん、おおいにがんばってください。

（「幼稚舎新聞」四五七　昭和四十三年九月九日）

秀才尊重

私はふだん、学校で勉強のよくできる人だけでなく、できのわるい人もだいじにしなければ、といっていますので、幼稚舎新聞の編集の方から、そのことを書くようにといわれ、この前の「鈍才尊重」という文章ができました。

ところが、秀才というと何だか、機械のような、くるいのない冷たさを感じますが、もうすこしあたたかみを持たせて、よくできる人といいましょうか、このよくできる人こそ、だいじにしなければなりません。

今慶應の大学の先生方の中に幼稚舎の卒業生がたくさんおられます。慶應大学ばかりでなく、東大や早稲田や明治や法政や、遠くでは京都や地方の大学に幼稚舎の卒業生があちこちとおられます。それからあちこちの研究所にも、同じく幼稚舎の卒業生がいます。私が幼稚舎で教えた人の中にアメリカの大学で先生となり、アメリカの学者の代表として時にヨーロッパの学会に出かけたりしている人もいます。

これらの大学の先生方や研究者は、みな幼稚舎時代に、秀才というよりよくできた人たちです。こういう人たちがおおぜいいたら、私たち幼稚舎のものは何となく、かたみの広い気がします。

私は今幼稚舎で勉強しているみなさんの中からも、そういう人のたくさんあらわれることを心からのぞみます。

幼稚舎時代にそれほどできがいいと思わなかった人で立派な学者になった人も、あります。今の人ではさしさわりがあるといけませんから、昔の卒業生の例を申しましょう。お医者さんで、東大の総長をされた長与又郎博士（明治二十三年入舎）は、幼稚舎時代、それほどとびぬけて秀才でもありませんでした。もう亡くなりましたが、スポーツの父といわれ、スポーツ界につくした功労で文化勲章をもらわれた平沼亮三さんが、長与さんの頃の幼稚舎生で、「僕は幼稚舎時代、長与より成績がよかった」と、よくいわれました。平沼さんはよい方で、決して自慢の意味でなく、面白い話としていっておられたのでした。

大学の先生だから、かならずしもえらいという訳ではありませんが、とにかく、学校時代によくできた、その勉強を生かしてこられた訳で、けっこうなことだと思います。ただ、あの先生方がもし、デパートやその他の会社にはいっておられたら、どうだったでしょうか。実業家として成功されたかどうか、ぎもんです。

ところで、実業の方では、頭も大切ですが、それより人がらや努力がもっと物をいいます。ここに鈍才ののびる余地があるのです。むろん運というものが、大きくはたらきますが、人間は努力、努力、これが鈍才の大きくのびる道だと思います。

（「幼稚舎新聞」四五八　昭和四十三年九月十八日）

いちょう物語

私は幼稚舎の庭に、どうどうとそびえたっているいちょうです。年というより、なが年根元をふみつけられ、運動場にニガリをまいて根を塩づけにされたもので、すっかり弱りました。去年の夏などあやうく生命をおとすところでしたが、先生がたが大そう心配して、この春根元をほりかえして、新しい土をいれかえたりしてくださったので、本当に生きかえりました。もう幼稚舎も見おさめかと思って心細くなりましたが、一度に元気が出て、これならいいぞいいぞと思いました。年中私のまわりに幼稚舎生が運動にむちゅうになっているのを見下して、つくづく私は仕合せものだと感じました。夏はせいぜい枝をひろげて日かげをつくってあげるようにつとめています。小鳥も大すきですが、幼稚舎生はいいですね。

その私、自分でははっきり今いくつか分りませんが、ひとの話によると百年くらいはたっているだろうということです。百年とすれば、去年明治百年とかいって、ずいぶんさわぎましたね。私もどうやら明治の初年に生れたわけですね。私のすぐ近くにけやき君が二本そびえていますが、どうやら私と同いどしくらいのようです。

明治の初めころは、この辺に天現寺というお寺、つまりびしゃもん様はありましたが、あたり一面田んぼだったようです。古川に沿ってあちこちに水車がごっとんごっとん音をたてて動いていたそうです。何しろ私はまだ生れたばかりで、記憶はありませんが、ひとにききました。それから今の幼稚舎から東の方へ二、三百メートルいったところにたぬきそばというそばやがあって福沢先生がよくお友だちとそばをたべにおいでになりました。当時はしずかでしたからね。先生はこの辺が気にいられたと見えて、明治八、九年頃（一八七五、六年）この辺、つまり今の幼稚舎のあたりの土地をお買いになって、ここに別荘をおたてになりました。たぬきそばの別荘、後には広尾の別荘といわれていました。明治七年といえば、福沢先生のお弟子さんで和田義郎というお方が、三田の山の上に塾をおひらきになって、ここに五、六人か七、八人のわかい塾生をあずかって勉強を見ておられました。和田さんは奥さんといっしょに、よく生徒の世話をされたので、ひょうばんがよく、初めの和田塾が後に幼稚舎となりました。

福沢先生は広尾の別荘に木をうえたり、あずま家をたてたりして、三田でお仕事をしておつかれになると、このたぬきそばの別荘へきては体をやすめておいでになりました。けやき君もよく福沢先生のお姿を見たといっています。がっしりした体格で、いつも和服でしたが、白いももひきなんかはいて、尻をはしょったりしておいでのこともありました。時に一太郎さんがお母様といっしょにおいでのこともありましたが、誰かかれか、先生のお弟子さんがおともをして来ておりました。和田先生もちょいちょいごいっしょで、二人ともお酒がすきで、よく耳元までまっかにして大声で話しておいでになりました。幼稚舎生かわいいねなどというのをきいたこともありますし、時に和田さんはうたいをうたったりしておいででした。しかし私は幼稚舎生といったって話をきくだけで、実物を見ていないのですから、本当にかわいいのやら、よくわかりませんでしたが、がんらい私は大の子供ずきですから、体にせみがとまったりすると、その幼稚舎生とやらに見せてあげたい、とらしてあげたいと思いました。その頃私はまだ若くてギンナンをならせませんでしたが、葉っぱはその頃から秋になると黄色くなって、幼稚舎生が見にこないかと思ったものでした。

ところが、それから間もなく和田さんが、この辺(天現寺の車庫のあたり)の田んぼをお買いになって、そこへ、簡単なプールをお作りになりました。プールといっても、今日幼稚舎にあるような浄化装置のついたあんなりっぱなプールではありません。鮒や鯉をかうお池みたいなものでしょうね。とにかくおそまつでも何でもプールができると、和田先生は幼稚舎生をつれておいでになり、幼稚舎生がぽちゃぽちゃおよぐのを目をほそめ、いかにも満足そうににこにこしておいでになり、ぜひ福沢先生に見ていただきたいもんだといっておられました。平泳ぎやクロールなんか知りませんから、じゃぶじゃぶ水をかけあったり、せいぜいが犬かきでした。

その後幼稚舎もさかんになって、生徒が三百人にもなったそうですが、和田先生は福沢先生にさきがけておなくなりになりました（明治二十五年）。それから舎長は早川政太郎、坂田実先生と代りました。さらに明治三十一年（一八九八年）に幼稚舎は三田の山の上から、がけ下の今の大学の西校舎のあたりに移りました。舎長さんも代って森常樹先生となります。思いだして忘れません。明治三十七、八年（一九〇四、五年）の日露戦争で日本は大勝利、日本国中で万歳万歳でお祝いをしましたが、明治三十八年十一月五日に慶應義塾の同窓会は、この天現寺の福沢家の別荘で、（福沢先生は四年前の明治三十四年（一九〇一年）におなくなりになりましたが）―東郷大将、片岡、上村、出羽の三中将をおまねきして大歓迎会、大祝賀会をひらきました。幼稚舎生は三百人ばかり日の丸の旗をもって玄関にでむかえました。前日の雨はきれいに晴れて日本晴れ、陸軍の軍楽隊がきて音楽を奏し、ノロ松人形や、踊りがあったり、大学生が撃剣をやったりしました。模擬店にはビール、お酒、焼鳥、お汁粉、おでんなどが出て、その時、私とけやき君にはご馳走してくれないのかなと思ったことを今におぼえています。

それから大正四年（一九一五年）でしたかしら、この福沢家の別荘のあった土地へ、大学の寄宿舎が移ってくることになりました。その頃私はもう大分おとなになっていましたから、秋になると、ギンナンをいっぱいならせました。私はいたずらがしてみたくなって、大学生が夜おそく帰ってくる頭の上にポツンポツン、ギンナンをおとしてやったのです。大学生は「あいたた」なんていって頭をかかえて寄宿舎の方へかけだして行きました。寄宿舎には板倉先生だの堀内さんだのという名舎監がおられましたから、規律はよかったですね。あの頃寄宿舎にいた学生で今えらくなっている人が多いそうですよ。でも大分死んでしまったようですが。

その頃三田で、幼稚舎はひょうばんがよいので希望者がどんどんふえてきました。これまで各学年一クラスだったのが二クラスになり、三クラスになると、三田はせまくて間にあいません。何しろ今の天現寺の敷地の三分の一くらいなんですからね。それで、どこかよいところとさがしました。綱町のグランドはどうかという人もいました。あのグランドをとられては、大学生や普通部生がこまる、ともんくがでました。

その頃天現寺の寄宿舎が火事をだして一部焼けました。時の幼稚舎の舎長さんではない、その頃、幼稚舎の校長を主任といいましたが、主任さんは小柴三郎先生です。塾長は小泉信三先生でした。小柴先生は小泉先生にとくと相談して三田の幼稚舎を天現寺にうつすことにしました。誰が一番よろこんだでしょうか。むろんいちょうの私です。ああ幼稚舎生がやってくる、かっぱの天使がやってくる、せいぜいギンナンをどっさりならせる決心をしました。ようし八百人の幼稚舎生が一人百こずつひろっても、まだあまるほどならせてやるぞと思いました。私のよろこんだのに引きかえて、三田の商人たちはおどろきました。全商人が連名で判こをおし、どうか天現寺へ移ることはやめていただきたいと歎願書をだしました。その歎願書が今でも幼稚舎のお蔵の中にのこっているそうですね。

寄宿舎時代のこの土地は低かったので、砂をもって高くし、谷口吉郎さんといってお若いけれど将来有望な建築家にばんじお任せして、りっぱな建物をつくっていただきました。今のこの建物がそれでモダンで明るくって幼稚舎生にはおあつらえ向きです。谷口先生は案のじょう、その後偉くなられましたね、皇太子さまのご殿やら、上野の博物館の東洋館やら、西洋近代美術館などどみな谷口さんの設計です。私も幼稚舎のあの白い大きな建物を見てうれしくなり、あぁ、よかったよかったと思いました。早くこいこい幼稚舎生とうたいました。

昭和十一年（一九三六年）の九月と覚えています。まだ建物が全部できあがらない中に上級生を新しい校舎にうつすことになって、六年生が先陣でした。その頃の六年生の中に、今の主事の田中清之助先生や二年K組の担任の川崎悟郎先生がおられました。九月一日でしたか、宿直第一号が、今あの研究室で何だか古帳面をいじっている白髪の吉田さんだったんですね。私はよく覚えていますが、吉田さんは夜中に小使さんといっしょに懐中電灯をてらしながら一階から二階、三階まで各教室を見まわられました。私は窓から懐中電灯のひかるのをながめたものでした。あの頃の先生の髪はまっくろでしたが。

あの頃といえば、まだ今のプールのあるあたりに福沢家の別荘の建物の一部がのこっていました。創立九十周年記念にできた日本一りっぱな講堂も自尊館といいますが、古ぼけた福沢家の別荘もやはり自尊館という名でした。ここで校長の小柴先生は毎週月曜日の第一時間目でしたか、講堂修身というのをおやりになりました。先生はお酒がはいるといいごきげんになられましたが、ふだんはしごくきんげんで、「親のいいつけを守れ」とか「自分のことは自分で」「感心なお馬」の話などをなさいました。今玄関の近くの会議室のおくに小柴先生の胸像がおかれています。あれは彫刻家がつくったのでなく、写真応用の何とかいう銅像です。

いちょうの私、少々思いでをかいてみました。

（「仔馬」二一―三　昭和四十四年十月）

慶應義塾過去帳

今の若い人の中で過去帳を知っている人が、どれだけいるだろうか。私達が子供の時分には、仏間というのがあって、そこには仏壇がおかれていた。仏壇の奥には無論本尊様がおわしまし、本尊様の前には見台があって、そこに折本仕立になった過去帳が立てかけてあった。試みに広辞苑をひいて見ると、過去帳の項に、「寺院で檀家の死者の法名、俗名及び死亡年月日などを記し置く帳簿」とある。これでは寺のお布施の元帳のようにもとれるが、在家でも皆それぞれの過去帳をそなえていたものと思う。

過去帳は毎日その日のところが開かれていて、見るとその日亡くなった何々院何々居士俗名何の誰がし、何とか大姉とか、童子とか童女とか昔は案外子供の死者が多かった。今は田舎でもそんなことはなくなったが、昔は几帳面に忌日をよく守った。その日には必ず坊さんが来てその日は精進なのである。精進といえば身をつつしみ、肉や魚の生臭いものを一切避ける。子供の頃を思いだして見ても、月々ずいぶん坊さんが来たし、その度にまた今日も精進がいやだなど思った。恐らく昔はあんなことで自然に信心と倹約を兼ねたものであろう。

ついこの間、新聞の広告だったかで見ると、某出版社から明治過去帳が出版され、やがて大正過去帳、昭和過去帳が出るという。要するに人名辞典で、ただ明治時代に死んだ人、大正、昭和時代に死んだ人といっても、ある規準はあるのであろう。主に新聞から材料を得たとか聞いたが詳しいことは知らない。

そこで、私は慶應義塾過去帳というものがあってもよいのではないかと思った。三田山慶應寺とすれば、広辞苑にあるように全檀家の命日を記した過去帳があるのは当然であろう。慶應出身の著名人のことを書いたものは之までに色々ある。例えば

慶應義塾名流列伝　明治四十二年

現代の実業（三田人物号）大正六年

慶應義塾誌（義塾懐旧談）大正十一年

福沢先生と弟子達（和田日出吉）昭和九年

福沢諭吉とその門下書誌（丸山信）昭和四十年

その他色々あろう。塾の百年史が計画された時、同時に塾友社で人物百年史の計画があり、既に原稿も出来上り、校正も終ったように聞いたが、あれはどうなったのだろう。戦後、三田評論でも「慶應義塾出身者人物列伝」が暫くつづいたが惜しくも中断した。

慶應出身のいわゆる偉い人、著名な人なら、何も慶應で名簿を作らなくても、世間の人名辞書なり紳士録を見ればすぐ分る。

しかし私のいう慶應義塾過去帳というのは、それとは少し趣がちがう。いやしくも三田山慶應寺の本山ともあろうものが、これはチョンだから、これはグータラだから、無縁仏にしよう、そういう仏心に反した料簡は一切避けて、いやしくも慶應に学んだ人なら、無差別に——今日慶應出身者は大体十万はあるという——原簿なりカードなりに全部の名をとどめておく。その過去帳は塾史資料室なりに備えつけてあるとする。

人の事蹟などは、特に心がけない限り、おいそれと分るものではない。そこで原簿なりカードなりが出来ておれば、日々分り次第、書き加え補ってゆけばよい。今日の大慶應義塾にそんなものがあってもいいのではないか。三田の山へ行けば、簡単でよければどんな人のことでもすぐ分る。

塾の百年史が完了した時、今後なすべき仕事はまだ沢山ある。縮小せずに継続すべきを我々は心から願った。ところが否応なしに縮小されて今日の姿になった。ところが心掛のよい今日の資料室長以下二三人で、私の望んでいるようなこともやっておられるらしい。某女史のごとき、名を呼べば響の応えるようにその人がすぐ出てくるという。適所によい人がおられるものである。

（「三田評論」七一七　昭和四十七年七月）

含恥

去年の今月二十六日の朝のことであった。いきなり本誌の編集主任土橋俊一氏から電話がかかって来た。伺ってよいかというのである。よいもわるいもない、待っていると、すぐ見えた。何事ならんと訊いて見ると、これまで三田評論の巻頭の言は偉い先生方に書いていただいていたが、どうも少しお堅い、玄関に支那鉢の黒松や真柏をおくより、縁日で買った桜草や小菊の方が安直でよい。何でもよいから一年間続けて毎月書いて見ないかというお勧めであった。かなり躊躇したが、何でもよいということなら清水の舞台から飛びおりた気でお引き受けすることにした。ところが、それから二日ばかりたつと女の人の字で《て》、毎月の巻頭の言お引受け賜わって有難う、但し福沢先生とか慶應義塾に関してと制限がつき、少し山葵《わさび》をきかしてなどとも書いてある。土橋氏にこれは一杯食わされた、何でもいいからという約束ではなかったか。しかしそれは後の祭りであった。幼稚舎のことなら別のこと、福沢先生や慶應義塾について特別の知識をもっている訳ではない。それでも締切日が近づくと何とか辻褄を合せて四枚ずつ書き、土橋氏に届けている中に、愈々今月で最後が来た。その間ずっと含恥の心持の連続であった。含恥という熟語は大抵の辞書を引いてもない。何でもいい、この一年間三田評論のお蔭で含恥が身についてしまった。

そこで最後に一つ自分勝手のものを一つ書かせてもらうことにしよう。今まであまり人に話さなかった私自身の昔話である。含恥の上塗りというところか。私が中学の四年生の時停学をくった話である。中学といっても無論田舎のことである。小学生の頃は家の誰かれに連れられて芝居を見にいったことを覚えている。芝居小屋のことを常舞台といい、忠臣蔵だの義経千本桜など見た覚えはある。

ところで中学では一切芝居を見ることは停学をもって禁じられていたらしい。その辺のことは、どうも記憶がはっきりしない。私が中学四年の時、運動会の少し前だったから多分十月の末頃だったろう。たまたま島村抱月が率いる松井須磨子の「復活」が田舎の舞台にかかることになった。この小屋はこけら落しの時、片岡仁左衛門（何世か？）が来たが、舞台がくずれて仁左衛門が大変おこったとかいう曰くつきのお粗末な小屋であった。見物席は桝席で、物を食べながら見物する。

当時、私は文学青年ではなかったが、須磨子の「復活」は当時全国で四百四十四回も上演したというほどだから評判で、私も兄達に連れられて常舞台に出かけた。略々真中の少し前、最上の席である。ところが桝席の隣に陣どったのが中学校の先生方であった。暫く見てから一人の先生が私をうながして片隅に連れて行き、帰れというのである。停学などとおどかさなかったが、どうして帰れよう。このトルストイの小説の復活、それも須磨子のカチューシャ、当時翻訳劇など見たことがなかったが、ガラス戸に明りがさし込み、長椅子にかけたネフリュードフとカチューシャ、そのカチューシャ自身が「カチューシャ可愛いや」と歌うのは、いくら何でも変だと思った。それにつづいて中村吉蔵作の「剃刀」、その時の役者の名は覚えていないが明治時代の床屋の鏡の前での床屋のおやじと客との言葉のやりとり、その演技や筋を今でもよく覚えている。

ところで翌日、学校へ行くと教員室へ呼びつけられて停学の罰を食ったのである。つまり中学校で禁じている芝居を見たからという理由である。家のもの達はみんなひらけていたから、何ともいわず笑っていた。一週間くらいと思っていたら二日目に学校から使が来て出て来いというのである。つまり二日目に運動会があり、私はスポーツにはおよそ縁のない人間だったが、何かで運動会に必要な人間だったらしい。これが四年の二学期、バカげた話だがそれまで中学一年の時から無遅刻無欠席で通したが、その停学でどうなることかと思っていたら、やはり通信簿には無遅刻無欠席になっていた。

（「三田評論」七二一　昭和四十七年十二月）

出雲崎へ

昭和三年五月、わが師幸田成友先生は、留学のためオランダへ旅立たれた。時に先生五十三歳、若い頃から海外への留学は宿願であったから、先生は大張りきりだった。実は私もその当時、ヨーロッパ、それもスペイン、ポルトガルへ勉強に行きたかった。

ところが折も折その翌年、よくあることだが、家は店に失敗があって、破産寸前、そんなことをいい出せる時ではなかった。それでも先生が日本を発たれる時分、やがて後から追っかけて行くようなことを言ったと見えて、君の来るのを首を長くして待っているよといったハガキか手紙が今のこっている。それは今は遠い昔語りである。

それが星移り、時が変わって、今では、アメリカ、ヨーロッパの観光旅行は、お茶の子さいさい、こんな田舎にいても、隣りのアンちゃんも、お向うのオッサンもトランクに土産をいっぱいつめ、ショルダーバッグとかをぶらさげて意気揚々と帰ってくる。人間は不思議なもので、こうなると外国なんか行きたくもない。もう十年にもなるが、私が学校のためにある小さな仕事を仕終わった時、アメリカだかヨーロッパだか一巡りしてこないかといって下さったが、私は謹んで辞退した。今になってみても別に心残りもない。

そうこうしている中に、私は本式に田舎へ引込んでしまった。愈々外国行きなんかの縁はたち切られた。もっとも私の頼りにしている若い学者で、何とか私をスペイン、ポルトガルへ無理にでも連れ出そうと本気にいってくれる人がいる。忝《かたじけな》いがそれは実現しないだろう。

その代りというのでもないが、私は越後の田舎に生まれながら新潟にしても長岡にしても高田にしても少年の頃いっただけで一向不案内である。いわんや、名だけ知っている小さな町なんかマルで知らないのである。ついでがあったら県内の淋しい町々村々を歩いて見たい。そう思っている。鎌倉時代から生きつづけてきた杉の木一本見てもよいのだし、旧家の大きな台所を見せてもらえただけでもよい。但し総理大臣の生家なんか見たくない。(東京からわざわざ団体を組んで総理大臣の生家を訪ねるなんて企てがあるそうである。)私にはそういう茶気《ちゃき》はない。

ついこの間、親切なお方があってバスで一時間ほどで行ける出雲崎へさそって下さった。出雲崎といえば、いわずと知れた僧良寛の出生地である。良寛は私の好きな坊さんであるが、私ごときが今更良寛の歌がよいの字が美しいのと云々したところで始まらない。ちゃんちゃらおかしいばかりである。ただ私は彼が子供と手まりをついて遊んだなんて絵入りの話より、来る日も来る日も鉛色の空の下で雪にうずもれ、孤独寂寞《せきばく》、実に息のとまるほど淋しい中を、竹林の七賢中の誰かのように、ある人には白眼を見せ、またある人には青眼を見せるようなことはせず、訪う人の誰の心をもなごませる。その上、如何に高邁《こうまい》の精神を持って生まれた人とはいいながら、どうして数多い歌集の中から万葉を選び、詩は寒山を手本とし、書は懐素なんかに心を引かれたか、不思議でならないのである。行灯のそばで書見している自画像と称するものを好きでないが、とにかく手もかじかむ厳しい寒さの中で、骨身に応える孤独寂寥《せきりょう》、これを克服して孤高清新な道を開き、その境地なくして良寛は考えられないのである。子供とかくれんぼする良寛よりこの方の良寛が私は慕わしいのである。いや、こわいのである。

出雲崎には、もう故人になられたが良寛顕彰のために生涯を捧げられた耐雪佐藤吉太郎氏というお方があった。出雲崎編年史というぼう大な編纂書もある。その吉太郎氏の長男恒一君は、私の中学時代の同窓生であった。恒一君は早稲田の文科を出て終戦前後まで川崎で女学校の先生をしておられたという。中学時代、恒一君は漫画の名手で、秋の運動会などにはその場の情景を速筆で描き、私が下手な文章など添えて謄写版刷のビラを出した。中学時代私は漫画は描かなかったが、授業中ひそかに先生の似顔絵を描いた。これは誰にも示さなかったが近年まで持っており、自分でいうのもおかしいが、顔の特徴をとらえて実によく似ていた。殆どの先生の顔が揃っていたが熊という渾名の体操の先生のそれだけは欠けていた。体操の授業中は描けないのである。小さな紙切れで、誰にもさとられずに描き、誰にも示さずこれを失ったのは如何にも惜しい。

話が横道にそれたが、この恒一君に五十何年ぶりに会ったのである。私に比べて彼はずっと若いようであるが、やはり互いに完全な老人である。旧家の屋敷と家は広い。殊に中庭に双幹の槲《かしわ》の木の大木に何型というのか竿の長い丈高の灯籠が据えられ、羊歯や蘭の鉢がめぐらされて美しく、やはり旧家の面目十分で、私は感心して見とれていた。なお佐藤君の説明によれば出雲崎では昔はどこの家の入口にも必ずあったという馬をつなぐカン、今日あるのは佐藤家一軒だけだという。慶長の昔から佐渡の島から船で運ばれてくる金の延べ板を出雲崎で馬に積みかえ、三国峠を越えて江戸へ送ったものだという。その馬をつないだのが玄関口のカンだという。

なお谷口吉郎氏の設計になる良寛記念堂のことは、また何時か書く時があろう。

（「越後タイムス」昭和四十八年十月十四日）

古い手紙

古い手紙、もう少し古いと古文書《こもんじょ》ということになる。よく地方の新聞などを見ていると、古い蔵の中から古文書がいっぱい出てきたなんて書いてあることがある。蔵いっぱいの古手紙なんか出てくる訳がない。日記や古帳面は古文書とは言わない。差出人があって受取人があって、日付がそろっていれば立派な古文書である。知ったかぶりは見苦しいから、よそう。

ひとから手紙をもらって、すぐ破いて捨てる人がある。またこの手紙見たらすぐ焼いてくれなんて手紙は案外後にのこる。無心の手紙なんか、可哀そうにすぐ破いて捨てた方が慈悲なのに、そんな手紙にかぎって妙に後にのこる。その辺、人間は酷なものである。

私は、割に人の手紙を大切にする方である。封を切るにも指でやぶったりはしないで、必ず鋏で切る。しかし今度東京を引上げるについて、貰った手紙を大分整理した。殆どといった方がよいかも知れない。ただし特に尊敬している先生方の手紙やハガキ、それに兄にもらった手紙は、よくもこんなに保存しておいたものだと思うほどあり、箱につめて持ち帰った。まだよく整理してないが、特に沢山あるのは、幸田成友、柳宗悦の両先生、それに秘かに尊敬している横山重さん、画家の椿貞雄氏、それに亡兄の手紙である。

先生にまさらない弟子は、情ないとか、みじめだとか言ったのはたしかモナ・リザの肖像で名高いレオナルド・ダ・ヴィンチであった。ダ・ヴィンチのような人ならそうかも知れない。しかし我々は、簡単においこせるような先生を持たなかったことを幸いとする。縁あってこの世で偉い先生に出合い、その謦咳に接し、親しくお付き合いをさせていただいたことを無上の光栄とすべきだろう。

偶々慶應に入り史学科に入って幸田先生の知遇を受けた。不敏にして先生の恩に報い、その万分の一の仕事も出来なかったが、先生の猛烈な勉強のしぶり、「オリジナルに還れ」の一言は忘れることができない。多少先生のお仕事のお手伝いをしたこともあるが、その中に二田友五郎なる文筆名のは、幸田、吉田の二田と、成友と小五郎を組み合せたものである。学生時代からいただいたハガキと手紙は二、三百はあろうか。先生は純粋の歴史家で、文章を飾るようなことはなさらず、自分の言わんと欲することが、そのまま先方へ通じるか否かを気にするのみと言われたが、露伴先生のご令弟だけあって血は争われず、ただの学者の文章ではない。殊に手紙のそれに至っては自由で屈託がなく、洒落ていて読んで楽しくなる。一体手紙の文章が面白いということは、はっきりその人を持っているということである。いつか丸善の「学鐙」

に先生がオランダ在留中の長文の手紙を紹介したことがある。

柳宗悦先生には学校で教わったのではないが、大正の末年頃から連絡がつき、学生時代だったが、木喰上人研究旅行にお伴したことがある。爾来お亡くなりになるまで関係はつづき、いただいたハガキと手紙は百数十通に及ぼう。ペンの時は必ずセピヤのインキで、時には特別漉きの巻紙で毛筆のこともある。病後は鉛筆の横書きで必ず「病床にて」とあり、文章、文字ともに美しく大切にしている。家兄へいただいたものと合わすと四百通ぐらいになろう。何か新しい作品が入ると見に来ないかとお誘いがあり、また私の小さな研究に役だつものを見られれば、わざわざ教えて下さるのである。

横山重氏は先生として師事したのではないが、長い長いお付合いで、もう四十何年、その手紙は恐らく千通は越えるであろう。ただ横山重といっても案外に知らない人の方が多いであろう。国文学者で善本の蒐集家で、その略歴は「竹林抄古注」の「後記」にやや詳しく書かれている。大の酒好きで歯に衣着せずに物をいい、どこか露悪家のようなところがあるから時に誤解されている面が少なくない。次に画家椿貞雄氏の手紙、疎開中、紙の不自由な時代には障子紙の切れはしあり、ノートをはがした紙ありで、毎度それに蟹みたいな字でビッシリ書きこんである。誠実で正直で勉強家で、こんな人がこの世にいられるかと思うと生き甲斐を感じるような手紙である。

最後にかさの多いのは亡兄の手紙とハガキである。肉身のことだから何もいわないが、ヒナには稀な人物であった。人より早く物を見ていた。それに生涯借着を一切しない人であった。

（「越後タイムス」　昭和四十八年十月二十八日）

慶應幼稚舎創立百周年

一

帰国以来初めて、家を一週間あけた。私が生涯を捧げたなどとは大袈裟だが――満足と誇りを以て勤めあげた慶應幼稚舎の創立百周年の祝に出席するためだ。

幼稚舎というのは慶應大学付属の小学校のことである。幼稚舎なんて名前の小学校は日本中どこにもあるまい。慶應義塾は慶應よりずっと前安政五年（一八五八年）の創立だが、その創立者はむろん福沢諭吉先生である。先生は生涯官途につかず、野にいて日本の近代化に最善の力を尽した人だ。その偉さは計り知れない。その福沢の学校に学んだことを私は生涯の仕合せとしている。

福沢と慶應義塾の歴史を語れば切りがないが、義塾が三田に移る前、明治二年頃から年少の者で慶應に入学を希望する者が出て来た。その生徒を集めて童子寮なんていうものができた。

明治四年に慶應は、いわゆる三田の山へ移った。学制が頒布されたのは、その翌年の明治五年のことだが、慶應義塾は学制などには一向お構いなく独自の組織でやっていた。

一方福沢は男子四人女子五人の子福者であった。義塾は童子寮なんていう少年を扱う建物もあったが、わが子を託するに足る理想的の小学校が欲しい、教育は要するに人である——そう思われたのであろう。

時に先生が安心してわが子は勿論、他人の子供を託すに足る人があらわれた。それは紀州出身の和田義郎という人である。文武両道の達人といわれた——文の方には多少疑問があるが——人間的に福沢好みの大人であった。この和田が三田の慶應義塾内にあって少数の少年を自宅に引きとって教育を始めた。それが明治七年(一八七四年)のことである。初めは和田塾といい、一時幼年局といったこともあるが、明治十三年頃幼稚舎という名前がついた。太平洋戦争中、何でも統制され、小学校は全国残らず国民学校となったが、幼稚舎は頑張ってその名を守り通した。

その幼稚舎が今年創立百周年を迎えた。私が塾を出て幼稚舎の教師となったのは大正十三年で、時あたかも創立五十周年の年であった。時の校長(当時主任といった)小林澄兄先生は、学生服をぬいだばかりの私に幼稚舎の歴史を書けといわれる。ことわりがたく、でっち上げたパンフレット「幼稚舎紀要」は翌年の一月早々出版された。爾来、私はクラスの担任になり、子供をかわいがって育てたが、自分の道楽の道にも精進した。今まで誰にもいったことがないが、私が幼稚舎に入って二年たつと、台湾大学におられた移川子之蔵先生から私に誘いがあった。移川先生は学生の頃、慶應の講師として出講せられたが人類学の先生で、アメリカで修業しアメリカで教鞭をとっておられたお方だ。日本の文字があやしく地理の地のつくり也が、縦に三本引いた妙な字を書かれた。それほどアメリカに長くおられた先生である。その先生が小林主任を通じて私を誘って下さったのである。私は一も二もなくお断りし、後に宮本延人氏が渡台し、後彼は著名な考古学者になった。その後も二回、義塾の大学に誘われたが、私はその器にあらず、小学校の教師が天職と心得て、とにかく最後まで幼稚舎につとめ上げた。私は道を誤らなかったと思っている。

その幼稚舎が創立百周年を迎えたのである。何をおいても赴かざるを得ない。行事は盛り沢山、また他の学校ではありそうもない特色あるものが色々ある。とにかく五月の六日に始まって十二日に終った。六日には墓前祭というのがあって、港区白金にある福沢諭吉先生の墓前にこの度のことを報告する式があり、七日には物故教職員の慰霊祭というのがあり、舎内に荘厳な一室を設けて物故教職員の霊前に黙禱を捧げ、その夜は物故教職員の遺族を某旗亭《きてい》に招待して思い出の会を開いた。八日は愈々午前十時から現在の児童を中心とし、学校に関係深い少数の人々を招待して厳粛な祝典をおこなった。舎長や塾長の式辞祝辞の外に高橋誠一郎先生の祝辞と植村甲午郎氏の音頭で万歳三唱があった。

なお「幼稚舎百年のあゆみ展」というのがあって、幼稚舎創立当時からの資料が実に豊富にまた立派に手ぎわよく列べてある。恐らく日本中の小学校で、公立私立を通じて、これほど資料を豊富に持っている学校はあるまい。それは私の自慢話になりそうだから遠慮する。

次いで九日（木）には午後一時から現舎生を対象として音楽会。百周年を記念するために作られた歌曲発表を兼ねているのである。堀口大学作詞、團伊玖磨作曲の「幼稚舎百年の歌」また薩摩忠、山下毅雄による「胸にかがやくペンがある」、舎生より募集し選ばれた三篇の新作「ぼくらの季節」「ぼくらの幼稚舎一世紀」「大きい輪」（それぞれ慶應関係の作曲家によって作曲されたもの）の発表があり、さらに幼稚舎出身の平岡養一氏の木琴、近く柏崎に見える中村紘子さんのピアノ、藤山一郎氏の歌唱、ダーク・ダックスの出演を得て極めて楽しい音楽会になった。

五月十日（金）は父兄を対象としたもので、私が「幼稚舎と私」と題する例によってマズイ講演をした。私がいやがるのを十分承知している現舎長内田氏が恐らく好意ある創作で父兄のタッテの希望ということで壇の上にたった。声のつまる辺りは聴く人を動かしたかも知れない。その後で、藤波重和、藤波重満、坂井音重氏（何れも幼稚舎出身）らによる仕舞があり、舎生作詞の新曲の披露があった。

二

前回に学校で計画した、幼稚舎創立百周年の行事の大要を述べた。

十二日（日）にはオール幼稚舎同窓会が学校の校庭でおこなわれた。ふだんなら、社会人同窓会と学生同窓会の両様があるのであるが、今回は百周年の祝典にちなんで合同の同窓会をおこなったのである。七十八十の老人から中学の一年生まで入りみだれての交歓である。幼稚舎の特色は、毎年帝国ホテルでおこなわれる社会人同窓会、学生達のやる学校校庭での同窓会には嘗て幼稚舎に勤めたことのある教職員はもちろん、用務員、給仕さんにいたるまで漏れなく招待されるのである。また学校で発行される定期刊行物は、何十年でも、旧教職員に送られている。

さて幼稚舎は前回で述べたように、明治七年（一八七四年）和田塾として発足したのであるが、和田塾は慶應義塾の構内にあり、慶應義塾の一部でありながら、会計は和田氏の私会計で、明治二十五年和田氏が亡くなると、慶應義塾は幼稚舎を金二千円で引きとった。爾来、純然たる慶應義塾内の一施設になった。大体良家の子弟が多く、戦前は男子のみであったが、戦後の昭和二十三年から男女共学になった。担任の教師は全部男子で、現在こういう学校は全国にもたぐい稀れであろう。その上、英語、音楽、美術（図工）、体操、理科等の専科があり、万事古くて新しく、教育界にありがちな突飛なことはしない。堅実そのもので、福沢が「獣身人心」といっているように体育が盛んである。早くから浄化装置の完備したプールを設備して舎生皆泳をモットーとして、幼稚舎を出たもので千メートルを泳げないものはない。千メートルを泳ぐとメダルが貰えるので、三年生くらいでメダルを貰う子供が毎年二十人くらいはある。いい忘れたが、各学年三クラスで一クラス四十八名、これは今の時勢では少し多すぎるのであるが希望者の多い関係で止むを得ない。小学校として入学率のきびしいのは日本第一であろう。戦後私が舎長をしていた頃、十二倍を記録したことがある。

私として幼稚舎を礼讃しすぎるということはない。私は戦後第十代目の舎長になった。昭和二十二年から昭和三十一年までの九年間である。舎長らしからざる舎長であったことは、私が十分認めている。

自分で自分の業績というのもおかしいが、業績らしきものがあるとすれば左の三つである。

第一は、初代の和田先生の時決まり福沢先生が序文を書いておられる金巻名誉録の制度を廃止したことである。金巻名誉録というのは品行方正学術優等の生徒の名を「金巻名誉録」なる帳簿に載せ、その由の証書を本人に与えるのである。つまり優等生の表彰である。私は長い間にわたる優等生と現に自分が担任した生徒の優等生のことを考えた。なるほど優等生の中に学問の方へ向ったものの中には、うなずける人がある。しかしこれがその他の社会に向かった人を見ると首を傾ける。優等生の本人はむろん、その両親もまた満足であろう。しかしその意識を持つことが却って不幸である。実に面白くない人間が嘗て学生時代に優等生であったこと、ただそれのみが生き甲斐のような人間、哀れではないか。その実例は実に多い。一方世に鈍才といわれるものがある。成績の上での鈍才は、何か負い目を持っているらしい。その鈍才の中に如何に珠玉が多いことか。仁清や柿右衛門より初期伊万里の美を尊ぶのである。ハメを外して笑わば笑えである。

第二に私のしたことはというより、しなかったことは、戦後、ついに幼稚舎にPTAというものをつくらなかったことである。当時の状勢ではほとんどPTAを作らせずにはおかない有様であった。文部省の通達は盛んにくる。私の知る公私の学校の校長連は、一せいにPTAを作って得意顔であり、嘗て私の同僚で湘南の学校で校長をしていた人などは「幼稚舎のお前は何しているか」といわんばかりであった。

しかし私には考えがあった。私立学校だから父兄の援助を仰がなければならないが、父兄に権力を持たれてはかなわない。父兄が学校に対し発言権を持つようになってはたまらない。これで人が何といおうとPTAは作らない方がいい、そう思ったから私はとうとう頑ばって作らなかった。今になって見れば、これは実は私の処置がよかったのである。PTAにボスが出来、学校を振りまわすようになって来たのである。消極的ではあるが、これは私の功績といってもよいかも知れない。

最後に私は学校のために歴史を書いた。最初材料だけを集めて文章は書かない約束であったが、結局書いてしまった。明治七年から終戦までA五判で約七百頁、それに日録と称する資料篇四百頁、次いで戦後篇、同じく本文約七百頁、資料篇四百何十頁、これは各方面に配られ、希望者には二千何百円かで売られたが、古本屋に出ると、一方だけで六千円の定価がついている。これは今はやる社会史的に取扱う史観による書き方でないが、幸田先生流の実証主義による書き方で、少なくともその確実な資料を縦横に使って、何時の世になっても史的価値は消えないと信じている。

この幼稚舎が創立百周年を迎えたのである。何をおいても行かねばならない。私は墓前祭と児童のための音楽会は欠席したが、その他の会には全部出席した。慶應義塾はマンモス大学となり、私塾の精神みたいなものは失われ、従って卒業生に愛校心みたいなものは稀薄になったが、幼稚舎に限ってその点どこまでも私塾的であり、卒業生がみな母校を愛し、ここを卒業したことを栄誉に思っているようである。

久しぶりに上京して挨拶攻めにあい、くたびれて帰って来たが、私はよい学校に勤めあげたと満足し、のうのうとしているところである。

（「越後タイムス」　昭和四十九年五月二十六日、六月九日）

幼稚舎と私

一 慶應義塾勤惰表

今の通信簿、もしくは成績表を昔、慶應義塾では、慶應義塾学業勤怠表、あるいは慶應義塾学業勤惰表といいました。古くは明治四年のが残っており、美濃紙を横二つ折りにした帳面のような形です。幼稚舎でも別に慶應義塾幼稚舎勤惰表といって、新聞紙一枚くらいの裏表に刷ったような形式で、明治十、十一年頃のものが残っています。

ところが明治十二年頃になると、この勤惰表が幼稚舎も本塾も一緒にして、今の雑誌を半分くらいにした薄い形の本のようなものになりました。だんだん学校も大きくなり、大学も出来るようになると、その勤惰表の形は小さくとも百頁もある本のようになりました。何時までつづいたか分りませんが、一番遅いのは明治三十年三学期の分が、現在残っています。この慶應義塾勤怠表、もしくは勤惰表（勤怠表はほんの一、二年で後はずっと勤惰表となっています）

は、ちょっと面白いのです。

一年に三回各学期毎に出るのですが、幼稚舎生から大学生にいたるまで、一人一人の出欠、成績が全部印刷されているのです。でこの勤惰表を一目見れば、慶應義塾の学生、生徒なら、誰が何日休んで、国語が何点で、算数が何点と一目で分ります。誰が一番で誰がビリかも分ります。諸君おどろきませんか。今の学生だったら人権じゅうりんなどとさわいでストライキくらいするでしょう。昔そういう時代のあったことをお話しただけです。

ところで、私は長い間幼稚舎の教師をしましたが、成績のよい子は、もちろんよいと思いますが、私は、いわゆる「できない子供」が大すきです。勤惰表にのっている成績のよい人が、どれだけ見上げた人物になっているか、幼稚舎時代に成績のよかったこと、ただ一つが生涯の誇りでは情ない。神様は成績のわるい子に、実に他の方でみりょくをお与えになっている。私はいつもそう思って感心しています。幼稚舎時代に成績のわるかったことを威ばることはありませんが、ひかんしたり、将来のことを心配する必要はない。私は長いこと幼稚舎につとめ担任をして、そういう例を知りすぎるくらいよく知っています。私がいつでもいうことですが、お兄ちゃんが成績がよくて弟がわるい。親はお兄ちゃんばかりほめて、弟をけなす、ゆめゆめそんなことがあってはならないと思います。

二　森常樹先生と私

幼稚舎第四代目の舎長に森常樹先生とおっしゃる方がいらっしゃいました。大変な秀才で、福沢先生のご次男捨次郎さんと塾で同級だったので、学生時代にしばしば福沢家へ出入りされました。明治十四年に本塾を卒業なさったのですが、福沢先生が来年新聞（時事新報）を出すから、東京に住んで手伝わないかといわれました。ところが森先生はそれをふりきって、熊本県の佐敷という田舎町へ引込んで、教育のこと（小学校や中学校の校長先生などして）に打ちこんでおられました。

ところが、幼稚舎に適当な舎長がないということで、明治三十年、福沢先生は森先生を熊本から呼びよせて、幼稚舎の舎長になさいました。幼稚舎がまだ三田の大学のある所にあった頃で、それから大正八年まで、実に足かけ二十五年、実質二十三年何カ月、幼稚舎歴代の舎長中、最も長く舎長をおつとめになりました。森先生は舎長をおやめになると、すぐまた熊本県の佐敷へ帰り、講演やら何やら教育活動にいそしまれました。先生はまったく教育するためにこの世に生まれて来たようなお方でした。先生が、いよいよ東京をたって九州へ向われた時、東京駅は大変な見送人だったといいます。

私も戦後第十代目の幼稚舎長になりました。それまでは、森先生のように福沢先生がわざわざ、熊本から呼びよせるか、その後はいつも大学の先生が幼稚舎長（森先生の後、しばらく主任といいました）を兼任されていましたが、私が初めて幼稚舎の先生から舎長になりました。私はがんらい子供が大好きですが、教育家というようなたちではありません。人の前で講演したり、教育について意見をのべたりすることは、最もにがてです。そういう人間でないことを自分でよく知っていたからです。ただ好きな本を読んだり好きな絵を見たり美しい花をながめたりしていれば、ごきげんなのです。教育のことは、先生方がみんなよくやって下さいました。私が舎長になる前でしたが、大東亜戦争で疎開ということがありました。私は生涯中で多少幼稚舎のためにつくしたのはこの時だと思いますが、それもみんなの先生方がよくやって下さいました。

その私が、森先生のように、去年六月郷里の新潟県柏崎へ帰りました。大ぜいの方々に見送っていただくのが、遠慮なので、帰る日と時間を一切秘密にし、それがよく守られて見送って下さったのは自動車をかしてくださった人一人とその友人僅かに二人でした。しずかに、五十何年ぶりの東京を離れることが出来てよかったと思っています。

（「仔馬」二五—一　昭和四十九年五月）

紫檀のステッキ

昔から銘木の司《つかさ》は紫檀、黒檀、タガヤサンと決まっていた。落語によくジュリンボクというのが出てくるが、どんなものか知らない。紫檀、黒檀、タガヤサンの中で、私は紫檀が一番すきだ。その紫檀のステッキを私は持っているのである。あの欅よりもっと堅い脆《もろ》い紫檀、その握りのところが蝙蝠傘の柄のようにU字型に曲っており、腕にかけられるようになっている。どうしてこんなことができたのだろう。実に不思議である。全体が柔い角型で、手ざわりもころよい。ただU字型に曲ったところに多少無理があったのであろう。かすかにささくれだっていた。

私はこのステッキを昭和二十年の七月、学童と共に青森県の木造《きづくり》という小さな田舎町に疎開中、県庁に用があって出張した折、青森の古道具屋で求めたのである。由来このステッキが気に入って大切に持っている。曲り角のささくれが気になっていたが、去年柏崎へ帰ってから平田光楽さんにお願いして漆で直してもらった。ステッキはいよいよこころよいものになった。

元来ステッキは飾りけのないちょうどよい太さの籐《とう》が品もよくいいようであるが、但し上等品はスネーク・ウッドということになっている。話には聞いていたがスネーク・ウッドとはどんな木か、あるデパートで見せてもらった。藤その他のステッキはむきだしになっているのに、スネーク・ウッドのに限って錠をかけた飾棚の中に並べてある。値段は三、四十万円、黒柿をもう少し黒っぽくしたようで極めて重く、かすかにある模様で値段の上下があるということだ。値段もさることながら、私の欲しい品物ではない。それに比べて私が青森の古道具屋で求めた紫檀のステッキが何とよいことか。私は県庁の役人に呼びつけられて、当時、頭は坊主刈り、よれよれの洋服に鉢巻をしめ、草鞋をはき、「草鞋視学」とあだ名をとった迷視学にさんざん油をしぼられた。戦争中慶應は自由主義の学校で右翼の者から目の仇にされていた。私たちは昭和十九年八月伊豆の修善寺に疎開し翌年の初夏になってから相模湾に敵前上陸があるやも知れずと急に伊豆から遥々《はるばる》青森へ再疎開を命じられたのである。伊豆から青森まで軍用列車を避けて正味二日四十八時間で、青森についたのである。修善寺では野田屋、仲田屋、涵翠閣の三軒の旅館であったが、青森では田舎町の木造、その木造中学校の寄宿舎と慶應寺、西教寺二つの寺、これが宿舎であった。丸二日かかって木造へついたが着く早々、冬の燃料の準備にとりかからねばならなかった。

草鞋視学に油をしぼられ、慶應の自由を難じ、着いた早々に慶應は物価をつり上げると来た。

最初修善寺に疎開した時は、児童、教師、医師、寮母総勢三百七十余人であったが、戦争もたけなわになり今日も明日をはかられぬとなると児童は親許へ引きとられて行くものがあり、青森へ行く時は百五十幾名に減っていた。

当時舎長（校長）はご夫妻ともに病気であり、仮の部隊長は結局私になっていた。食糧から燃料から何から何まで苦労話はキザになるから止めにする。

ただ私が県庁に呼びだされて、古道具屋で、お気に入りの紫檀のステッキを買ったその翌日、青森全市は敵機にやられて全滅した。青森と木造は距離にして四十キロくらいのものであったが、真夜中には、それがすぐそこのように見える。この紫檀のステッキはこうして危機一髪の機会に私の手に入ったのである。ステッキの王様といわれるスネーク・ウッドのそれよりずっと気に入ったステッキが奇跡的に私のものとなった。

しかし何の飾りけもないこのステッキを見て、他人は、どう思うだろうか。実はそこが今日の話題である。私は何を求めるにしても、自分の好きこのみで物を買う。人などはどうでもよいのである。私は学生の時長崎に旅行した。金ボタンの私は当時、すでに骨董屋（当時長崎には何と沢山の骨董屋があったことか、しかし当時でも長崎には長崎絵というものはなかった。永見徳太郎氏は最も早く長崎絵を集めた人だが、その殆どが東京で集めたものであった。五十何年前の話である）に入り、安いシナや伊万里の染付の皿を買っていた。今ここにある。見立ては間違っていない。当時伊万里という言葉も染付という言葉も知らなかった。今猫も杓子も伊万里の染付という。その上、「古染付」の「古」が加わった。今も古美術は好きだが、知識は全くない。また知識を得ようとも思わない。ただ自分の目で見て美しければそれでよいのである。よく骨董を集める人が一度や二度偽物をつかまなければ、本物にならないという。そうだろうか。美を追わないで知識を先にし、慾にかられるから偽物をつかむのである。またその美を人より一足先に認めることである。ゴンもハチも流行をねらえば、そこに必ず偽物ができる。近頃、南蛮画はもちろん、大津絵や泥絵にも偽物がはびこっている。良寛はもちろん会津八一が流行れば、何百人分の良寛、会津八一である。

近頃おかしいのは、古書目録に島崎藤村の自筆書簡、川端康成の自筆書簡、与謝野晶子の自筆書簡と必ず書いてある。おかしな話である。昔の殿様なら知れたこと祐筆が書いて殿様はただ署名する。そんなことはあった。今の人は病気で細君が代筆でもすれば、それは細君代筆とことわればいいのである。何々氏自筆書簡、某々氏自筆原稿は今の書賈《しょこ》が笑うべき仕業である。それとも最初から偽筆を自認してのことか。偽筆なら堂々と「自筆」と書くべし。

（「越後タイムス」　昭和四十九年七月二十一日）

マドリッドの朝

今の若い人に西洋だの洋行だのという言葉を使うと笑うそうである。言葉自身が明治調だし、第一権《ごん》も八も何でもなく外国に出かけて行くから、いまさら洋行もおかしかろう。明治大正期には、代議士の候補者が履歴の中に、れいれいしく「洋行二回」などと書いたものだ。

さて私が、急にスペイン、ポルトガルに出かけることになった。実は三年前からの懸案であった。彼は今、大学でスペイン史の講義をし、スペイン語はペラペラ、それにスペインが好きで、およそスペインのことなら何でも知っている。スペインとあれば、彼の祖国はスペインではないかと思われるほどだ。昔、蘭学事始を完成した杉田玄白の仲間に前野良沢というのがあって、和蘭が好きで同志からは和蘭の化物といわれ自ら蘭化と称した蘭学者があった。私は彼の蔭口をたたいて「西化」という。その名をいい落したが岩谷十二郎君といい、私の親友中の心友だ。長い間私のいうこととなれば何を差しおいてもきいてくれようという人である。その岩谷氏が三年前にスペインへ短期留学した。その時から彼は何としても私をスペイン、ポルトガルへ連れ出したいというのである。

私も若い時分、それは昭和の極く始めのことであるが、ポルトガルへ留学したいと思ったことがあった。当時から、否それより前、学生時代からスペイン、ポルトガルに関係ある仕事に興味を感じていたのである。ところが昭和の始めといえば、花田屋の家に破綻があり、百年の歴史を閉じるか否かの瀬戸際にあり、到底、ポルトガル行きなどと大それたことを言い出せる時期ではなかった。その後、花田屋はどうにか立ちなおったが、生涯幼稚舎の教師で満足し、何の不平も感じないようになった。それでも、キリシタン、スペイン、ポルトガルに関係ある仕事をボツボツ道楽にやっていた。

さて「西化」こと岩谷君は何としても私をスペイン、ポルトガルへ連れ出したいという。ただの口先の話でない。真実がこもり、事あるごとに氏は私を誘惑した。私も三年目に漸くその気になって、先ず老体の身がつづくか、かかりつけのお医者様に相談したら、必ずしも太鼓判が押せないということで少し躊躇した。岩谷氏からはジャンジャン言って来てくれる。万が一体なんかどうでもいい、出かけよう、そう決心した。

しかし、東の果てから西の果てへ出かけるとなれば色々準備がいる。何から準備してよいか分らない。正直に岩谷君にそういってやると、準備は自分が一切やる、お前は体一つで東京へ出て来ればよい。簡単服からシャツから下着からハンカチに至るまで、奥さんと二人で全部ととのえてくれた。口でウマいことをいったって、こんな親切ができるものであろうか。こんな友人を持つ私は世にも果報者というより仕方がない。私は旅行会社との契約で一度上京し、パスポートの申請とホーソーの予防注射で一度新潟へ出かけただけで、アトはのうのうとしていた。彼氏の大トランクには私の品物が全部入っている。いって見れば、私は手ブラである。

八月三日、羽田を発ち、途中三日パリーに滞在して疲れを休め、七日午後七時、パリーのオーステルリッツ駅で国際列車の寝台車に乗りこんだ。翌八日ひる過ぎにマドリッドのチャマルティン駅に下りたった。国際列車は、途中国境でも何の手続きもなく、五、六時間遅れてマドリッドに着いたのである。急行列車が五、六時間遅れてもヨーロッパ人はゆうゆうとして罪のない車掌にくってかかるようなことはしない。駅には欧州旅行途中の音楽の先生T嬢とその姪ごさんが出迎えてくれた。私もついにマドリッドへ着いた。藤村氏のいられる高級アパートの十階に落ちついた（詳しくいえばドクトール・フレミング、三二、十階一一二号室、マドリッド一六区）。パリーに着いた時すぐ、そう思ったが、マドリッドでは愈々本当の西洋に着いた感がひしひしとする。日本は明治以来百年の近代化で一応西欧に追いついたように思うが、二千年の歴史を持つこの西洋に、そう短兵急《たんぺいきゅう》に追いつける筈がない。祖国日本を愛し、その良さを認めるに吝《やぶ》さかでないが、この部厚いどっしり重みのある西欧の偉大さを感じざるを得ない。パリーに滞在中、マドリッドは暑い、四十度にも及ぶときき、いささか案じていた。ところが来て見れば三十何度、陽ざしはなるほど暑い。しかし一たん並木の下に立てば、決して暑さを感ぜず、汗っかきの私が何ともない。それに朝夕の涼しさったらない。それでつい「マドリッドの朝」といいたくなったのである。

何故、私が東洋の果てからこんな西洋の西の果てに来たか。十六世紀の半ば初めに日本に漂着したのはポルトガル人だったが、キリスト教を伝えるために苦労のありったけをして日本に着いたのは、あの東洋の聖人といわれたスペイン人フランシスコ・ザヴィエルである。彼について来た二人の弟子もまたスペイン人である。爾来ポルトガル、スペインの宣教師は続々日本に来朝し、禁教後はあらゆる残虐な取り扱いを受けてもひるまず否日本へ行けば確実に殉教出来るといえば、日本行きを希望する者は、島原の乱直前まで後をたたなかった。彼らの郷土を見たい、彼らの子孫の顔を見たい。列車のボーイもタクシーの運転手も、お巡りさんも役所の前に立つ兵隊さん（何々省と称する役所の前には必ず剣つき鉄砲を持った兵隊がいる）若い者は日本と同じく長髪であるが、日本人のそれのように不潔感がなく、私が女の子だったらホレボレとするような美男子が列車のボーイだったりする。

アパルトメントの前は街路樹とともに小公園の概《おもむき》があり、日本と同じく雀が集っている。しかしその雀がどことなく日本のそれと少し違っている。所変れば品変るである。

（「越後タイムス」　昭和五十年八月二十四日）

ああ呑気だネ

私は若い時は早起、遅寝であった。それが年をとると、遅起早寝の男にかわった。ところがスペインへ来て二十日ばかり時間は滅茶苦茶になった。

朝、夜が明けるのは日本と大して違わないようだけれど、夜暮れるのが遅い。九時になってもまだ明るいのである。時によると夜の十時頃になっても公園で子供が遊んでいることがある。従ってこちらの一日は長い。そのためだろう、こちらの人は午頃店を閉じて昼寝の時間とする。三時頃まで店は開いているように見えて、扉をとざしているから、用が足りない。それで我々日本人には困ることが多いのである。

また、夕飯がおそいから（大体こちらの人は一日に四食とるそうである）六時頃、夕飯食べようとしても、八時頃にならなければ、店を開かない。私には用がないけれど、酒場もそうである。

それに図書館、美術館の開館時間がまちまちで、それも昼になると、やはり二時間くらい休む。曜日によって違うらしいけれど、ついこの間、バルセロナのピカソ美術館へいったら午後四時半からでないと開かないという。それまで何とか時間を消すのに苦労した。また、マドリッドのコロンブス博物館にいこうと思ったのが午後で、さてとなったら午前しか開いていない。昨日マドリッドから汽車で一時間ほどのエスコリアル、昔の王様の離宮であったところが今一種の博物館みたいなものになっているから、朝の汽車で出かけた。ここには日本のキリシタンが作った本で世界にタッタ一冊しかない倭漢朗詠集があるから、それを是非見たい。九時過ぎていて何をおいても、坊さんにかけあってその本を出してもらって十分調べ約二時間かかった。ところが十二時過ぎると中に入っている観光客は全部外へ追いだされ、三時にまた再開、それから夜の八時頃まで開いている。四時、五時になってもまた見物人が入ってくる。それから古本屋、骨董屋となると夏の間、バカンスと称して十日も二週間も休んでいる店が多い。パリーのセーヌ河畔の古本屋に真似て植物園裏に三十軒長屋みたいな古本屋がつながっている。行って見ると四、五軒しか開いていない。どうにもしようがない。

スペインの人の生活、どうしても「ああ呑気だネ」といわざるを得ない。

ここで話題を変える。これはスペインといわず西洋一般の都市の風らしいが街路が思いきり広く、必ず見上げるような街路樹がある。マドリッドでいうと、温度が三十五、六度というのにその木蔭に入ると涼しくって汗が出ない。湿度の高い東京に比べて暑さを感ぜず、凌ぎやすい。不思議なくらいである。木で多いのは、プラタナス、マロニエ、ポプラ、ユリの木の一種、カエデの一種、その他名を知らぬ木、それがみな見上げるばかりの大木で、その下にバルコンや椅子がならんでいたりする。植え込みにはキョウチクトウの赤白が多く、たまに桃色がある。それに日本にあるシャリンバイとかヤツデとかイチジクとか似たものがあるが、どこか違っている。雨の少ないせいか、こちらの人はそれにホースで大量の水をやる。パリーで見たのだが、木の根元を人の足でふまないように、雨がふったらそのお蔭をこうむるように、直径二メートルくらいの鉄のワクを根元に組み合せたのなどがある。それにどこの家も必ずといってよいほど窓ぎわは植木鉢をならべている。花で多いのはペチュニヤとゼラニュームである。ところが羨しいのは、素焼の植木鉢の形がよいのだ。私の見たところ日本の素焼の植木鉢はパリーのを真似たように見えるが、形がまずい。ところがスペインのは誠によい形で、二つ三つ持って帰りたいと思うけれど、これは厄介だ。園芸の専門家は花の新しい種類にばかり気をとられないで、何でもない植木鉢の形にも注意を向けて欲しい。ただ時々素焼の植木鉢に赤や緑のペンキで染めているのがあるがこれには賛成できない。ホテルやカフェのような処では熱帯の観葉植物の多いのは日本と同じ。時には駅に大げさな観葉植物の植え込みがあるところがある。一体に木や草を大切にしているようである。しかし花の栽培技術は日本の方が上のように見える。こちらでは買って見ないが切花は高いものらしい。

私は相変らず、野草に目をつけている。こればかりは、日本で見たこともないものがなかなか多い。花の真最中のは仕方がないが、花の終って枯れたようなのを見ると、私はその種子をつまんでポケットに入れる。大分たまった。日本へ帰ったら蒔いて見ようと思うが、どれほど住みついてくれるか。ことに日本へ初めて来たバテレン、フランシスコ・ザヴィエルの誕生の地（ザヴィエルは城主の第六子で城に住んでいたのである。この城は十六世紀に破壊されたが今世紀になって再建された）を訪れた時は、夢中になって手あたり次第に種子をとった。二十種くらいになろうか。ザヴィエル城の周りの雑草が柏崎に生えたら、これは楽しい。それに地に這いつくばっている妙な草、土は粘土だか岩が多いので、引きぬこうとしてもなかなかぬけず、ついに尻餅をついた。とにかく抜きとったが、これを持ちかえって活着するか否か。（植物を持込むのは禁じられているから、よほどウマくしなければならない）一昨年朝鮮へいった時三センチほどの何だか分らないものを三種歯みがき道具の袋の中に入れて持ち帰ったが、いずれもよく活着し、持って帰った当時は何だか（秋の末で葉もなかったから）分らなかったが、一は一寸変ったカエデ、一はムクゲ（幸いなことにこれは朝鮮の国花であった）、一は小菊であった。今柏崎で元気に育っている。マドリッドを中心として、小旅行をくりかえし、近くポルトガルへ入る。

（マドリッドの宿にて、八月二十二日朝）

（「越後タイムス」　昭和五十年九月七日）

稿本慶應義塾幼稚舎史

柏崎市も今年から十年計画で市史の編纂にとりかかりその編纂のスタッフも決まったという（柏崎日報四月十三日付）。新潟県でも同じく今年から県史の編纂にとりかかるという。日本三府四十三県の中、県史のないのは新潟県を入れて三県だけだという。随分ノンキに構えたものだ。柏崎市史も恐らく、日本国中ゲッポン（柏崎地方の方言、ビリの意味）に近い方だろう。新潟県が教育文化の方で後進県といわれる所以《ゆえん》もそこにあるのだろう。

県史はさしおいて、日本で初めて市制が布かれたのは明治二十一年で、市史の嚆矢は大阪市史である。大阪市史の編者は、先頃本紙に略伝を書いた幸田成友先生である。私が先生といえば学問の方で幸田先生、工芸美術の方で柳先生と決まっている。大阪市はさすがに偉い先生を迎えたものである。幸田先生は明治二十九年に東大（当時日本には官立の大学は東京一つで、ただ帝国大学といった）を出られ浪人していたところを、大阪市史編纂主任に白羽の矢が立てられた。明治三十四年のことで市史が完成したのは明治四十二年である（全七巻、別に附図一冊）。先生は市史の編集を委嘱されたものの、当時、日本に市史というものがない。西洋で出ているものを二、三参照されたという。今日どこの市にも市史はあるが、どれも何人かで分担して執筆完成したものである。先生の気性はそれを許さない。助手は使われたが徹頭徹尾お一人で執筆完成された。その後市史編纂の手本となり、つい何年か前に何十年かぶりに複刻された。

先生が何より重要視されたのは史料の採集であった。先生は何でも原本主義である。史料の元に溯る。例えば柏崎でいえば甲子楼文庫というものがある。関甲子次郎氏が手当り次第、書き写されたものである。他人の書き写したものでは信用ならない、その原本に溯る、原本に溯ってテキスト・クリティークをしてあやしければ、いさぎよく捨てる。先生のは万事そういうやり方であった。それにしても大阪市は幸田先生を迎え高給を支払った。先生は私にいわれた。当時給料は僕が市長の次だったよと。優れた人を迎えて優遇するのは当然である。その代りドングリ（マロン・グラッセなどという上等品もある）を集めて差別のない公平主義は今風かも知れないが考えものである。

これから話が変る。私が殆ど私の一生を捧げた慶應義塾幼稚舎、その歴史を私が書いた。慶應義塾の創立は、慶應ではなく安政であり、幼稚舎は明治七年に発足した。福沢先生の高弟、和田義郎なる人が先生の旨を受けて全国から福沢先生を慕って打ちよせるものの中、比較的幼少の者を文武両道の達人和田義郎なる者に委託し、その家庭に預って起居を共にし、教育し本格的の塾に端を発したのである。

幼稚舎の歴史を私が委託されたのは、太平洋戦争の起こった昭和十六年早春のことであった。私は最初、史料集めだけを引き受け、本文は書かぬ約束であった。その年の四月から仕事を始め、助手として経済学者河合栄治郎博士のお嬢さん尚子（聖心女子学院出身、現在畑姓）をつけてもらった。幸いにして抜群に頭がよく、頼んだ仕事に間違いはなかった。当時ゼロックスというような便利なものはなく、何でも手で写さなければならなかった。活字に組んだ文章を写すくらい何でもないと人は思うであろうが、そう簡単なものではない。とかく脱落ができる、文字を誤って写す、仮名遣いを勝手にする、甚しきにいたっては明治の文章を現代仮名にする、容易なことではないのである。尚子さんは実に正確であった。

史料の探求、これは幸田先生仕込みで多少の自信はあった。見当をつけて古い新聞、雑誌を探す。当時まだ福沢先生や和田先生を知っている人がいた。その人に会い、当方で用意した証拠をつきつけて物を訊く。歴代の舎長（大正以来主任となり、終戦後再び舎長にかえった）の家について、物を探す、現存する卒業生には漏れなく往復ハガキを出して、史料の有無をただす（これは効果のないものである。第一返事をくれる人が何パーセントもない）。それよりせっかく集めた史料を陳列して卒業生を招待する。これは案外効果があった。実物を見ると、家にはこんな証書があった。こんな写真があったと見せて下さる、写真の裏に意外に重要なことが書いてある。

しかし私は本務のかたわら仕事をした（後病気をして専任になった）。私立学校のせいであろう、意外に史料は集まった。公官立の学校では校長が変ると、案外物が捨てられていることを後で知った。それでどういう歴史を書こうかということになると、当時古書展で学校史、殊に小学校史を見つかり次第買った。十何冊かは求め得たろう。一つも参考になるような品物はなかった。それで自分で新しく方法を編みだすより仕方なかった。任期の長短はあるが、やはり舎長（主任）によって特色がある。時代分けを舎長の順に従い、通史の外に史料集のようなものが欲しい。

それに本文は史料によって裏付けし、無駄を避ける。例えば音楽のことを書こうとすれば日本に西洋音楽が何時入り、幼稚舎は何時音楽教育を始めたか、幼稚舎は小学校として日本で初めて映画を授業にとり入れたが、映画は何時発明され何時日本へ入って来たか、幼稚舎の映画は日本の映画史にどう位置づけられるか、少し音楽移入とか映画輸入の歴史を研究すると、その方につい力が入り、調査したものを全部本文に書きこもうとする。世の中にはそういう本が沢山ある。その辺の呼吸がむつかしい。

結局、幼稚舎の歴史は「稿本」として「慶應義塾幼稚舎史」「同日録」（一種の史料篇）「慶應義塾幼稚舎史戦後篇」「同日録」Ａ５判全四冊約二千二百頁（写真版多数）ほどになった。恐らく出来ばえはとにかくとして日本の小学校の歴史でこれほど厖大なものはないであろう。また柏崎の人で花田屋の者の外、こんな本のあることを知っている人はないであろう。非売品で、一部の官庁図書館並に個人に寄贈した。ただ希望者には、実費以下の二冊宛一組四千円で頒けたのが、古書値段では六千円以上である。

自家広告　仍如件《よってくだんのごとし》

（「越後タイムス」昭和五十一年五月二日）

スペインの花と野菜

友人岩谷十二郎君のおかげでスペイン・ポルトガルの旅行をしてから、やがて一年になる。早いようでもあり遅いようでもある。岩谷君の犠牲によって、思いきり我がままな旅行をした。スペインまでいって、最初から闘牛とフラメンコは見ないもないものだ。私は他人のために物を見るのではない。有名であろうと無名であろうと、自分で見たいと思うものだけ見れば足りるのである。しかし自分で見たものはスペイン・ポルトガルのほんの上っつらを見たに過ぎないことは良くわかっている。少なくとも三月、半年もいたら、とにかくスペイン・ポルトガルを見たといえるだろう。

私はあちらに滞在中、一切飛行機を使わず、汽車とタクシーだけで旅行した。旅館は二流だったが汽車は全部一等だった。毎日よくも三時間、五時間、十時間と汽車に乗った。汽車に乗ると私は子供のように外ばかり見ていた。そうでない処もあるのだろうが、私が汽車で見る景色は岩山が多く、日本のように緑したたる山紫水明の絶景なんかとても見られない。また日本だったら、鉄道に沿うて必ず道があり、その道を切れめなく自動車が走っている。そんなものは見られない。村や町らしきものが遠くに見えても必ず小高い丘の上にある。また日本だったら汽車の窓からいたる所で小学校の校舎が見え、子供が楽しげに遊んでいる。そういう風景はどこにも見られなかった。

汽車の窓から目につくのはオリーブの木とイチジクの大木、ポルトガルに入ると、それにコルクが加わる。いたって殺風景である。それでも私は外を見ていれば楽しいのである。

都会の付近に行かないと工場らしいものがなく、また農家らしいものも極めて少ない。どこに人が住んでいるのだろうと思う。たまに家があってもアンテナなんてものはない。

ところが一たん都会へ入ると、街路は極めて広く、亭々たる街路樹が立ちならんでいる。これは何とも羨しい。その下にバルコンを出して、ゆうゆうとお茶やワインをたしなむ。日本人のようにこせこせしたところがない。汽車が二時間遅れようと五時間遅れようと、日本人のようにいらいらせず、荷物に腰かけてゆうゆうと待っている。私は「遅々たること蘭の如し」という文句を創作したが、スペイン人、ポルトガル人を見ているとついそんな気がする。

私が雑草、野草、山草が好きであることは何となくこれまで屢々書いた。それであちらに滞在中、田舎の駅で乗替のため待ち合している間、田舎道を歩いている時、広い街路をうろついている間、雑草が目につくと、その種子を採取した。何でもないが総て日本のと違う。これは日本人とスペイン人、ポルトガル人が違う如く、総ての雑草が似て否なるものである。カタバミが違う、タンポポが違う、ヒルガオが違う。雑草の名をいちいち知らないが、みんな違うのである。これは面白いと思っても今咲いている草の種子は実っていない。草が枯れて何が何だか訳のわからないものの種子らしきものを採取し、ポケットに入れる。宿へ帰ると袋に入れて採集した地名を書いておく。日本へ初めて来たキリスト教の宣教師フランシスコ・ザヴィエルの生誕地ザヴィエル城へ行った時など粘土質のすべりやすい傾斜地をぐるぐる周って、二十種くらい採集した。何が何だか分らないのである。ポルトガル・スペインで集めたものは百種くらいあったか。それに帰国の途中給油のため休憩したアンカレッジの売店でアラスカの野草の種子（一袋一ドル）が売っていたので、それも買った。ついでのことに二十日ダイコンだのニンジンだの袋入りの野菜の種子を沢山買って来た。

帰国すると、これらの種子は親戚の興治さん夫婦に任せた。興治さんのところは土地も広いし、第一氏は耕作にかけてはセミ・プロである。彼はスペイン語の字引まで引いて慎重にしらべ、この種子を処理してくれた。廿日ダイコンなどは日本のに似ているがどこか違う。九月頃蒔いて、去年の中に既に収穫があった。

今年に入り四月を過ぎると、スペイン・ポルトガルの雑草と野菜が次々と芽を出し伸びて来、花をつける。途方もないカボチャがとれそうである。

それより私にとって嬉しいのはザヴィエル城の野草が次々に咲いてくるのである。第一に咲いたのは、日本に似たものがあるが、ごく小さな白い花の小菊で、日本のは花弁がくっつきあっているが、これは小さいながら、花弁が一つおきくらいに離れて一寸見である。日本のは葉は菊の葉のようだがあちらのは人参のそれに似ている。早速写真をとり、一方写生しておいた。次に咲いたのは、一寸形容しがたい、葉は全くなく細い枝が線香花火のようにシュッシュッと出て、その先に黄色い小さな花のかたまりが着いている。こんな花は日本で見たことがない。三番目に咲きだしたのはアザミのようにトゲでいっぱい、それも細く鋭くアザミの花よりいたい。花の形はアザミに似ているが、線のような黄色な花びらが初め二三本出て、それからアザミのように束になって黄色な花になる。いたい思いをしてガラス花瓶にさすと誠に風情がある。それからタンポポのことをフランス語で獅子の歯（ダン・ディ・リオン）というが、その切れ目が極端で、余程の乱杭歯のライオンの歯みたいな葉であるが、花は小さくいかにも貧弱で不景気きわまる。ちょいと人前に出せないしろものである。野菜のダイコンやパセリーは何度もいただいたが、これから思わぬ奇怪の野菜が見られるかも知れぬ。

但しアンカレッジで買った野草の種子は一本も出ない。

スペインで見た雀の観察も一席ぶちたいところだが、雀は野草でもなく野菜でもないから、ここでは遠慮する。

（「越後タイムス」　昭和五十一年七月十一日）

私の出版歴

一

つい先日、某氏から、何でもいい、著書があったら一冊くれないかと申しこまれた。私は辛《かろう》じて自分の著訳書は一冊ずつ持ち合せているけれど、あいにく人に上げる余分はない。これでも一冊ずつでも持っているのはよい方である。大抵の著者がひとにせがまれて自分の手許には一冊もないという人が多い。

ついでのことに自分の著作歴とでもいうべきものをかえりみることにした。私は大正八年慶應の文科に入った。無論予科で第二外国語はフランス語をとった。先生は新発田出身の前田長太（越嶺と号す）先生、後藤末雄先生、先生に不足はない。前田先生はカトリックの聖職者の一種の破戒僧で、つまり婦人問題で教会を追い出されたと噂のある人だ。ラテン語がよくできて、東大の史料編纂所でも手こずるものは、みな前田先生のところへ持込むと言われた人だ。

後藤先生は谷崎潤一郎と同窓生で、学生時代森鷗外のお嬢さんの家庭教師をし、晩年フランスと中国の関係の論文で博士になられた。

私はフランス語の勉強を一向しなかったが、後藤先生に「吉田君、君できないネ」といわれた。塾を卒業する頃になってフランス語の必要を感じて、神田のアテネ・フランセの夜学に通った。当時アテネ・フランセは九段下の爼橋《まないたばし》の付近にあり、ドイツのベルリッツ方式の教授法をとりいれて一切日本語を使わない。初級はフランス人のマダム・ルエランに習い、中級になると丸山順太郎先生（和仏辞典の編纂者）にならった。アテネ・フランセで気に入ったのは始鈴が鳴ると、先生は蒸気ポンプのように教室にかけつけて授業を始め、終りのベルが鳴ると、文章の途中でもピタリと止めた。これは私の気性に合って楽しみであった。学校は途中でやめたが、塾を卒業すると間もなくシュタイシェンの「キリシタン大名」の翻訳を始めた。シュタイシェンは最初、この本を英語で書き、後でフランス語で書いた。題名は同じだけれど中味は少し違っている。フランス語の方をテキストにして翻訳を始めると原本で四六判四百頁ばかりの本を半年ばかりで訳してしまい、それから中に出てくる日本人の名を正確につきとめるのに中々時間がかかった。例えばローマ字でツノカミドノとあれば、それが摂津守で小西行長、ウコンドノとあれば、右近殿で高山右近殿、それも親父の方でなく息子の方であると考証する。今なら何でもないが大正の末期から昭和の初め頃はそんなに楽な仕事ではなかった。その中の一章分ずつを「三田文学」に載せてもらっていた。

昭和三年わが師幸田成友先生はオランダへ留学された。その時、先生は「日本経済史研究」と「読史余録」の原稿を私に託し、出版社は大岡山書店だが、その造本の一切を私に任して出発された。私が先生の仕事にあまり熱心なので、当時大岡山書店を経営しておられた横山重氏が見て「ひとの仕事にそんなに熱心になるくらいなら何か自分のものをやったらどうか」といわれた。私はその時既にシュタイシェンのキリシタン大名を訳了し、考証も大方終っていたから「これでも願います」と横山氏へ原稿を差しだした。大岡山書店といえば堅い権威ある本の出版元として名が知れていたし多少気がかりであったが、横山氏はすぐ承諾し出版になった。菊判四〇〇頁ばかり、十何枚か原本にない挿絵をコロタイプで入れて堂々たる本になった。背文字と扉は、江戸時代の「文選」?だかの零本をこわして、活字の書体で「切」「支」「丹」「大」「名」「記」と拾い集めて使ったが、無名人の初出版としては堂々たるものであった。当時神田の一誠堂の主人（初代酒井宇吉氏）が徳富蘇峰先生に一本呈上したらと忠告があったので、その通りにした。大森山房だかと刷り込んだ特別の用箋で礼状をもらい「東京日日新聞」（毎日新聞の前身）の「日々だより」に大きなカコミの紹介を書いて下さった。

それからさらに私は大物にとりついた。レオン・パジェスの「日本キリスト教史」である。オクターボの原本約九百頁、シラミのような小さな字でぎっしり組んである。向う見ずとはこの事である。これにとりついた。ところがこの原本はフランス語だが、ポルトガル語やラテン語が無闇に出て来て私の手におえない。時に上智大学のラウレス教授（神父）が、同じくドイツ人のクリーシェル神父を紹介して下さった。クリーシェルは日本語を話すことは上手でなかったが、日本語を読み日本歴史の知識が豊富で私の原稿を初めから終りまで全部みて下さることになった。何年かかったか、とにかく、大冊をやり上げた。どこからも出して貰える宛てもなく始めた仕事である。その前私は日本に初めてキリスト教を伝えたザヴィエルの研究を始めていた。ところがこの畠にはドイツ人のシュールハンマーという世界的の学者（二十ヶ国語を自由にしゃべれる）のいることを知って、ダァとなった。とりあえず彼が一般向きに書いたザヴィエル伝を元にして一冊のザヴィエル伝を書きあげた。これも大岡山書店でコロタイプの写真を入れて出してくれた。「切支丹大名記」は昭和五年、「聖フランシスコ・シャヴィエル小伝」（四六判三百頁ほど）の出たのは昭和七年である。

その後、昭和十年頃から、同僚の菊池知勇氏の出しておられた子供向きの「佳い綴方」という雑誌があった。私にも何か書かないかと勧められて毎月五、六枚ずつ、それを四年ばかり続けた。パジェスの方は何しろ大物で出版は容易でない。世話好きの間崎万里先生がこのことを小泉信三先生に話された。小泉先生はこれを岩波書店へ持ちこまれたのである。岩波書店は他の書店と違ってなかなかウルサい。私の原稿を受けとって、語学の方、歴史の方の学者により原本と比べて調査させた。一種の試験である。それでも首尾よく通り、出版が決まり「日本切支丹宗門史」として上、中、下三冊、岩波文庫の青帯仲間に入った（昭和十三―十五年）。これはよく売れ何万出たか、また幾百千に及ぶ論文や著書に引用された。正直な忠実な翻訳だからである。今は紙型が摩滅して絶版の形となり古書価がえらい高くなっている。これは国民学術協会から植物学の牧野富太郎博士と共に表彰を受け、副賞千円をもらった。

二

「佳い綴方」に書いたのは東西関係の面白そうな話を子供向きに書いたものである。ところが、慶應出版社からあれを一本にまとめないかと話があった。幾分取捨を加えて昭和十五年「東西ものがたり」として出した。意外によく売れ初版は忽ち売り切れて再版となり、三版となった。初版の時は太田臨一郎氏が装釘して下さったが三版にいたって改めて川上澄生氏から装釘してもらった。この本は子供のために書いたつもりであったが案外大人が読んでおり、専門家が読んでいるのに恐縮した。少年時代の皇太子様も読んでおられたことを後で聞いた。これは後に筑摩書房の中学生全集に入ったが、文章を子供に分りやすくするため某氏に手を入れてもらったら、何だか自分の文章でないような変なものになった。

同じ年に中央公論社に頼まれて「キリシタン物語」という二百頁ほどの本を書いた。これは芹沢銈介氏に装釘をお願いし美しい本になり嬉しかった。

なお、昭和二十四年（一九四九年）には、ローマから聖ザヴィエルの右腕が将来された。（この話は日本人からすると気味の悪い話であるが、私はそれについて某誌に詳しく書いた。）その時ザヴィエルに関する本が続出したが、私が大岡山書店から出した「ザヴィエル小伝」が泉文堂から出、また玉川大学出版部から私の「聖フランシスコ・ザビエル画伝」が出た。

私は昭和二十三年から塾大学の通信教育部の講師になったがそのテキスト二冊が出た。昭和二十五年、その頃、岩波書店は写真文庫というものを出していた。日本の報道写真の先駆者で「ライフ」にも度々投稿していた名取洋之助君が中心になって百般にわたるテーマの小冊子の美しい写真集を出していたが、私に「長崎」をやれという。とにかく被写体は全部私が選び解説は私が書いた。ただ最後の表紙の段階になって、私が長崎絵の「和蘭船《おらんだせん》」を指定したのを、社の方で勝手に蛇踊りを表紙にした。私はツムジを曲げてこの写真集に私の名を出すことを拒んだ。（またほかに「天草」をやってくれといってきたが拒絶した。）

昭和二十五、六年頃から先輩和木清三郎氏が、小泉信三先生を看板にして「新文明」という雑誌を出し、私にも随想を書くことを勧められた。毎月殆ど欠かさず書き、四、五年に及んだが、慶文社からあの文章をまとめて一冊にしたいがと勧められ、昭和三十一年「犬・花・人間」と題して一冊出した。表紙は民藝館にある琉球の着物を原色版にして包み扉には蘭に関する古版本（芥子園画伝）からとって案外キレイな本になった。小泉先生に序文を書いていただいたが、一冊、ワンマン吉田茂氏に送ってはどうかといわれ、一冊送ったら奉書の巻紙にかいた丁寧な礼状をもらった。

それから三年たって、突然、若い婦人記者が学校に訪ねて来て再び随筆集を出さないかと勧められた。出版社コスモポリタン社という社主は韓国人で「私の小便小僧たち」というのを出すことにした。扉に之も古版の「手印図」を使った。当時人気の高かった千葉大学の医学部、ガンで有名な中山博士（少々宣伝癖のある人）の本と一緒に出し、よく広告し、出版披露のパーティーを何とかホテルで開くということであったが、そういう派手なことを好きでない私は欠席した。この本は新聞や週刊紙にあまねく紹介され「週刊文春」は私の肖像を表紙に出すと写真班を連れてきたが、これは願いさげにしてもらった。

これより少し先、昭和二十九年、至文堂が「日本歴史新書」百冊を出すに当り、私に一冊おっつけて来た。私は「キリシタン大名」と題し簡単なキリシタン史を書いた。文章は高等学校の学生を対象とし、原稿は何枚と決めてあった。私は原稿の枚数、文章、期限ともに出版社の希望通りにし、木村毅氏の「文明開化」が第一、第二冊目が私の「キリシタン大名」であった。私のが出版社の希望にピタリはまっていたというので、以後九十何冊、著者に依頼する時、私のを著者に見せて、この程度と一種の見本にされたという。ところが後から出る新書は枚数はかまわず、文章も難しくなって専門家向きのものが多くなった。最初からそうなら私も書きようがあった筈だ。

最後に、私が帰国する年（昭和四十八年）「日本の石版画」という図録を出し、解説は私が書いた。原画の所有者も私である。印刷は京都の写真印刷（その方で一番ウマいといわれる）で原画と校正刷りを何回も東京と京都の間を往復したが、とにかく出版社春陽堂社主和田欣之介君は相当の情熱をもやした。定価四万八千円也、まだ幾らか残っている筈である。

以上は私の名によって出した書物の大体であるが、私が書いて学校の名で出したものが若干ある。大正十四年、慶應幼稚舎の創立五十周年を期して書いた薄っぺらな「幼稚舎紀要」、昭和四十年に幼稚舎創立九十年を期して出した「稿本慶應義塾幼稚舎史」「同日録」「稿本慶應義塾幼稚舎史戦後篇」「同日録」計二千数百頁、以上が私の出版歴の大体である。

幸いなことに私は出版に関しあまり苦労しなかった。原稿を持って出版社を立ちまわったり、偉い人の名刺を持って同じく出版社主に頭を下げる卑屈な思いを一度もしないですんだ。ちょうどよい時に先さんから話があり、私が知らないでいる間に誰かが頼んでくれ、そのまま引き受けてもらえた。岩波書店の文庫の件はそれである。

とにかく出版について私は好運であった。

ただここへ来て一つの障害にぶつかっている。私が多年興味を傾け、十分価値ありと認めるある贅沢な図録である。色彩が大切なのである。ただ色刷りで出せばそれでよいというのではない。真に迫った色刷りで出したいのである。私の友人で心配してくれている人がある。しかし成るも成らぬも運である。運は寝て待てという。そうそうそうである。

（追記―昭和三十四年吉川弘文館から「人物叢書」というものが出て、私には「ザヴィエル」が割りあてられた。今でも三年に千冊ぐらいずつ増刷があってアメ玉代になっている）

（「越後タイムス」　昭和五十一年七月二十五日、八月八日）

文章

八十歳になられる老夫人から近頃「柏崎便り」がとぎれたようだと手紙があった。心と体の都合だったが、それでも気がとがめた。

今日は私の文章について書いて見たい。私も長い間には、随分原稿紙をうずめた。大抵の人は若い時、雑誌や新聞に投書をした経験のあるものだか、私は憚りながら一回もない。

ただ文章を書く心得として、ウソがあってはならぬとか、たとえ人を欺いても自分を欺いてはならぬというようなことは、中学生の頃、江原小弥太氏に教わったように思う。私は随分いいたい放題のことを書く。ひとに対して酷なこともいうが、一番厳しいのは自分に対してだ。だから一番おっかないのは、誰でもなくこの自分だ。年中自分に攻めたてられて弱っている。こんなことは誰も知らないが、それでよいのである。

子供の頃からの文章に対する経験を書いて見る。たしか小学校の四年生の時だ。母親から親類に出す手紙（実は葉書）を書いて見ろといわれた。何か送ったからどうぞという意味のものだったと覚えている。母親にいわれた通りに書いて出したら、それが先方に届き用事が足りたことを知った時、嬉しくもあり、不思議な気がした。

中学生になり、秋の運動会がくると、当日、謄写版刷りの半紙の新聞のようなものを次ぎ次ぎと発行し、何を書いたか忘れたが、その委員の一人だったと覚えている。

大正八年柏崎中学を卒業し、慶應の文科に入った。多分他の大学にはないことだったろう、慶應には予科に作文の時間があって、一週間に一回一時間だったと思う。先生には不足がない。予科一年の時は久保田万太郎先生、二年の時は小島政二郎先生だった。当時の文科の学生というのは、みんな年をとっており、殆どが小説家を夢みているような人たちで、数え年十八歳の田舎からポッと出て来た私のようなのは一人もいなかった。

随分露骨な小説を書くような玄人芸の人もいたらしく、先生と親しく話していたようであった。私はそれこそ田舎の青年の作文を書いていて、先生とは全く交渉がない。ただ久保田先生に、君は妙な題を選ぶネといわれたのを覚えているし、「承前」という言葉を「緒言」というように感ちがいして、小島先生に注意されたことがある。ただ久保田先生は誤字や仮名遣いを丹念に赤インキで直してくださった。小説家として大変な労力だったろう。

一年もする中にだんだん友人ができた。下宿が近かったり彼の人なつっこい性分と、物好きのせいだろう。北村小松君と仲好しになった。今北村の名前をいっても知る人は少ないだろう。

早くから小山内薫先生の弟子になって映画や演劇の方で名をあげた。よい作品も書いたのだか、彼のお人好しのせいだろう、通俗小説の方で名が売れて身入りもよかったのだろう、あたら才能を出しきらないでしまった。ただ「マダムと女房」というのが日本最初のトーキーになった。

もう一人対馬好文という友人が出来た。良家の息子で人品いやしからず、彼の屋敷が今三笠宮のそれになっている。麻布中学から来て、不思議なことに彼は野球の選手なのだ。今なら文科の学生で運動の選手だって何の不思議もないが、当時文科の学生は運動の選手というのが如何にも不思議で多少軽蔑の心をもっていた。彼のブロマイドのエハガキは銀座の上方屋に売っていた。

その対馬からたのまれたのである。名前は忘れたが、同僚の野球選手の作文を私が替玉になってかいてくれというのである。親しい対馬君のいうことだから、一も二もなく承知し、私が替玉になって教室に入り、代理の作文一篇を書いて監督の先生の許に何食わぬ顔をして出してきた。その作文がBであったかCであったか聞かなかった。

もう一度代理に文章を書いたことがある。私には三人の姉があったが一番下の姉、この姉は私たちきょうだい八人の中で一番よく学校が出来た。しかしその姉は自分が出来るということを知らない、そういう人であった。女学校を卒業する時、総代として証書を貰うことになっていたが、恥ずかしいといってその式を休んだ。

その姉は長岡より少し東の見附という町の地主の息子に嫁いだ。主人は昔の高等商業（今の商科大学）の卒業生で、やはり学校はできたのであろう。地主で家に仕事がなく、その父親がわかった人で、今から六十年以上前になろうが四十日の新婚旅行をさせたという。ノンキな話である。地主だから、ふだんには仕事がない。夏頃になって検見とか米の出来方を見に行くくらいなものである。その義兄は中年にして東京の常盤商会という貿易会社に勤めた。その兄は恐らく学校はできたろうが、作文がにがてだという。

会社に入って何年目か、彼は満州に視察にやられた。細かいことは忘れたが主に農業に関するもののようであった。さて視察を終えて帰って来ると、会社に報告書を出さなければならないという。義兄にはその報告書が苦手なのである。自分が口述するから文章は私にかいてくれという。うすいノートを持って幾晩も会社の帰りの時間を見はからって姉の家へ通った。何分農業のことだし経済に関することも一々字句について質問しなければならない。「集約的農業」などという言葉はその時初めて聞き、今でも覚えている。とにかく二三日かかってまとめ上げ義兄に渡した。義兄はそれをどう処理したか、とにかく私の作文が実際に役だったのである。これも私の学生時代の話である。

その時兄は色々満州土産を買って来てくれた。よく見ると何れも日本製であった。義兄はそんなことには呑気な人であった。

（「越後タイムス」　昭和五十三年四月二日）

還暦と喜寿

去年の何時ころだったか上京した折に、私が学校を出て始めて教師となり始めて担任した生徒が、僕等も来年は還暦を迎えます。先生も一年早いけれど喜寿になられる、そのお祝いをしようじゃありませんかという話が出た。それも現在私のいる柏崎へ皆で押しかけて柏崎でやりましょうということであった。

私に無論異議のある訳はないが、卒業生の方でも寄り寄り相談して、話が段々かたまり広がって、どうせ日本海方面はよく知らない連中だから、いっそ柏崎から新潟へ行き、さらに佐渡へ渡ろうということになったらしい。それに賛成の者は細君と一緒ということになった。

そんな話はうすうす聞いていたが、まさか実行するとは夢思わなかった。ところがそれが正夢になって、ついこの間の二十一日（四月）から三日にかけて実行された。大正十四年四月、私が始めて受けもったクラスは一体何人いたか、五十人足らずであった。その中、結核や戦争で十五人欠け一人生死不明になっている。そうすると、正味三十四、五人になる筈である。それが何と細君を入れて二十三人ばかりになった。

昔紅顔の美少年が今は白髪はふえ、額の髪は後退して一人前のじいさんになっている。孫が四人あるなどというものもいる。

乗り替えなしの「はくたか」で来るというから、午頃私は駅に出むかえた。東京での同窓会で合うているから、それほど珍しい顔ではない。しかし細君同伴とあっては珍しく無闇に嬉しいのである。駅からバスで一先ず家に立寄ってもらい、一部の人には私の書斉を見てもらった。それは時間の都合上何分でもない。

バスはさらに岬館へいって静かな日本海を見て昼食をとり、すぐまた、そのバスで新潟へ走った。途中大河津の花を見たが少し早かった。新潟では豪奢な行形亭で夕食をしたため、タウン・ホテルで一泊した。みんなはしゃいでいる。

翌朝は佐渡汽船で両津湾に渡り、それから観光バスで名所めぐりをした。私は佐渡へ二度いったことがあるが何れも短時間で、佐渡はよく知らない。佐渡は名所旧蹟に富んでいる。総じて豊かな感じで、朝鮮へいった時と同じように道に紙屑一つ落ちていない。これには感心し快い感じを受けた。相川ではホテル大佐渡という大きなホテルであった。ここで一泊し夜は民謡をきかされた。

翌朝は尖閣湾で船遊びしたり相川の昔金山の手掘りの跡（私は少々労れてバスの中に留まっ

た、但し一度見たことがある)、大佐渡のスカイラインをバスでゆっくり登り、シャクナゲやカタクリの群落を見た。両津に着いて、今度は近頃できたジェット・フォイルとかいうもので新潟港へ帰って来た。私は一行と新潟で別れ、タキシで柏崎へ帰って来た。

この人達は、私が教師として最初に受けもった人達だ。そして六年間受けもったのだ。今は大きな社長級クラスの人もあり、何れも相当の位置にのし上がっている。しかし彼等にとっても私にとっても、そんなことはどうでもよい。還暦のじいさんも私にとっては子供同然だ。お互いに遠慮もなければ秘密もない。

私は秀才を特に尊重しなければ鈍才を軽蔑しない。彼等の一部は少年の日よく私の家に遊びに来た。勝手に押入れをあけて何でも見る。飯時になればソバかテンドンくらいご馳走した。私は一人暮しだったから、彼等は時に遊びに来ても私がいないこともある。彼等は女中に命じて勝手にドンブリをいいつけてとって食う。そんな間がらであった。但し私は生徒を受持っている間、各家庭を訪問したことはなかった。先生の中には家庭訪問と称して各家庭をまわって歩く人もあったようだが、私はそれが嫌いだった。その上子供はよいけれど父兄が嫌いだった。但し生徒が長く病気をすれば玄関まで見舞にいったことはあった。私の父兄嫌いは有名になった。

授業参観がしたかったのだろう、父兄が見えると教室の窓はみんなしめてしまう。

それでも子供はかわいがった。教材はよく検べて行った。あの頃体が丈夫だったから決して欠席はしなかった。ただ自分のクラスの子供が他のクラスの子供とイザコザを起こすと、理屈なく自分のクラスの子供を叱った。これには不平があったらしい。

みんなではないが、その人達と何年つきあって来ただろう。始めて彼らと会ったのは私が数え年二十四歳の時であった。大学を出て小学校の教師を志願するのは当時珍しいことであった。私がその決心をし兄にそれを伝えると大賛成の返事が来た。ついこの間なくなった江原小弥太氏は大学――小学という一文を書いて激励して下さった。

彼等が還暦、私が喜寿、その彼等が越後へまで来て互いに祝う、また楽しからずやでなくて何であろう。

（「越後タイムス」昭和五十三年五月七日）

幼稚舎家族

私は敗戦後よく「幼稚舎家族」という言葉を使いました。現在の生徒を中心として、教員、職員、用務員、卒業生、父兄をひっくるめて幼稚舎家族というのです。皆でよい家庭をつくって行きたかったのです。

子供達は毎朝、玄関のところで用務員さんに大きな声で「お早うございます」と挨拶する。以下誰の顔を見ても同じです。用務員さん達も悪い気持ちはしないでしょう。

幼稚舎では、「仔馬」とか「幼稚舎新聞」とか色んな刊行物を出している。幼稚舎に勤めたことのある人には、その刊行物を誰にも送っている。敗戦後幼稚舎には、各クラス毎のとは別に、オール幼稚舎同窓会が出来、「慶應義塾幼稚舎同窓会報」というものを出しています。私は何かの都合で会費を払わない人にも漏れなく会報を送ることにし、それは今も実行されている筈です。嘗てよその学校へ勤め、それから幼稚舎に勤め、それからまた他の学校にお勤めになった先生を幾人も知っています。それらの先生方は口を揃えて、刊行物を貰っていることに恐縮し、余程幼稚舎が懐しくなるらしい。

私も幼稚舎に勤めたものとして、それらの刊行物を皆いただいています。学校からばかりでなく、幼稚舎を離れた先生方から沢山の年賀状をいただいています。毎年用務員さんからの(昔給仕さんというものがいて、その給仕さんからも)沢山の年賀状をいただきます。ある日、私の勤めていた頃いた用務員さんから長い手紙を貰いました。定年でやめることになった、それにしてもよい学校に勤めさせて貰ったと感謝の意がこめられているのです。私も嬉しかったので、この手紙のことをある田舎の週刊新聞に発表しました。この手紙は読者にある感銘を与えたらしく、ある友人は美しいと言ってくれました。

(「三田評論」七九九　昭和五十五年一月)

III

初代舎長　和田義郎小伝

福沢先生の塾がまだ江戸の鉄砲洲の奥平藩邸内にあった頃、紀州藩からは留学生が続々上京した。塾舎が狭いため、紀州藩では別に一棟を設けて紀州塾と称し、ここに留学生を迎え、余地ある時は他藩の者にも開放したということである。

紀州藩の留学生として、後に名を為したものに草郷清四郎あり、松山棟庵あり、森下岩楠あり、小泉信吉あり、鎌田栄吉あり、多士済々であったが、我が幼稚舎の初代の舎長和田義郎先生もまたその一人であった。

和田先生は天保十一年九月八日、紀州和歌山藩の小禄の士族の家に生れた。当時この階級に属する人々が、人知れぬ苦労を嘗めたことは、福沢先生をして「門閥制度は親の仇でござる」といわしめた。和田先生もまた福沢先生と同様、少年時代傘張や提灯張の手内職をされたということである。元来立派な風貌と体格の持主で、居合や関口流の柔術では達人の境に達し、一時は藩の奥詰隊に属して藩主の警衛の任に当ったこともあるという。

慶應二年十一月、志を立て、藩の留学生として東上、福沢の塾に入った。当時先生は二十七歳、三年前に娶った同藩江川氏の女を郷里にのこして来たわけである。福沢先生は時に三十三歳であったから、年齢の違いは僅かに六歳に過ぎない。

和田先生は入塾したとはいうものの僅か一年余で一度退塾された。これは幕府の終末が近づき、当時人心は落ちつかず、福沢先生の塾も百人の生徒が四十人、三十人、僅かの期間ながら十八人に激減したという、その時のことである。和田先生は、その後間もなく、明治二年三月、再び福沢先生の許に復帰し、ともかく四年二月まで修業をつづけ、その三月から義塾に教鞭をとる身となった。時に先生は三十二歳、英文英文、典を受持ち、傍ら柔術を教えた。一時は千葉の芝山塾へ迎えられたこともあり、六年には英吉利史を自費出版したこともあった。福沢先生が、和田先生の死後、その墓誌銘に「君の天賦温良剛毅にして争を好まず、純然たる日本武士家風の礼儀を存す云々」といわれただけ、特に信用があり、こと慶應義塾に関する一切の枢機に任じた。三田演説会、交詢社、明治生命等の発足に関係をもった。

学制の頒布（明治五年）によって政府は机上の空論ながら、新しい小学校を目論んだ。福沢先生も、幼少の生徒の入学を希望するものが次第に増し、また令息令嬢が学齢に達し、恐らくその関係もあって、誰か適任者あらば理想的な小学校を持ちたいとの構想があったのであろう。この要求に応じたのが和田義郎先生その人であった。

和田先生は、三田の山の上に住み、大の子供好きでありながら夫人との間に子がなかった。福沢先生の白羽の矢が立ったというのは当然である。明治七年一月から、僅かな幼童を家庭に引きとり世話を始めた。一時三田四丁目の現に御田消防署のある辺りに移ったこともあるが、結局三転して、現在の大学図書館のある辺りに帰り、ここにいわゆる幼稚舎が始まったのである。従って幼稚舎の名は明治十年前後に出来た次第である。寄宿生が本体で通学生はむしろ例外であった。和田先生夫妻を初めとして、先生の令妹「お秀さん」、その他の人々と共に親身の世話をした。

「おしっこ」の世話から「おちん」（おやつ）の配給、勉強は文部省の羈絆《きはん》を脱するというよりむしろ無視し、独自の方法をもって一貫した。特に英語と体育に力をそそいだ。獣身を養って後に人心を養うとは、福沢先生の教育思想の根本である。

かくて和田先生は、天下の幼稚舎の基を作り、夥《おびただ》しい人才を世におくり、舎生から父のように慕われ、父兄からは絶大の信用を得られたが、明治二十五年一月惜しくも逝去された。享年五十一歳。病気中、福沢先生、小泉信吉氏等協議して大学のベルツ博士を呼んだ。ベルツは明治天皇の御脈をもとったドイツ人医師で、当時ベルツに診せるということは人事の最善をつくすということであった。いかに和田先生が大切にされたかの一斑が窺われる。和田先生の死後、福沢先生は幼稚舎生に次のように語られた。「和田君の不幸は実に言語に絶えたる次第、満舎諸君の愁傷は申すまでもなく、老生などは、三十年来諸子の未だ生れざる前からの親友にして交情相変らざること一日の如くなりしに、存じも寄らず此不幸に逢い愁傷も通り過ぎて唯夢の如きのみ、次第に日を経るに従ってますます淋しくなることならん、老余の落胆御察しありたし云々」といっておられる。

和田先生の息のかかった人はおよそ千百余人、先生の墓所は福沢先生と同じ大崎の常光寺にある。墓所の周りの砂礫は先生の死後、舎生が全国にわたる郷里から運んだものである。

(「幼稚舎同窓会報」三　昭和二十五年十月二十五日)

高橋勇先生

終戦前、幼稚舎には二人の高橋先生がおられた。我々はそれを区別するために、一人を「リッシンさん」（本当は立身《たつみ》さん）といい、他の一人を「イサムさん」と呼んだ。「リッシンさん」の方は、今御郷里の水沢（岩手県）で中学校長として活躍しておられるが、「イサムさん」は終戦の年（昭和二十年）の二月に亡くなった。（以下高橋さんというのは「イサムさん」のことである。）高橋さんは私と同様、大の寒がりやで、二人とも寒さが身にしみる頃になると、肩をすぼめて、私たちが死ぬのは寒い時ですねと語りあったが、高橋さんは、とうとうその通りになってしまわれた。高橋さんの亡くなった当時、私達は幼稚舎生と共に伊豆の修善寺に疎開していたが、訃報に接すると、私が疎開学園を代表して上京し、葬儀に参列した。思いかえせば戦争は悪化の一途をたどり、漸く空襲の激しくなろうとする頃で、確か出棺の何十分か前になって空襲警報がなりひびき、私は目白駅前で立往生した。霊柩車も、一台にあちこち廻って二つも三つもお棺を積み合せるという始末で、大分時間が遅れたように覚えている。それでも高橋さんのお徳で立派な盛儀であった。

私は大正十三年の春、幼稚舎に入れてもらったが、高橋さんは確か私より一ヶ月ほど遅れて入って来られた。四月の新学期に小島とかいう気力のなさそうな先生が入って来られたが、どういう訳か急にこの先生が退かれて、その後をつがれたのが高橋さんだった。既に何年かどこかの学校に勤め十分経験もあり、著書もあるということだった。この前に記した根来、大谷両先生と同じ年級の担任だった。

小柄で、肩はいかっていたが、肩から足の方へ長細い等辺三角形が逆《さかさ》にすぼまり、もっと分りやすくいえば、絵にかいた目高を縦にした格好である。生来病気を持っておられたか、痩せて顔色はさえず、小さい玉の銀ぶちの眼鏡をかけ、ステッキをつき上体を動かさずに歩かれる。嘗て煙草を手ばなされたことがなく、今終鈴が鳴ったかと思う途端に教室から出て来られる高橋さんの手には、既に煙の立ち上るシガーがあった。決して立派な体格、健康な体質とはいえないが、気はくとか精神力で十分それを補うものがあって、毅然たるものがあり、同僚の先生方を圧していた。一度、口を開けば理路整然としてさわやかであり、時に政談演説の口調が加わった。多少喘息の気味があって、痰が喉にからまり、また力けのない咳がつづいた。

私は高橋さんが直接子供に教えておられるところを見たことはないが、恐らく抜群に巧みであったろう。なかなかの勉強家で著書がいくつもあった。教育学、教育史（共に文験参考用）

「白虎隊」「綴方二年生」「児童はどう誤算するか」「亜細亜侵略史」。右の如く、惜しむらくは間口が広すぎた。最後の「亜細亜侵略史」は霞ケ関書房から出版され、確か大川周明や板沢武雄の同名のものに先んじ、よく版を重ね秘かに得意とされていたようであったが、史料を掘りさげて行くやり方でなく、いわゆる「役に立つ」歴史に過ぎたから、もし高橋さん健在なりせば、追放は脱れない運命だったろう。筆は立つ方でその秋には、もう「白虎隊」が出来上っていた。

　前にも記したように高橋さんは体は動かされなかったが、精神のねむらない人だった。教員室でも、煙草をくゆらし無口の方であったが、時々鋭い皮肉がとびだした。何か弱い体質におさまりきれない熱血のようなものが宿っていた。初めて六年間教えた子供の卒業式に、当時担任が式場で名を呼びあげる習わしになっていたが、高橋さんは感極まって、途中で声が出なくなり、それが二分、三分、五分、参列するものはみなどうなることかと気をもんだ。やがて声は無事につづいて、皆ほっとした。（この翌年から担任が卒業生の名を呼ぶことを廃し事務員がそれに代った）また太平洋戦争が始まった頃、上野の西郷さんの銅像の前に大きな日の丸をたてたいといい、神がかりの精神力だけではいけない、科学を尊重すべしという意であろう「日本人は大砲の砲身にふんどしでもおしめでもかけるようにならなければいかん」。無論酒の上でのことであったが、そんなことをいわれたことが私の耳にのこっている。

高橋さんと私的の交渉がなかったから、どういう趣味がおありになったか知らないが、無論その第一は読書だったであろう、しかし高橋さんに離して考えられないのは囲碁であった。私はその方の知識が皆無だから、高橋さんの腕前がどの程度でどういう気前のものであったか知らないが、およそ幼稚舎内の碁客に挑まれればこばまない。放課後は勿論昼休でも何でも暇さえあれば戦場たる宿直室へ入られた。高橋さんを探す場合、宿直室へ行けば先ずラチがあくという風だった。当時、碁のお相手は、三宅、宇都宮、江沢、椿の諸先生だった。

高橋さんの印象は強く私に焼きつけられている。小柄な体格にみなぎる気はくのせいであろう。こけた頬、うすい無精髭のかわいい口もとからチクリと皮肉をとばし、「吉田さんどうです」と眼を細くしておられるお顔が目にちらつくようである。

(「幼稚舎同窓会報」九　昭和二十六年十月二十五日)

烟田春郷画伯

つい先だって七月の二十日から二十五日まで六日間、友人の烟《かま》田《た》春《しゅん》郷《きょう》君が日本橋で肖像画の個展をやった。烟田君一流の風景画が何点かまじっていたが、マア肖像画展といっていい。大正の末期に塾の文科にいた人なら、恐らく烟田君の存在を記憶にとどめない人はいないだろう。それほど特色のある人だった。青白くやせぎすではあるが、いつも肩をいからして強がり、そうかと思うとなかなかオシャレでハンチングとかパナマ帽を横ちょにかぶり、また和服となると結城とか薩摩上布とかのぞろりとしたなりをしている。上歯か下歯に多分白金（黄金色でない銀色）の入歯をちらつかせ、誰をつかまえても「オメエ」と来た。一種の不良みたいに見られていて、私みたいな田舎出の書生とはおよそ対照的な存在だった。処が二人に共通の友達があったためか、私は不思議に烟田君のことをよく知っていた。思いきり奔放で出鱈目な生活をしていたようだが、さすがにお家柄でいやしからざるものがあり、それに自然学みたいなもの、宇宙だとか星雲だとか恐竜だとか、およそそんなものに興味をもっていてなかなか知識も豊富で緻密なところがあった。またショーペンハウエルとかスチルネル（徹底的な個人主義者でこの人には肖像がないとかいったのを不思議に覚えている）とか哲人といったような人に興味を持ち柳宗悦氏などを早くから認めていた。

烟田君は多額納税者で月謝を随分沢山納めてついに学校を卒業しなかったそうであるが、何時の間にか彼は消えて渡欧した。確か三、四年ドイツやフランスで相変らず無軌道の生活をしていたらしい。後できくと彼は美術館にこもって絵ばかり見ていたということだ。私は烟田君が外国へいったことさえ知らなかったが、ある日、石黒敬七氏がパリーで発行していた日本文謄写版ずりの新聞「パリー週報」を見る機会があり、それに烟田君があちらで中里介山の長編小説「大菩薩峠」に就いて講演したという記事を読んで驚いたことがある。

ところが昭和十年頃であったか、突然烟田君から画会の広告ビラを受けとった。何か西洋の劇場の内部のスケッチみたようなもの、マチスばりの裸体の女、花などが網目版になっており、それに石黒敬七、奥野信太郎両氏の推薦文がついていた。文字通り私はびっくりした。学生時代にも、烟田君の噂は割によく承知の筈であるが、かつて絵をかいたという話を聞いたことがない。学生時代に葉山で一月も一緒に暮し、その間にフランス帰りの洋画家上野広一氏のアトリエに一緒に訪問したことはあるが、烟田君がかつて絵の話をした記憶がない。そこで私は早合点した。烟田君はなかなかの艶福家だったから閨秀画家でも奥さんにもって、その人のかいた画に烟田君が秘かに署名するのではなかろうか、そんな風に思ったのである。それほど烟田君が画家であるということが私には納得のいかないことだった。無論私はその時画会には入らなかったし、そのままになった。その後一度、銀座の画廊で展覧会をし、案内をもらったが、行きもしないでいた。

ところで戦後になってある日曜に烟田君が突然訪ねて来た。昔ながらの青白い烟田君だったが、どこかじじむさくなっていた。妙なシャツみたいな上着で、襟のあたりに多分刀の目貫と思われる大きな金色の竜の飾りをつけていた。指には銀の蛇が三重にとぐろを巻いたようなのをはめていたが、それがよく似合っていた。とにかく実に久しぶりの事でよく訪ねてくれたと嬉しかった。話の最後に彼は私に肖像画をかかせろという。出しぬけに肖像画とは、藪から棒で私にはどうも納得が行かなかった。かつて送ってもらった画会の知らせにあった絵の中、劇場の内部ドームの下、内側の骨組みなど随分複雑なものがよくもかけたもんだと内心驚いていたが、マチスばりの花なんかから想像して、どうも肖像画とは縁遠いように思えてならなかった。

しかし友達甲斐に肖像をかいて貰うことを承知した。毎日彼のアトリエなんかに通うのは面倒くさい。

「写真でいいだろう?」

私は投げやりにそんな風にいった。

「むむ、いいとも」

烟田君もその方がいいらしいのである。

実をいうと、私は烟田君の肖像画をそれほどアテにしていなかった。お義理というか友達甲斐にかいて貰うといったにはいったが、第一私は自分の面つきを十分承知の上で、あんまりかいて貰いたくないのである。写真はいずれ後で送るといいながら、忘れるともなく忘れたふりをしてそのままにしておいた。ところが烟田君から催促が来た。無論写真屋でとった写真などないが、素人写真なら沢山ある。教え子たちが来てよく撮ってくれるからである。その中の一枚無難なのを選んで送っておいた。そうしてまた忘れていた。

それからどの位たったたか、烟田君から肖像画が出来たから届けに行く、何時在宅するかと手紙が来た。確か次の日曜に烟田君が紙包みにした荷物を軽そうに持って来た。さて包みが解かれて私はびっくり仰天した。実に実に我れながらよく似ているのである。ところでその服装である。私の送った写真では普通の背広を着ていた筈であるが、出来て来た私の肖像は正しくバテレンである。しかも右手に皮表紙の古風な聖書を持ち左手のひらに雀がのっている。何のことはない、話にきくアッシジの聖フランシスである。ただフランシスカンの服装にしてはチト妙で、濃い緑色の、襟裏がエビ茶色の少しエタイの知れない服であるが、何にしても烟田君が私に無断で修道服に着かえさせたのである。びっくりした。しかし如何にもよく似ている。ゲイジュッとしてどうかは知らないが、こんなにも似せてかくという烟田君の腕前に魂げたのである。岸田劉生はかつてその「写実論」の中で、ウンコの玩具を例にとって、描いて真に実物に迫る、さも似たりということ自身が人間に一種の快感を与えるといったが、それは確かにその通りである。烟田の肖像画は先ずその点で傑出している。

しかし私は私の肖像画、バテレンの姿をした肖像画を人に示すのが気まりが悪く、ハトロン紙に包んで蔵っておいた。

ところが今年の何時頃だったか、烟田君がまたやって来た。今度三越で肖像画の個展をやる。それに就いて福沢先生の肖像をかきたいから材料を提供しろというのである。私は近頃慶應には塾史の編纂室というのがあって、そこへ行けば福沢先生の写真なら総ゆる種類のが集めてあり、手続を踏めば見せてももらえるし頒けてももらえる筈だから紹介状を書こうといった。ところで昔憶面もなかった筈の烟田君が今は案外心臓弱く、そこへ連れて行けというのである。そこで私は彼を編纂室へ案内し、何枚か写真を借りだすことが出来た。

愈々展覧会が近づいて、先ず私に下検分をしろという。それで井荻町に烟田君のアトリエを訪ねた。福沢先生の肖像は二枚が大体出来あがっていた。一枚は百三十号、福沢先生二十五歳のチョン髷姿の立像で、先生がドイツ滞在中の写真から取材したものだ。もう一枚は例の六十何歳かよく世にあるあれが六十号かにきちっと納まっている。何れもよく似ている。チョン髷姿の方は画としての効果から朱鞘の刀にしたかったらしいが、私が反対して黒塗の鞘になったものの、やはり未練が残ったらしく緒紐が朱になっていた。最初背景に咸臨丸をかくといったのが、ドイツの何とか港をちょっと匂わせる風になっていた。六十歳像の方は少し堅いように思われたが、似ていることに問題はなく、それに紬の羽織がいかにも紬らしいのが、劉生のいう、さも似たりでこころよい。

それから愈々本番の展覧会になった。三越から広く配られた案内状には高橋誠一郎、久保田万太郎両先生のなかなか親切な推薦文がのっていて、果報者よと烟田君のためによろこんだ。殊に久保田先生のときては、今更先生の文章がウマいなどいったら笑われようが、何かあたたかい心やりのほのぼのとしたものでさすがと感心した。

私は初日にいって見た。七階の長細い一室の両側に約二十点がずらりとならべてある。福沢先生の大作二点と、外に私のお顔をよく存じ上げている加藤武雄氏、高橋誠一郎先生、小泉信三先生、久保田万太郎先生、奥野信太郎氏などのお顔がそれこそ生けるが如くならんでいる。肖像画であるから似ているのは当然であるが、実は本人よりよく似ているのである。気味が悪いほど似ているのである。それに尻ごみするのをたってといわれて、私のバテレン像もそこにあった。その上画家が勝手に服装をかえたというその肖像のいわれが小さな紙切れに書かれていた。随分気まりの悪い思いをしたが、友達甲斐に烟田君がどんな芸当でも出来るという腕前の見本となればそれも結構と思った。烟田君の肖像画の展覧会は先ず成功だったようである。その上なかなか元気で洋服姿の福沢先生の肖像がないようだからそれを是非かきたいといっている。それから慶應の先輩の顔をつぎつぎにかきたいといっている。私は烟田君の友人の一人として、烟田君えがくところの生きのいい肖像画があちらのホールこちらの応接間によく見られるようになることを心から望んでいる。

（「新文明」八―一〇　昭和三十三年十月）

聞きがき

大正八年から十三年までの五年間、詳しくいえば、八年九月から十三年の三月までの四年七ヶ月間、私は慶應の文科の学生だった。学校を出てすぐ、やはり慶應の幼稚舎の教師になって今日まで三十何年、通算すると四十年近くいわゆる慶應の飯をくっていることになる。石坂洋次郎氏も大体私と同じ時代、塾の学生だった訳で、ただ氏は自分の都合で卒業を一年延しただけである。

予科が二年の本科が三年、予科時代は哲学も純文学も史学の区別もなく、ごちゃごちゃだったけれど、今とちがって皆あつめても知れた人数で、それが大抵一癖も二癖もありそうな、一方からいえばまともな勤め人になれそうもない人物ばかりだった。そういっては変だけれど、石坂氏も私も、おとなしい目だたない存在で、辺りにひびく勇ましい文学論や猥談というよりかん高い猥声にあっけにとられて聞いている方だった。無論石坂氏が私を知ろう筈もないが、それでも私の方は割に親しくしていた北村小松君や亡くなった安達勝弥君から少しは石坂氏のことを聞いていた。丸顔で坊ちゃん坊ちゃんした石坂氏が短いマントを横抱きにして赤煉瓦の図書館から出て来るところや紺絣で草履ばきの氏の姿をみとめていた。無論一言だって言葉を交えたことはない。

ただこんな話を耳にしたことがある。それは葉山の下山口に別荘をもっていた対馬好文君の友人四五人、その中には今日東映の専務をしている小滝顕忠とか、つい先だって三越で肖像画の個展をやった烟田春郷とか北村小松君がいた。その烟田君の話である。安藤のやつ石坂をなぐるっていうから、オレ止めたという。当時烟田は人さえ見れば「オメエ」といい、あお白く細いが鉄筋みたいな腕をふり上げて強がっていたのが、そういうのだからおかしかった。安藤は牛のように大きくふとった大男で、事実、今の水谷八重子と夏川静江が「青い鳥」のチルチル、ミチルになって、神楽坂の何とか劇場で公演した時、安藤は牛になって出たのである。砂糖の精になって白い指をぽきぽき折るのは烟田君ではないかと思ったが、それは人違いだった。

ところで、烟田が安藤に石坂を何故なぐるのかと聞いたら、「あいつスケベエでいけすかない」といったという。当時私は知らなかったが、石坂氏は既に学生時代から奥さんがあったそうだから、多分それを感ちがいしたのだろう。ところで烟田君は「人間はみんなスケベエじゃないか、俺だってスケベエだ、当り前じゃないか、この野郎」で話がおさまったという。これは石坂氏の話として伝えるより烟田君の逸話として伝えるべきものかも知れない。

次ぎは北村小松君からきいた話である。北村君は学生時代から、小山内薫先生に師事しまた愛され、実際いい仕事をした。「ステッセル」「猿から貰った柿の種子」「ネセスタス・ヴィス・リベルタス」なんて、何時までも残る作品だと思う。徴兵検査には甲種合格で入営をのばしていたから、卒業と共に兵隊にいかねばならず、仕事のことから少々いらだっていたようである。それでも卒業する前の年の暮れが期限の、帝劇の新劇脚本募集に応じた。田舎へ帰るぎりぎりに出来あがったので、その脚本は私があずかって帝劇の窓口へとどけた。その時、もしあたったら賞金（五百円）は山分けと、じょうだんを言ったが、それが美事当選した、「借りた部屋」というので北村君の若々しい半面の出た作品だった。賞金の半分は貰わなかったが、私の希望でリーチ（英人陶工）の香合を一つ買ってもらい、それは今も私の手許にある。

さて北村君も学生生活の最後の頃結婚したが、相手は亡くなった糟糠の妻洋子夫人である。その北村君が入営で帰国するについて、蓮沼（蒲田）の北村君の家へ石坂氏が代って入ることになった。あわてものの北村君はその時、虎の子の財布を引きあげた空家にのこして（落してか）たちさったのである。幾らだか知らないが、小銭をのこした全財産だったのだろう。ところが北村が八戸《はちのへ》（青森県）の家に着くと殆ど同時に石坂氏から電報がいったそうである。北村君と洋子夫人のよろこびようは大変なものだった。何でも話す北村君の実話だから本当の話だったろう。考えて見るとこれも石坂氏の美談なんかに数えられては、石坂氏を侮辱したことになる。

さて、石坂氏とは袖ふり合うも多生の縁みたいなものだったけれど、終戦後は、散歩の途中によく立ちよってくれられたりし、さる人の招待で一緒に食事をしたこともある。私は割に早い石坂氏の読者であると自負している。いち早く「海を見に行く」に感心し（そのことは北村君がどこかで書いていたように思う）、「キャンベル夫人訪問記」とか「金魚」とかを読み、名作「若い人」は「三田文学」でずっと読んで次ぎを待ち遠しがった一人である。

（「現代国民文学全集月報」第30号　昭和三十三年）

獅子文六先生へ

内田先生に、岩田さんから佳い原稿をいただいたからと言って見せられたのが「おちん」でした。私も早速拝見させていただいて大喜びしました。

私は暮にトンデモナイ病気をし、もう大体よいのですが無理をしてはいけない体になりましたので、担任を勇退して、いわば、横丁の隠居のような役目で、少しずつ幼稚舎の古いことを調べています。それで玉稿を拝見するなり、一筆とる気になりました。

最後の作品とかおっしゃった敦夫さまの御入学おめでとうございますと先ず申しあげます。先生は日露戦争の終った年に幼稚舎を御卒業と承りまして、早速逆算して御入学はおよそ明治三十二年頃かと思いこみ、学校の帳簿（「入社名簿」と申して和田義郎先生の創立明治七年から連綿と今日まで続いています。今日では「入舎名簿」となっていますが）を繰って見ましたが、仲々出て来ません。明治三十三年に岩田寅雄というお方が入っておられるので、あるいは後に改名せられたのかと一時思いました。ところが明治三十六年九月の所に漸く先生のお名前を見つけました。確かに「岩田豊雄」とありました。住所は横浜市月岡町九番地とあって、さらに後で本町一ノ八と訂正されております。当時の帳簿は不備で、他の方々のは必ず父君の名が出ておりますのに、先生のに限って士族戸主輸出絹物業とあるだけで、御尊父様の名前が出ておりません。生年月日は明治二十六年七月一日生れ、入学日は同三十六年九月十一日付、保証人小幡篤次郎となっております。御承知の通り、今日の世知辛い御時勢とは違って、当時は一年中で、もちろん四月と九月に入学した方が多うございましたが、十月でも十二月でも一月でも、六月でも、年中、希望に応じて入学が許されていました。

先生はとにかく、五年の第二学期に幼稚舎へ御入学になりました。「私は二学期から寄宿舎に入れられたので」とありましたが、入学早々寄宿舎にお入りになった訳です。ついでに申しますと、先生と同じ日付で幼稚舎にお入りになった方が外に七人ばかりありますから、あるいは懐しく思われるかも知れないと思い、名前を写しとって見ましょう。浜谷泰次郎、丸山郁雄、村井富之助、鈴木文太郎、米津公太郎、米津徳三郎、上野友二郎の方々です。なお先生のお入りになった翌年、藤山愛一郎さんや細井次郎さん、上村益郎さんなど私の存じ上げている方々が入っておられます。なお同じく岡村四郎というお方、このお方について知りたいことがあるのですが、どうしておられますか御存じでいらっしゃったら教えていただきたいと思います。

さて昔の幼稚舎の寄宿舎を懐しまれ、寄宿舎のよさを説いておられますが、当時寄宿舎にいらした方々は皆そうおっしゃいます。私ども戦争中、やむを得ず不自由な中を子供と一緒に疎開生活をいたしましたが、教師側の私どもでも確かにうなずかれることでした。しかし現在ではただ建物や施設をこえて仲々難しい問題があります。これは文章でお伝えすることは容易でありません。

次におやつのことを何故「おちん」といったか、分らないとありました。幼稚舎は和田先生の家庭から発生したものであることは御存じの通りですが、和田先生は和歌山のお方で、和歌山では「おやつ」のことを「おちん」と申したそうです。今はどうかわかりませんが、私も越後の柏崎の生れですが、子供の時分、やはり「おやつ」のことを「だちん」と申しました。「おちん」は「お賃」「だちん」は恐らく「駄賃」で、いずれ、何かお使いをしたとか、何とかで、ささやかな報酬の意味から出た言葉と思います。「おちん」は和田先生御夫婦のお国言葉から出たことは、古い幼稚舎の出身のみな様がそうおっしゃいます。

余計なことを色々申しましたが、申しついでに先生の幼稚舎御在学中にあったことを少々申して見たいと思います。それは当時、慶應義塾内におこったことは、事大小となく、一々、日本一の「時事新報」に掲載されました。それで時事新報の中から拾ってお目にかけます。先生はいつか「仔馬」に書いてくださいましたが、日露戦争とカンテラ行列のこと、無論大学が主体でしょうが、幼稚舎生はいつも、これに参加しています。それに何度もあったことに今度気がつきました。三十七年二月、三十八年一月、同じく三十八年五月と三回もやったのですから、恐らく先生は、その度に参加しておいでのことと思います。第一回の時といえば、先生は五年生の終りの頃ですが、新聞には「幼稚舎生徒の解散、先列なる幼稚舎生徒は出雲町二番地の横手に於て炬火を撤し随意帰宅の途に就けり」とあります。

また先生の卒業された明治三十八年には三月二十六日に卒業式があって、翌三月二十七日の時事新報に次のように出ています。

芝三田なる慶應義塾幼稚舎にては昨日午前十時より其第八回卒業式を挙行したり。先ず式場の正面には故先生（福沢）の大写真を掲げ是と並びて「今日子供たる身の独立自尊法は唯だ父母の教訓に従って進退すべきのみ」の遺墨を掛け、鎌田塾長森舎長及び教職員一同を初め、卒業生の父兄等定めの如く着席するや、生徒一同の国歌「君ケ代」の唱歌あり、夫より証書授与を行いたる後森舎長は告辞として今後の心得及び友人に対する注意を与え、終りて卒業生の「仰げば尊し」の唱歌あり。次に鎌田塾長の演説、卒業生の答辞、五年生の卒業生を送るの唱歌送辞等ありて、式後生徒の英語または日本語の談話あり、夫れより一同楼上に於て茶菓の饗応ありて散会したり云々」

なお三十七年三月に本塾の構内に土俵開きがあって「幼稚舎生徒百名も教員に導かれて、寄宿舎二階の招待席に着席し」とありますから、この中に多分先生もおいでになったことと思います。卒業なさる数日前には（三月二十日）小田原へ修学旅行にいらっしゃった筈、それに卒業なさると間もなく、先生の保証人であり、慶應義塾にとって大切なお方であった小幡篤次郎先生がおかくれになりました。この葬儀に、幼稚舎生普通部生も参列していますが、先生は多分新しい普通部の制服制帽でおいでになったことと思います。

先生の玉稿を拝見してつい余計なことを長々と書きました。少年時代を回顧なさるようすがともなれば仕合せです。

（「仔馬」一二―一　昭和三十五年六月）

福沢諭吉、和田義郎、幼稚舎

慶應義塾の中に幼稚舎という小学校がある。現在ある大学や高等学校、普通部、中等部等に比べて一段と古い名である。名が実の賓であることは言うまでもない。福沢諭吉が築地の鉄砲洲に蘭学塾を開いてから一昨年でちょうど百年となり晴々しく厳粛な祝典がおこなわれたが、また四年後の昭和三十九年は幼稚舎創立九十周年に相当する。私ども幼稚舎の教師として末席を汚すもの、額に手をかざして、その日の到来を待ちのぞんでいる。

諭吉が鉄砲洲に蘭学塾を開き、その後新銭座との間を幾往復し、ついに三田山上に落ちつく頃（明治四年）になると、福沢を慕って従学を希望して来る者の中に、順次年少の者が交って来たようである。明治五年の「私学明細表」によると、六歳以上九歳までの者一人、十歳以上十三歳まで二十三人、十四歳以上十六歳まで六十三人とある。細心にして特に子供を大切にする福沢は、これら年少の生徒が無分別な青年輩と混って悪影響を受けることを案じ、特に童子局（もしくは童子寮）なるものを設け、厳に大人と区別した。明治四年の「慶應義塾社中の約束」の中に「童子局の規則」という一節がある。左の如し。

第一条　童子局は本塾と区別し、年十二歳以上、十六歳以下の者を入る可きなり

第二条　童子局へは大人の入るを禁ず、要用ある者は局の入口へ本人を呼び出し談話す可し。童子も大人の室に入る可からず

第三条　童子は日暮より門外するを禁ず

第四条　童子局より本塾へ移るの期は、其局執事の差図に従ふ可し

第五条　童子は万事其局の執事に依頼して差図を受く可し、あるいは不遜なる者あれば、其執事の独断にて退塾せしむ可し

一方学制が布かれると（明治五年）、その前後から、世間には寺子屋ならぬ新しい小学校があらわれ始めた。福沢自身にして見ればそれこそ重大事、令息令嬢たちが学齢に達しつつあった。明治五年には、数え年で長男一太郎が十歳、次男捨次郎が八歳、長女里五歳、次女房が三歳であった。ある意味では「親馬鹿」以上とも形容すべき子煩悩の福沢が、我が子を入学させるべき学校のことを考慮されない筈がない。福沢は維新前既に三度も洋行したが、その節ロンドンやペトログラードで市井の学校で大学と小学校を兼ねている実例を見た（西洋事情、滞欧手帳）。事のついでに京都で新設の小学校を視察したのもこの頃である（京都学校の記）。

福沢の子供の教育に対する考えは、その著作の諸方に散見するが、取りあえず「自伝」の中

にある左の一節に伺おう。

扨《さて》また子供の教育法に就ては、私は専ら身体の方を大事にして、幼少の時から強ひて読書などさせない。先づ獣身を成して後に人心を養ふと云ふのが私の主義で、（中略）幸いに犬猫のやうに成長して無事無病、八、九歳から十歳にもなればソコデ始めて教育の門に入れて、本当に毎日の時を定めて修業させる。尚ほ其時にも身体の事は決して等閑《なおざり》にしない。世間の父母は動《やや》もすると勉強々々と云て、子供が静にして読書すれば之を賞める者が多いが、私方の子供は読書勉強してついぞ賞められたことはないのみか、私は反対に之を止めて居る。子供は既に通り過ぎて今は幼少な孫の世話をして居るが、矢張り同様で、年齢不似合に遠足したとか、柔術体操がエラクなつたとか云へば、褒美でも与へて賞めて遣る云々。

既に適齢を過ぎた一太郎捨次郎の両人を童子寮にも入れなかったらしい。福沢はその性格からいって我が子の教育を自らしたくも思ったであろう。しかし公私ともに超多忙な身は到底それは不可能事であった。誰か適当な人物があったらと考え、その最適の人が実に和田義郎その人であった。

和田は天保十一年生れ、福沢とは僅かに五歳の弟、門人中の年長者に属した。和歌山藩士で、生い立ちに福沢と似たところが多分にある、微禄の士家の出身で、殊に幕府衰亡の頃は生活に窮し傘や提灯張の内職もした。しかし容貌、風采、体格ともに優れて長者の風があり、かつ武術、殊に柔術は達人の域に達し一時藩主の身を護る奥詰隊に属したこともあるという。和田は恐らく家庭の都合で早く結婚し（文久三年二十四歳の時江川氏の女きさと結婚した）慶應二年江戸に出て福沢の門に投じた。その後一時帰郷したが、明治二年再び上京して福沢に従学、四年三月一先ず業をおえて塾中の一教授に列した。和田の面目はこれまた「福翁自伝」の中に躍如としている。

……和田義郎と云ふ人が、思切た戯をして壮士を驚かしたことがある。此人は後に慶應義塾幼稚舎の舎長として性質極めて温和、大勢の幼稚生を実子のやうに優しく取扱ひ、生徒も亦舎長夫婦を実の父母のやうに思ふと云ふ程の人物であるが、本来は和歌山藩の士族で、少年の時から武芸に志して体格も屈強、殊に柔術は最も得意で、所謂怖いものなしと云ふ武士であるが、一夕《いっせき》例の丸腰で二、三人連れ、芝の松本町を散歩して行くと、向ふから大勢の壮士が長い大小を横たへて大道狭しと遣て来る。スルト和田が小便をしながら往来の真中を歩いて行く。サア此小便を避《よ》けて左右に道を開くか、何か咎め立てして喰つて掛るか、爰《ここ》が喧嘩の間一髪《かんいっぱつ》、いよ〳〵掛つて来れば五人でも十人でも投り出して殺して仕舞ふと云ふ意気込が、先方《さき》の若武者共に分つたか、何にも云はずに避けて通つたと云ふ。大道で小便とは今から考へれば随分乱暴であるが、乱世の時代には何でもない。こんな乱暴が却て塾の独立を保つ為めになりました。

なお和田は千葉の芝山塾（厖大な千葉県教育史に私塾の明細表が出ているが、あいにく芝山塾は出ていない）に出講したり、私家版として「英吉利史略」（二冊エドワルス女史原著）を出版したこともあるが、この道は和田の栄える道ではなかった。他の身軽の教授と違い、妻ある身は家を支える義務がある。生憎夫婦の間に子供はなかったが、元来子供好きであったから、長屋住いの彼等に子供をあずかって世話することを勧めたのが福沢であった。それが明治五年頃で、抑《そもそ》もこれが幼稚舎の濫觴《らんしょう》であろう。正式には幼稚舎の創立は明治七年一月となっているが、今日残っている入舎名簿第一号は後に形式をととのえた形跡がある。

和田塾が何時幼稚舎と改名されたか、今のところ不明である。三田山上の長屋から一時山下り三田四丁目、現に御田消防署のある付近に移り、さらに明治十年頃、再び山上ただいま大学赤煉瓦の図書館のある辺りに移転した。恐らくその後間もなく幼稚舎と命名されたものであろう。しかし注意すべきは、和田が塾を開き、幼稚舎と称えるようになっても、本塾の童子局は依然継続するのである（多分二十年代まで）。和田塾もしくは幼稚舎は慶應義塾の構内にあり「分校」と称し講師団の一部を本塾に仰いでも、幼稚舎は経済的に和田個人のものであった。福沢の和田に対する深い愛情から出発したものということが出来る。

福沢邸は和田の幼稚舎と三田山上の目と鼻の先の間にあり、子女は全部幼稚舎におくり、「和田の幼稚舎」「和田の子供」と称して始終幼稚舎に出入して舎生の話相手となり、「面白い」

講話をし、時には舎生全部を自邸に招いて大盤振舞いをした。舎生に米を搗いて見せ、墨をすらせて揮毫し与えた。福沢は常に和田の背後にあってバックし、その味のある教育は恐らく万事その方寸《ほうすん》に出たのであろう。

名は幼稚舎というが、和田在世当時の幼稚舎は年齢から見て今日の中学校に近かった。今日のこる幼稚舎最古の規則書（明治十四年一月改正）をはじめ、その後の規則書みな「始テ入舎スルモノハ凡七年ヨリ十三年迄ヲ限リトス」とうたっているが、事実は大違いなのである。明治七年一月以降和田の歿した明治二十五年末まで入舎名簿によって、生年月の記入あるものに就いて計算した結果は次のようになる。

五歳	一人	十三歳	二一三人
六歳	二人	十四歳	一四七人
七歳	五人	十五歳	七八人
八歳	二九人	十六歳	二三人
九歳	五九人	十七歳	一人
十歳	一一〇人	十八歳	一人
十一歳	一二七人	不明	一九二人
十二歳	一五四人	計	一一四二人

繰りかえして言えば、右の数字は入舎時の年齢であるから、各生徒が仮に二、三年在舎したとすれば、年齢はそれだけ高くなる道理で、「幼稚舎」などとは可笑しいくらいのものである。

この生徒の大部分が寄宿生で、通学生は極めて少数であった。またそのクラス編成には異色があった。純然たる専科制度で、しかも同一人が、その能力に応じて学科毎に年級を異にする。例えば極端な例をとれば国語漢文が六年生で英語が一年生という場合がある（当時学級編成は六級より一級に進み、あるいは五等より一等に進むように出来ていた）。優秀なものはどんどん飛びこえて上に進む。特に英語が重要視され、歴史や地理や物理、数学等、いわゆる原書と称して英語の教科書を用いた。図画や作文が重じられ、演説が奨励された。午後は毎日柔術の稽古をし、生徒隊と称して軍隊組織の兵式教練が盛んであった（当時「慶應義塾幼稚舎生徒隊須知」なるものが印刷配布されたというが、目下それを探している）。

和田は夫人と共に文字通り全身全霊を以て幼稚舎教育のために献身したが、不幸明治二十五年一月十五日病歿した。福沢は深く和田の死を惜しみ、遺族の委嘱に応じて次の墓碑銘を書いた。

和田義郎君は旧和歌山の士族、少小武芸を善くしまた文を好む、幕府の末年江戸鉄砲洲の慶應義塾に入学して英書を読み所得少なからず、明治七年の頃より三田の義塾邸内に幼稚舎なるものを設け、特に塾生中の童子のみを集めて之を教へ、課程の業を授るのみならず、朝夕眠食の事までも内君と共に力を協せて注意至らざる所なし、君の天賦温良剛毅にして争を好まず、純然たる日本武家風の礼儀を存す、在舎の学生曾て叱咤の声を聞かずして能く訓を守り、之を慕ふこと父母の如くにして休業の日尚且家に帰るを悦ばざる者あるに至る、創立以来の入舎生およそ千五百名、今は既に有為の一男子として社会に頭角を現はす者多し、君の平生健全なるにも拘はらず、劇症の脳炎に罹りて医薬無効、明治二十五年一月十七（五）日世を辞したり、行年五十三、舎生知友驚歎惆悵するのみ、同年六月建碑の挙あり、親友福沢諭吉涙を揮て之を記す。

之を読んで福沢の情愛にいわゆる「シュン」となるのは私ひとりではないであろう。因に右の碑文中、創立以来入舎生およそ千五百名とあれど、和田の歿した二十五年の末年まで計算しても千百四十二名に過ぎず、二十四年の終りいわゆる和田の生徒は約千名である。また和田の命日は一月十五日、十七日は芝増上寺に於ける葬儀の日であった。

（『福澤諭吉全集』第十三巻附録　昭和三十五年十二月）

小泉先生と幼稚舎

小泉先生は大の幼稚舎贔屓《びいき》でおありになった、と私は思っている。先生は文字どおり生《は》えぬきの三田っ子であられたから、知らない人は皆幼稚舎出身と思い、現に先達《せんだっ》てお亡くなりになった日、そう書いた新聞もあったくらいである。それもただ先生が単純に幼稚舎にお入りにならなかったというのではない、お入りにならなかったのがむしろ不思議なくらいの瀬戸際に立っておられながら、それを避けられたように思えるふしがある。場所柄をわきまえず、そんな考証めいたことを書いて見る。

小泉先生は誰も知るように、福沢先生の愛弟子で、嘗て塾長を勤められたこともある小泉信吉氏の令息である。先生の令息で戦死なさったお方も同じく信吉という。文字は同じでも先生の御尊父はノブキチで、御令息はシンキチと申すそうである。御尊父の信吉氏は福沢先生に先だって逝去され、福沢先生がその碑文に「心事剛毅にして寡慾、品行方正にして能く物を容れ、言行温和にして自ら他を敬畏せしむるは正しく日本士流の本色にして、蓋し君の少小より家訓の然らしめたる所ならん、其学問を近時の洋学者にして、其心を元禄武士にする者は唯君に於て見る可きのみ……能く本塾の精神を代表して一般の模範たる可き人物は、君を措て他に甚だ多からず」云々と書かれた人物である。氏は和歌山の出身で、幼稚舎の創立者和田義郎先生はそのやや後輩であった。この和田先生も、福沢先生に先だって逝去し、やはり福沢先生から「君の天賦温良剛毅にして争を好まず、純然たる日本武家風の礼儀を存す、在舎の学生曾て叱咤の声を聞かずして能く訓を守り、之を慕ふこと父母の如くにして、休業の日尚且家に帰るを悦ばざる者あるに至る」云々と全幅の信頼を受けた人である。共に和歌山の出身、塾で重きをなし、また共に大の酒好きであられたから親密さは格別なものがあったらしい。信三先生も幼稚舎を語るごとに、親近感をもって和田先生の人となり、文武両道の達人で、「立派な人でしたネ」と付け加えることを忘れられなかった。

ところが信三先生は明治二十一年五月生れで、偶々《たまたま》学齢に近く、明治二十七年十二月、御尊父の信吉氏をうしなわれた。当時、御尊父のお勤めの関係で横浜に住んでおられたが、直ちに三人の御姉妹と一緒に三田の福沢先生の邸内に引きとられたことは、先生御自身が書いておられる通りである。三田へ移られたのは、恐らく二十七年の暮か二十八年早々のことであろう。二十八年とすれば、その四月からは小学校に入る年齢に達しておられる。福沢先生のお宅は三田の山の東南隅、当時幼稚舎は西北隅、目と鼻っ先、距離にして百メートルそこそこである。

信三先生は、その幼稚舎を避けて何百メートルも離れた御田小学校に入られたのである。それが何故であったか考えても見なかったし、また小泉先生にも訊かなかった。

今度先生が亡くなられてから色々考えて見たが、自分なりにこんな解答を得たのである。先生の御尊父信吉氏の亡くなられたのは明治二十七年十二月八日であったが、幼稚舎の創立者で信吉氏とも親しかった和田義郎先生は、その略三年前の明治二十五年一月十五日に逝去されていた。和田先生の没後、幼稚舎は、一時舎長をおかず、幹事早川政太郎氏を中心に、いわゆる「共和政治」で経営していった。ところがそれがうまく行かず、福沢先生は気をもんで、時事新報で会計係をしていた坂田実氏を無理矢理引っぱって来て舎長の椅子に据えたのである。その坂田舎長は語っている。「一時幼稚舎は共和政治でしたが、主人なくして子弟を預るは無責任なりと、小幡先生が先生（福沢）に相談して、然る可き人間を置かねばならんと云ふ事から、先生はついに私に御話があって、二百人ばかりの子供を預って居るから無責任の事も出来ず、新聞（時事新報）も困るが、新聞はどうにかするからと云ふ事で、二三年間御引受けしました」「余が就任当時は実に幼稚舎は乱雑を極めたる時にして、爾後漸く整頓し来り」云々。つまり小泉先生が学校へ入ろうとされたのは、坂田舎長の就任早々で、幼稚舎の乱脈この上なく、福沢先生もそれを見聞きして我慢が出来ず、何とかしなければと気をもんでおられた時であった。細かいことに気のとどく子煩悩の権化のような福沢先生は、母子ともに預かった愛弟子の一人息子に万が一のことがあってはと、目の前の幼稚舎を避けて、御田小学校を選ばせられたのであろう。

長々と由ないことを書いたが、これも慶應義塾幼稚舎史の余話とでもいおうか。事実、過日刊行された幼稚舎史の中、早川幹事の時代に特に記述を避けたが、当時幼稚舎の監督をしていた浅美貞之進氏の日記によると、先生方のいささかたがの弛んでいた様子がよく分るのである。

小泉先生は幼稚舎の出身ではなかったが、大の幼稚舎贔屓であった。御子息の信吉氏は勿論、幼稚舎出身であったし、それに先生の身辺一族郎党の子女みな幼稚舎ならざるはなしという有様であった。(申訳なくも幼稚舎の方で拒んだことはあったが)幼稚舎生には「一生懸命」を説き、事あるごとに創立者和田義郎先生の好ましきお人柄、文武両道の達人、かくあれかしと語られた。

現在の天現寺の校舎は、小泉先生の塾長時代、幼稚舎では小柴主任の時代、昭和十二年に落成した。小柴先生は就任早々、移転改築問題に身を入れ、林塾長に痺れを切らして、昭和八年小泉先生が塾長になられると、猛然この問題に立ちむかわれた。後年小柴先生は、よく私に「小泉さんでなければ、あれは到底できる事ではありませんでした」云々と言われた。私もその通りと思っていた。

最後に小さな私事を記す。私の生涯中、身を粉にして働いたと思うのは、戦争中の幼稚舎疎開の一年二ヶ月のことであった。主任の清岡先生は病床にあり、副主任の高橋立身氏は在東京、私は現地の総務という役で、担任のかたわら主任副主任の役を一人で背負い、同僚教職員諸氏の完全な協力援助でどうにか事なきを得たが、その間、小泉先生は川久保秘書を帯同して一度修善寺に視察慰問に来て下さった。子供達が寝しずまってから、お宿の新井に私共一同を招んで労をねぎらわれた。毎日芋の蔓と豆粕ばかり食っていた我々が刺身とテンプラにありついてどんなにか喜んだか、今に忘れられない。それは十九年の九月のことであったが、明けて昭和二十年、確か三月の末、小泉先生から私に宛てて速達が届いた。在京の副主任高橋立身氏が事情があって幼稚舎を退かれ、私に副主任になれという内容である。病床の清岡先生に対する優しい思いやり、高橋立身氏のこれまでの功労とか縷々《るる》述べてあり、御苦労でも私に副主任を引きうけろというのである。それはそれとして、先生は同時に清岡先生に出された手紙を鉛筆で写し、それがそのまま同封されていた。こういう所にも小泉先生の周到な心遣いがしのばれる。

（「三田評論」六五二　昭和四十一年八月）

上野公夫様

今日は立春、空は晴れて暖かで、宅の庭では露地植えの福寿草が三十芽ばかり見事に咲きだした、正に立春大吉です。

御手紙ありがとう。人生は末がよければ、平坦な道より山坂があった方がよい。貴兄のグロンサンが旗色悪いと聞いて、一時心配しましたが、しかし君ならきっと盛りかえす、跳ねかえすと私《ひそ》かに信じていました。私は常々新聞雑誌の経済面は読まないのですが、誰か近頃上野君の会社の株価が上って来たと教えてくれ、そうだろうと思いました。慶應、殊に幼稚舎の出身というと、とかく景気のよい時はよいけれど、ピンチに見舞われるとシュンとなる人が多い。しかし君は違う。整理の際も思いきった方法をとられたとか、そうだろうと思いました。

君は私が塾を出て幼稚舎に入っての第一回の担任卒業生、いわば私の群像作品第一号の一人という訳だ。私は教師のくせに成績のことなどあまり尊重しない方ですが、君は幼稚舎、普通部、大学と優い成績で、塾を出ると日本銀行に入り、それから間もなく望まれてグロンサンの後嗣となった。君の真面目で努力家で頑張屋なのは同級の誰もがよく知っている。ピンチを盛りかえしてさらに大きく伸びるなんて男子一生の生き甲斐というものです。どうかしっかりやって下さい。この際体に気をつけて、頼みますよ。

さて、私は一昨年、不出来ながら幼稚舎史の完成したのを機会に停年退職させてもらった。当局から示された停年の年齢になったのを幸いに勇んで退職を願いでたのです。体力が衰えて来たことと、予《かね》てやりたいと思っていた仕事もあるので思いきった次第。「炊くほどは風がもて来る落葉かな」というのは確か良寛坊の句でしたっけ。さあ気楽になった、これからと思った途端、幼稚舎史（終戦まで）の続編をやれとの同窓生諸君の希望もだしがたくという訳で、目下週二回学校に通って古帳面をしらべている。

宅では前々から心がけていた仕事、十年計画の大きい方と目の先の小さいのと、それが何であるか、もったいぶるようですが、今いう時ではありません。仕事をしていて、つくづく感じるのは頭の悪い嘆き。ガンの薬もよいけれど、君早く頭のよくなる薬を作ってくださいよ。ノータリンでは売れないでしょう、ノーミソフエールとか何とか。

最後に私近頃ちょくちょく余興をやっています。多年集めた石版画だの何だのが、明治百年の波にのって、あちこちから声がかかり、時に出開帳なんかやりました。これも保養のためのレクリエーションです。呵々。

キレイナ奥さんへよろしく。

上野公夫様

（「三田評論」六五八　昭和四十二年三月）

歌集『雲の峰』序

今度掛貝さんの歌集が出版されるについて、私に序文を書けといわれる。光栄の至りではあるが、何ともおこがましくて筆が重い。

それにしても、第一に、この歌集が出版されるようになった由来を先ず書いておかねばなるまい。掛貝さんは決して頑健の方とは見えないが、そうかと言って大した病気をされたということも聞いていない。無病息災と信じこんでいた私にも経験があるが、人間も還暦前後になると何か病気に執りつかれるものらしい。掛貝さんも、生れて初めて入院などという大病をされた。しかし今は既に退院して元気になられつつあるのは何とも芽出たい限りである。常々身嗜みのよい掛貝さんは、他人に寝着姿や不精髭の生えた素顔を見られるのがおいやらしい。私がお見舞に上りそうだと、御自分の方から先に、病院に来てはいけないとお言伝があった。恐らく他の方々にもそうされたのであろう。そこで、嘗て幼稚舎で掛貝さんのお世話になった、つまり教え子達が寄ってたかって、お見舞に行けなかった腹いせというか、お見舞に上らなかった申訳けに、掛貝さんの歌集を出すことに決めたという。誰がいいだしたのか心にくい、恐らく自然発生的のものであろう、何にしても聖代の美談である。

掛貝さんは与謝野門下の押しも押されもしない堂々たる歌人である。与謝野門下には、石川啄木とか佐藤春夫とか堀口大学とか、世に聞えた専門の歌人詩人もいるが、例えば尾崎行雄とか石井柏亭とかいうような錚々たる人物が沢山いる。掛貝さんも、それらの方々の間に伍して、決して引けをとらぬ一歌人一人物と私は信じている。長年私は掛貝さんから第何次かの明星や冬柏や浅間嶺というような掛貝さんが歌を投じておられた与謝野一門の雑誌を頂戴して今日に至っている。何時も洗煉された言葉で、掛貝さんの好みが美しく絵のように歌い上げられている。どの一首をとって見ても、はっきり掛貝さんの歌とすぐ分る歌だ。そして確かに与謝野さんの息のかかっていることも頷ける。これ以上、私如きが掛貝さんの歌を云々しては、冒瀆というものだろう。ただ一事今日まで掛貝さんに一冊の歌集が出ていなかった事は一種の不思議であるが、またおのずから掛貝さんのお人柄が忍ばれて床しい話である。

掛貝さんは、稀に見るシャンとした人である。好き嫌いがはっきりし、何でも曖昧を許さず、記憶は抜群、知識は的確で、私などよく物を伺うと、それこそ打てば響くように、答が返って来た。おかしい事に、ただ漫然と掛貝さんを想うと、私にはあの夏のカンカン帽をかぶり、さっぱりした扇子を持っておられる姿が目に浮ぶ。そうかと思うと、掛貝さんは案外下町好みで、歌舞伎や落語に造詣の深いことは格別であるが、銭湯がお好きで、それも少し人が入った後のお湯が練れてからの方がいいなどと言われる、掛貝さん一流のものである。

この辺で、掛貝さんと幼稚舎との関係について触れておきたい。掛貝さんは昭和三年の春塾の文学部英文科の出身。掛貝さんの友人で同じく塾の国文科出身の除村寅之助氏―ロシア文学の除村吉太郎氏の令弟―が先に幼稚舎に入って担任をし、その方が奥さんをもらって間もなく亡くなられた。確か掛貝さんは暫くその後を引きうけられたが、それは僅か二、三ヶ月のことであったと記憶する（昭和四年頃）。その後、掛貝さんは昭和六年再び幼稚舎に入られ、昭和二十年三月まで、ずっと担任をしておられた。その間イギリスへ留学される話があったり、また戦争中の昭和十九年幼稚舎では疎開のことがあり、偶々《たまたま》、掛貝さんは六年生の担任をしておられたが、身辺にお年寄がおられてどうしても東京を離れられないとかで、その組を奥山貞男さんへ譲られた。これが楡の会の諸君である。しかし、その前、昭和八年卒のK組（八慶会）と、昭和十四年卒業のB組（みみづく会）、この二組を担任し、送りだしておられる。

私はどういうものか掛貝さんに御縁があった。それは戦前の幼稚舎で出していた雑誌「文と詩」の編集、校正で長い間、二人連れそった。掛貝さんが原稿の端に鉛筆で書かれるあの一糸乱れぬ端麗な文字に、私はいつもコンプレックスを感じていた。ただ今に残念でならないのは、当時の「文と詩」は戦後の「仔馬」とちがって、ただ生徒の綴方作文を活字にするだけで、編集者の腕をふるう余地のなかったことである。戦後、掛貝さんが普通部へ移られてから、幼稚舎ではしばしば掛貝さんに文章を請うた。殊に四、五年前、幼稚舎新聞に「よい言葉わるい言葉」を連載していただいたが、これが意外に反響を呼びおこし、殊に小泉信三先生からお声がかかり、掛貝さんのあれはいい、何とか一冊に纏める気はないか、その気があるなら出版について及ばずながらお手伝いしたいとお申出があった。それが実現しない中に、先生が逝ってしまわれたのは真に遺憾である。

自分からおこがましいなどと言っておきながら、下手な長談義に相なった。それも掛貝さんの歌集が出ると伺って、嬉しさの余りついこうなったのである。御寛恕を請う次第である。

昭和四十二年盛夏

（掛貝芳男歌集『雲の峰』序　昭和四十二年九月）

私の石丸さん

石丸さんが、去る十二月十二日の午後三時十七分に亡くなった。その一時間くらい前にお見舞したが、朦朧《もうろう》として息づかいが荒く、分ってもらえなかったようだった。お通夜が十四日の夜、葬儀が十五日正午から、告別式は一時から西麻布の永平寺別院長谷寺で執りおこなわれた。（つい一年前奥野信太郎氏の葬儀もその同じ寺だった。）会場は目にしみるような白布で張りめぐらされ、真新しい青竹の葬具一式、それに花環―慶應義塾名義のものの外、一切の贈り主の名札がとりのぞかれて―石丸さんの葬儀にふさわしく清潔の感じでよいと思った。前日の強雨とうって変り、雨晴れて、いうまでもないことながら、頗るの盛儀であった。

石丸さんの死亡広告の中に、私か友人代表の一人になっていたことを、ひとは意外に思ったかも知れないが、実は当の私がそう思ったのである。私の石丸さんとのお付合は水のように淡く、ただ晩年私がときに遠慮のない口をきくのを憎からず思われてか、奥さんの話によると、私のことがよく石丸さんの口の端にのぼったということである。

石丸さんと私とは同い年（明治三十五年生れ）で私の方が何ヵ月かの兄であり、塾の文科では私の方が四年先輩であった。（吉田大正十三年卒、石丸氏昭和二年卒。）私は学生時代の石丸さんを全然知らなかった。但し、私は学生時代から柳（宗悦）先生をいたく尊敬し、やがて柳家にしたしく出入りするようになってから、柳先生の「石丸が」「石丸が」といわれるのを聞いて石丸氏の存在を知ったのである。柳先生と石丸さんとは二重の親戚だった筈である。（多分石丸氏は柳さんの甥にあたり、柳先生と石丸さんの奥さん同士がごきょうだい。）大正の終りころ、柳先生は京都で、河井寛次郎や浜田庄司氏らと共に民藝運動をおこされた。昭和の初め、京都の大毎会館で、たしか最初の民藝品の展覧会があり、私はそれを見るためにはるばる京都へ出かけていった。この展覧会に石丸氏は撫子模様の石皿や朱塗りの役者の鏡台を出品された。私はこの時初めて、物をとおして石丸さんを知ったのである。（私も荒木元融の泥絵を出品していたから、多分石丸さんも私を物で受けとめられていたかも知れない。）持ち物で十分その人がわかるのである。何にしても四十年前の話である。それから柳先生の手で、雑誌「工藝」が出るようになり、富本憲吉氏の原稿が盛んにのった頃一時、石丸さんがその編集を手伝っておられたと記憶する。そこで私は工芸に関する石丸さんの短い文章を読むようになった。

次いで昭和四、五年頃、銀座の鳩居堂が、浜田庄司氏にたのんで、イギリスの家具、椅子やテーブルやビューローや額縁、錫器、コップ、上草履にいたるまで、健康で趣味のよい品物を選んでもらって輸入し、これを同じく鳩居堂の二階に陳列して売りだしたことがある。これを図録にしたのが「英国の工藝」で菊倍判、その編著者（解説）が石丸さんだった。その頃まだ石丸さんとの交際はなかったが、石丸さんの存在は私の頭の中にはっきりあった。

石丸さんは何としても恵まれた人である。第一にその風貌が立派であった。造形の妙というか、神様が石丸さんを創造しおえられた時、きっと良しと思われたであろう。鼻筋がとおり少しにがみばしって、ブスッとして取りつく島もないようでいて、ひとたび笑みをふくまれると清らかな無邪気な相になる。スポーツマンで、体の均整がよくとれ、普段、ワイシャツからネクタイ、ハンカチ、一分のすきのないようないでたちで、それがよく似合った。和服となればぜいたくな細かい久留米絣だったり、紬だか結城だか、ぞろりとしたなりで、それに袋物などぶらさげて、それがまた素敵によくうつるのである。

石丸さんは多分早くから柳先生の感化を受けられたのであろう。民藝品の愛好者だった。多分に西洋趣味であり貴族趣味であり、万事潔癖でキチンとしておられた。民藝品といっても無闇に厚ぼったくて薄ぎたないのを嫌われた。飯茶碗でも皿でも美しければ私など薄ぎたないのを平気で使っているが、石丸さんは同じ民藝品でもきっと新作品を使っておられる。毎年十一月三日から駒場の民藝館で開かれる新作展には欠かさず出かけて新作品をもとめ、それを日常つかっておられたようである。それに早い頃の河井、浜田、リーチ、カーデューというような作家の作品を食卓で見た覚えがある。

それに万事がきちんとしていて、応接間兼書斎を拝見しても、文字どおり洋式の明窓浄机で、私などからすると、あんなにきちんと片づいた中で、本が読め、ものが書けるものだろうかと疑ったほどであった。何かの拍子に戸棚をあけて見せてもらったことがあったが、戸棚の奥まで定規をあてたよりに整理され整頓されていた。そういえば、今のお宅には庭はないが、この前の霞町のお宅の小さな庭、早朝起きだして雑草を目の仇にしてむしりとっておられたとかで、舐めたように清められていた。

さて石丸さんの本領はむろんイギリスの教会建築なのであろう。しかし工芸、広く西洋と朝鮮、日本、その眼識は高く鋭く、殊に家具のごときは石丸さんの独擅場で、その方で仕事をしてもらいたかった。戦後この十年ばかり熱をあげておられた猪口（ソバ猪口、柳先生のいわゆる「藍絵の猪口」）、その蒐集は正に日本一であった。私には聞かせがいがあったのであろう。近頃会えば必ず猪口の話で、飯倉で、中通りで、京都の五条坂で、信州の諏訪でハントした場所や、猪口の形や模様のことを嬉しそうに語られた。つい亡くなる直前にその猪口をかざる贅沢な飾り棚をつくられ、病院からぬけだして、一通り飾りおえられ、間もなく亡くなられたということである。私は石丸さんには是非猪口の図録と研究を発表する義務があるといっていたが、「私の石丸さん」はそうあるべきと思っていたのである。

戦前から石丸さんは予科の副主任とか体育会理事とかされていたが、戦後は高橋誠一郎先生が文部大臣となり、石丸さんがその秘書になられた頃から、石丸さんはその方が主になり、航路が意外の方へ移っていった。暫く時をおいて理事である。財務理事である。石丸さんのお父さんという人は、確か鉄道次官でいらした人で、当時の次官は今の大臣以上のものであったであろうから、石丸さんにもその血が流れていて、自らそうした手腕もそなわっていたのであろう。しかし私にすれば、理事などやりたい人が幾らもあろうし、石丸さんには外にやるべき仕事が十分あった筈であったのにと思う。あからさまに「理事などつまらんじゃありませんか」と直言したこともあった。色々事情もあったのであろうし、能力もあり、またまんざらでもなかったのであろう。それに久保田基金だの三田文学の資金集めとかの雑用―大切な雑用かも知れないが―、しかし私はどこまでも石丸さんでなければやれない仕事をやってもらいたかった。

ところが、今年の六月頃から、しきりに私に会いたいと言われるのである。人伝てに私に都合のよい時をといわれるが、私はいつでも都合がよい。日記をくって見ると、七月十四日のひるすぎ、幼稚舎の私の舎史の編纂室へ、とうとうやってこられた。スポーティなニッカボッカー(あるいはショートパンツというのかも知れない)の軽装であった。久しぶりに会った石丸さんが、ひどく痩せて、頰が恐ろしくこけているのに内心ギョッとした。わざわざやって来られた用件は何かときいて見ると、同人雑誌を出したいのだが、仲間に入れといわれるのである。これはお若い、自信はないが、お手伝いなら致しましょうと答えると頗るご機嫌であった。石丸さんは嘗て学生時代に、セトモノに憑かれたような仙人青山二郎（いわゆる青山学校の校長）や小説の神様になりそうで途中で筆を折った木村庄三郎らを傘下において（?）「山繭」という同人雑誌を主宰しておられたこともある。ところで、やがて七十に手のとどく老人が同人雑誌を、ゼイタクなものを出したいといわれるのである。無論「好きな絵やセトモノの写真を沢山いれて、そうして好きな人だけに買ってもらう」雑誌ということで、その構想には私も賛成であった。石丸さんの健康がたもたれて、その雑誌の一冊、せめて「藍絵の猪口」号一冊でも出ていたらと惜しまれてならない。それにつけても、私は石丸さんに会うと、きっと学校をやめなさい、好きなことをやりなさいといった。後になって見ると、私のいった「学校をやめなさい」が気にいったと見えて、安東（伸介）君の話によれば、俺の本当のことが分るのは吉田だけだといっておられたということである。

（昭和四十三年十二月二十四日記・昭和四十四年六月二十八日訂正）

追記――「民藝」六月号に石丸氏蒐集の猪口五十種が選ばれて美しい写真版となって掲載されている。

（「三田評論」六七九　昭和四十四年二月、一部改稿し『回想の石丸重治』昭和四十四年所収）

西脇先生の個展

ついこの間から（十一月四日から九日まで）銀座の文春画廊で、西脇先生の個展が開かれている。南天子画廊の主催である。私は学校のかえり薄暗くなってから拝見にあがった。西脇先生といっても、西脇順三郎先生、学者で詩人の西脇先生の個展というと、案外怪訝な顔をする人があるかも知れない。先生には、学者と詩人のほかにもう一つの顔がある。つまり画家としての先生である。昔の文人でよく余技に南画をかいた人があったが、西脇先生のは余技というには本格すぎる。文春の画廊一階二階を通して水彩、油絵四十何点、壮観である。四号くらいの小さいものから二、三十号の大作もある。

西脇先生は中学時代に絵が得意で、画家になろうとされたこともあるという。先生ご自身の筆になる年譜、明治四十四年（一九一二年）の条に次のように記されている。

三月、小千谷中学卒業、順三郎を実業家にするつもりの父寛蔵を図画の教師に説得してもらい、画家を志して四月上京、青山南町六丁目樋口方に下宿、藤島武二を訪問、その推薦によって黒田清輝を訪ねる。絵の才能を認められ、白馬会入会を勧められたが、当時の画学生の生活、気風になじめず、また、五月、父寛蔵が歿したため、画家志望に不安を感じて断念す。先生は中学時代にどんな絵をかいておられたのであろう。あの頃中学生の間には、油滴天目のような点々で塗りつぶす三宅克巳の水彩画が風靡していたから、あるいは先生も、そうだったかも知れない。

もう十年くらい前、たしか慶應の学生、幼稚舎から大学までの絵の展覧会、パレットクラブに先生が出品された三人の裸体を私は所望していただいた。ひょうひょうとした、わびしげな裸体で、黒と渋い緑色がよくきいて、これは先生の作品の中でも稀に見る傑作ではないかと思って秘蔵していた。ところで今度会場に伺ってびっくりした。傑作はいくらでもある。みんなそれぞれ美しいのである。構図もいいし色もいい。特にセザンヌがお好きだと聞くが、どこかセザンヌに通じるものがある。また先生の詩の中にエル・グレコやゴーガンやローランサンが顔を出すが、そんな気分もあり、どこかルドンを思わせるようなところもある。しかし、その誰の絵でもない、まぎれもない、はっきり西脇先生の絵である。

先生は天性の詩人である。しかしその詩が難物で、わからないというのが定評である。私なんか詩魂にめぐまれていないから、サッパリわからない。それでいて先生の詩はおもしろくて楽しいのである。第一「あむばるわりあ」とか「旅人かへらず」とか「宝石の眠り」とか、詩集の題だけでもいい。空しいような、わびしいような、やるせないようような情感が、私の大すきな雑草や雑木の間にこもっていて不思議な魅力のとりこになる。「ゴブラン織の淋しさ」だの「銅貨の中の静寂」だの「藪の中の眼」だの何のことかわからないけれど、むしょうに面白い。いつか読んだ先生の随筆だったかに茶道の極致みたいなものを感じた覚えもある。

ところで、先生の絵を見ると、具象も具象、誰の目にもよくわかる絵ばかりである。先生の詩みたいにわからないのは一つもない。風景が一番多く、それに人物と僅かな静物、私は、人物がなかなかよいと思った。某イタリヤ侯爵夫人？　なんか素敵である。黄色い少年とか、帽子をかぶった少女とか、なみなみでないと思った。しかしつらつら思うのに、先生の絵が具象でよくわかると思うのは、こちらの眼が凡眼のせいではないか、あの絵の奥に例えば先生の詩のような単純で複雑な無常みたいなもの──その他いろいろ──がかくれていて、それを我々は見落しているのではないか。会場でふとそんなことを思った。ぼうげんたしゃ。

（「三田評論」六七八　昭和四十四年一月）

清宮先生の思いで

去る十月九日、清宮彬《ひとし》先生がお亡くなりになった。確か先生は明治二十年生れであられたと思うから八十二歳でおありになった筈である。私にとって懐しい先生であった。

清宮先生が幼稚舎へ入られたのは、大正十二年の六月で、私が幼稚舎に入れてもらったのは翌大正十三年の四月であった。それから戦争になって先生が学校を辞められるまで（昭和十九年）それこそご昵懇に願った。清宮先生は酒がいけなかったから、学校の帰りによく銀座に出て若松だの、しるこの十二ヶ月、何といったか、そんな店にたちよって甘いものを食べながら色んなことを教わった、教わったというのは、主として美術の鑑賞についてである。清宮さんの鑑賞は深く知識も豊富で、しかもそれが皆、先生ご自身の独創で、それによって私はどんなに啓発されたか知れなかった。西洋、東洋のものを実によく見ておられた。上手下手《じょうてげて》ともに美しいものは決して見のがさない。版画の味、美しさなどは実によく見とどけておられた。

清宮さんのお蔭で、私は木村荘八氏の家に出入りするようになった。殆ど入りびたりといってもよい程、始終お邪魔した。先の奥さんの頃、姉ごみたいな気っぷのお方だったから遠慮もへちまもなく、伺った。猫がぞろぞろいて、そこで清宮さんを加えての雑談がまた面白かった。清宮さんの画歴については詳しいことは知らない。最初葵橋の黒田研究所か何かに通われていたらしく、そこで岸田劉生と知り合い、後に草土社の客員となられたのであろうか。とにかく劉生とは同輩で、一時は劉生の競走馬みたいに注目されていたようである。殊にその図案的の才能は夙に認められていた。岸田氏もそうであったが、清宮さんの東西の美術に関する造詣と鑑賞は独特のもので、私は常に傾聴していた。支那の版画の妙味、殊に十竹斉書画譜や芥子園画伝の美しさを知ったのは、全く清宮さんのお蔭だと思っている。

何としても、清宮さんは画家として、殊に版画家として第一級の人であった。ただ惜しむらくは作品が如何にも少ない。先生は実に贅沢な人で(生活のことではない)理想が高く、恐らくご自分の作品に対し満足感もあられたとは思うが、それより、ご不満の方が多かったのではないか。それに若い頃生活の苦労なく育たれたためか、野人のガムシャラさが足りなかった。仕事が消極的になり、制作の機会を失われた。

それでも装飾的の仕事、本の装釘などは大正時代からのを集めたら意外に多いことだろう。東洋の中に西洋があり、清新で、特別の美しさがあった。また昭和十年代に出された十枚ほどの主として、静物を扱った版画には、支那の版画の味を生かし、行きつくところまでいった感じで、その中の何枚かは神品といってもいいほどのものがあった。(確かパリーの近代美術館に、「皿に盛った葡萄」の一枚が入っている筈である。)

先生のように稀に見る素質をもって生れながら仕事をされないのを、私はいつも歯がゆく思っていた。時には惜しむのあまり、それをあからさまに口にし、ガムシャラに制作されるようお勧めしたこともあった。如何に力量が優れていても芸術家は作品がなければ、何とも致し方ない。人間の一生は妙なものである。しかし私は、何時までも、清宮さんを第一級中の第一級の芸術家として尊敬する心に変りはない。

(「幼稚舎同窓会報一〇〇」昭和四十五年一月二十六日)

奥野氏のこと

昭和十年頃、第一書房から出た戸川秋骨先生の随筆集「自画像」の掛表紙と見返しに、戸川先生や若い女性何人かと共に奥野信太郎氏の肖像が描かれている。今の筆法とちがうけれど、ただ「泰」とあるからには、多分漫画家の横山泰三氏の筆だろう。去年だったか出た小島政二郎先生の「なつかしい顔」の中にも、やはり奥野信太郎氏の一章があって、それには清水崑氏描くところの奥野氏の肖像がのっている。両方をくらべて見ると、ひたいの後退には著しいものがある。奥野氏の広いひたい——ハゲといったらよいか——には愛嬌があって、あの中に、大変な深い学問や芸術に対する薀蓄やその他色々のものが、いっぱいつまっていたのだろうけれど、それより先に、いつもよいお人柄をあらわしていた。

私は、これでも塾では、奥野氏より一級か二級上で、学生時代の奥野氏を全然知らなかった。ただ友人の蔵原伸二郎君だったか、奥野氏の作文が抜群で、これを見る先生が毎度舌をまいておられたとかいうような話をきき、その後奥野氏が学校にのこり、その中国文学の講義が面白く評判がよいとか、また文化学院に出講されるようになってからの人気が大変なものだという ような噂をきいた。それに亡くなられた奥さんが、天子様の何番目かのお子さんのお乳人にあ がられたというような話をきいてお家柄もよいのだろうと思っていた。

私が奥野氏と直接口をきくようになったのは終戦後のことであった。高橋誠一郎先生が文部大臣になられたのは何年何月何日というようなことは覚えていないが、私が学校でつけていた日記によると、塾関係の人達が交詢社に集まって、祝賀会をひらいたのは昭和二十二年二月十四日のことで、五時開会というのに先生は六時頃ようやく姿を見せられ、会費三十円也と書いてある。あの当時万事不自由な時代であった。

奥野氏の息子さんの燕児君が確か二年の補欠で幼稚舎へ入られたのは、この頃ではなかったろうか。奥野氏の奥さんにお目にかかったのもその頃で、奥野氏は恐妻家だと聞いていたが、あのキレイな奥さんがそんなにこわいのだろうかと思った覚えがある。それから息子さん燕児君というのはさすがで、そんじょそこらにない良い名前だと思って感心した。

万事不自由な世の中であったから、幼稚舎では七月、十二月、三月の学期納めには、何とか酒とサカナを工夫して、教員室に七厘や鍋を持ちこんだりして、出来るだけ賑やかに景気よくやった。当時幼稚舎の先生方も平均してみな若かったから、あやしげな酒で、よく飲みよく談じよく歌った。ある時など渋谷食堂から生ビールの小樽が持ちこまれ、どうしたはずみか、口があき、四、五メートルも高く吹きだして、バケツを持ち出すやら大騒ぎをしたこともあった。

何しろ酒やサカナに不自由した時代で、私は先生方に相談して、私の親しい幼稚舎外の酒好きの先生方を招待することにした。今宮新氏や金原賢之助氏や、時に奥野氏にも声をかけた。声をかければみんな必ず来てくださった。酒に目のない高山修一氏に来てもらったこともあるが、酔ったあげく、誰かにからんで座が白け、この方は一ぺんでおしまいになった。奥野氏にもたしか二、三回おいでを願ったかと思う。周りはみんな幼稚舎の先生方ばかりだから、奥野氏はただにこにこして盃をふくみ、時々鼻にかかった早口でジョークが飛びだす。私を相手に大学の先生方の声帯模写というのでなく、手ぶりの入った物真似というか、殊に女性的の先生の真似など真に迫って面白かった。だんだん酔がまわると、ひょろひょろよろけながら蛸踊りが始まる。それは何ともいえず愛嬌があり面白かった。今宮氏の泥鰌すくいと好一対であった。

そんな時の外、私は奥野氏とゆっくり話をする機会を持たなかったが、会えば立話をし、燕児君が幼稚舎出身のせいか、幼稚舎に好意をもっておられたようだし、思いなしか私にも好意を寄せていられるようでもあった。私にはその資格はないが、奥野氏とゆっくり四方山話をしたら——それが出来たら、どんなに面白く楽しかろうと思った。

幼稚舎の入学試験期が近づくと、既知・未知の人々から沢山紹介状、推薦状が舞いこむ。その中で毎度感心したのは小泉信三先生のそれだった。必ず本人と両親の人柄、それにご自分との関係を記し、万一もし受かって入学を許されても幼稚舎の父兄として十分遜色なしと思うというような意味が書かれていた。奥野氏のも大体それに似て淡々たるものであった。今ひそかに思う、こちらも奥野氏と対等に話せるような人間だったら、どんなに頼もしい人であったろうかと。

昭和四十五年八月三日。

（『奥野信太郎回想集』昭和四十六年）

幸田先生のことども

幸田成友先生は、明治六年三月九日、神田区山本町に生れ、昭和二十九年五月十五日、杉並区荻窪のご自宅で亡くなられた。享年八十一歳。先生のご生涯を一言にしてつくせば、マジメ人間の一語に尽きる。一頃マジメ人間という言葉が流行ったが、この言葉に何か裏の意味があるといけないと思って、二、三の人にきいて見た。やはり正真正銘の真面目な人間ということだそうで、それなら幸田先生は、教師としても学者としても、処世の人としてもマジメ人間そのものであった。

先生に「凡人の半生」という幼少の頃から明治二十九年帝国大学を卒業されるまでの半自叙伝がある。私が再三お勧めして書いていただいたもので、戦後間もなく（昭和二十二年）これも私の友人が関係していたチッポケな出版社から出していただいた。万事不如意な時代で、用紙も製本もお粗末で今見ると情なくなる。それを読むとマジメ人間幸田先生が形成されて行く経路がよく分り、また世にいわゆる偉いきょうだい郡司大尉（成忠）、幸田露伴（成行）、幸田延子、安藤幸子と先生との関係がはっきりする。(今の若い人々には露伴さえ知らない人があるかも知れないが、それはとにかく、郡司大尉は明治時代に千島探険で有名になり、その品川湾出発の模様は錦絵や石版画となって広く売りだされ、幸田延子は日本の女性として音楽修業のため官費第一回の留学生としてアメリカ、オーストリアへ前後七年も留学されたピアニスト、安藤幸子女史も著名なバイオリニスト)

幸田家は二百余年も江戸に住んだという士分の家柄であるが、幕府の職制からいうと坊主衆というのである。先生の祖父を利貞といい夫婦養子で表坊主《おもてぼうず》の家を嗣いだのである。この祖父に男子がなく一粒種の女猷《ゆう》に養子成延《しげのぶ》を迎え、この成延、猷が先生の両親である。成延の実家が奥坊主の家柄であった。先生の兄郡司大尉は十歳前後で郡司家を嗣いだのであるが、この郡司家がまた表坊主の家だという。先生は簡単に「表坊主といって登城する大名や役人の世話をする役」と片づけていられるが、一族みな坊主衆とは不思議なので、ちょっと検べて見た。幕府の職制からいうと、坊主衆は医者と同様頭を丸めている。奥坊主と表坊主の二種類あって、幕末には数が少なくなったようであるが、奥坊主は隔日に出勤して宿直し、将軍家の小道具、召物、薬、鳥、手水等を管理し、道具の中には将軍の内帑《ないど》、用箱の鍵鑰《けんやく》の保管までするのだから案外重要な役目である。表坊主は営中の表座敷を管理し、専ら登城する大名、役人の世話に当り、老中、若年寄への面会を取りついだりする。坊主衆の扶持はそれほど多くなかったが、賓客に接する機会が多く従て役得も豊かで、冬は黒羽二重《はぶたえ》紋付の小袖に黒縮緬《ちりめん》の紋付羽織を着、夏は越後《えちご》縮《ちぢみ》に黒絽紋付羽織など着たりして一寸いかすところもあったらしい。

余計な詮索をして手間どったが坊主の職制がどうあろうと、幕府の瓦解が武士階級に及ぼした影響は深刻なものであった。武家の中僅かなものが、華族に列せられたが、大部分の者が士族に編入された。世襲の俸禄は僅かに現石（実収入）の十分の一となり、やがてこれも廃止されて公債証書に代えられた。彼らは先ず家財を売り、家屋敷を売り、最後に公債証書を手離した。幸田家も例外ではなかったであろうが、極めて賢明な母猷と秀れた息子息女達の出現奮闘によってやがて花咲く春を迎えるのである。

この辺で再び先生に返る。先生の真面目を示すものは何としても学問に対する態度である。私はながいこと先生の近くにあって雑用をしたり叱られたりしたが、先生の学問に対する態度を次の四つと見とった。

その一つは、何でも倦まず弛まず、煉瓦を積み上げるように積み上げて行く。昔先生の少年時代に「抜擢」と称し成績のよい子供は学級を飛びこえる制度があった。露伴先生など何回も「抜擢」されたらしいが、成友先生も中学時代に一度「抜擢」されて、そのために英文法の順序をふみ外し生涯の妨げになったと悔んでおられた。また帝大の学生時代、先生は不平家といわれたそうである。先生は国史科は日本在来の研究法で、史学科は西洋の研究法によるので史学科を選ばれたという。その史学科でも、国史は古代史に重きをおき、古事記、日本書紀、古語拾遺と詳しくならって、二年三年になるといきなり織豊時代、徳川時代とつづき、平安朝から織田氏の勃興まで、また徳川時代は中期以後お留守であった。先生は学校当局に各先生の間の講義が何の連絡もない制度に不平だったのである。

次に何を研究するにも、結論を先に出してその結論に都合のよい史料だけを漁って列べる不可をいっておられた。理論に強い人にはその弊があるというのである。

「オリジナルに還れ」これは先生の口癖であった。「孫引はいけません」というのである。先生はそれを徹底的に実行された。挿入の稀画写真に至るまで厳しかった。必ず現物によって写真をとる、もしそれの出来ない場合はそれに最も近いものによって写真をとる、かつその事情を記す。先生の著作には挿図写真が比較的多い、みなこの原則によっているのである。それに対し近頃の挿入写真の多い著作物、私の知る限り、挿入写真は殆ど出版社の仕事で著者は与り知らざるものの如くである。先生の随筆「それでよいか知らん」の中でその事に触れておられる。

最後に、生活を質素にして、史料をケチケチせず豊富に求めるということである。先生はよくそれを実行され、時に幾分お道楽の方に傾いたこともあった。しかし学者の本のお道楽などうれしい話ではないか。先生はシーボルトの大著「日本」やリーンデン伯の「日本の回想」などを持っておられた。クラッセの日本西教史の原本はもちろん、その英、独、伊、葡訳を全部揃えて持っておられた。先生の本が慶應の図書館に入る時、当時の図書館長野村兼太郎先生は、私にこの西教史の各国語訳について幸田先生の本の持ち方でチョッピリ皮肉をいわれた。私は近頃野村先生の史論集を読んで、やはり不要の本を求める方の文章と文章が違うと思った。それにつけても、先生が昭和三年から五年にかけての和蘭留学中、本の大道楽をされた折、私に宛ててよこされた手紙を是非引用したい。

（前略）

○ベラ棒に高いといえばエライ本が手に入りました。手に入ったか押付けられたのか、少々、ただ今判明致しかねます。四六判の幅が少しひろい位の四百頁ばかり、絵は扉の書名の下に一寸あるだけ、それが吻驚価千八百スイツル・フラン（日本貨にして八百何十円）です。今は僕の手にあるが、之をいつまで、持ちこたえうるか、見当がつかないので書名は一寸秘します。恐らく日本にこの本はない、と思います。之はポルトガルに行ったお蔭で、ポルトガルに行かなかったら、本屋からの通知があっても、僕は断わったろうと考える（ベラ棒に高いから）いずれまた委しく書く機会がありましょう。フローレンスの本屋から知らしてよこした時は、その手紙を見て僕は茫然とした。買いたいは山々だが、千八百スイツル・フランの価があるか無いか見当がつかぬ。そこで本屋へ手紙を出し、価については貴君を信ずる。

但し出来るだけまけてくれろといった。一割位は減じくれるかと内々思った所、突然保険附で本を送って来た。それと一緒に来た手紙に「厳重に正札なれば割引出来不申」とここに少々押付けられた感がある。今風呂敷につつんで下宿の戸棚に入れてあるが、考えて見れば危険なものさ。さて代金中の一部は仕払った、あとは今工面中、僕の本道楽も随分恐しいでしょう。さてこの本はいつまで僕の手にあるか。(後略)

さてこの「ベラ棒に高い本」というのは、現在も日本に一冊しかない有名なサンデの「遣欧使節記」である。フローレンスの本屋というのは、オットー・ラングといって先生の渡欧前から知り、取引のあった東洋に関する本を多く取り扱う本屋であり、私も知っていた。サンデの「遣欧使節記」とは、大友、有馬、大村のあの少年使節が使命を果しての帰途マカオに滞在中(一五九〇年)、イタリーから持参した活版印刷機械で印刷された、会話体の旅行記である。ラテン文で今は日本訳が出来ている。使節らがダンスをしたり、花火を見たり、和服と洋服の長所短所を論じたり、ローマ教皇に拝謁した詳しい記事もあって、なかなか面白い。この印刷機械がやがて日本に着いて、加津佐版の「サントスの御作業の内抜書」以下いわゆるキリシタン版が出来るのである。先生がポルトガルへ行かなかったら、断ったかも知れぬとあるのは、ほんの数カ月前先生はポルトガルへ旅行してリスボンの国立図書館、アジュダの文書館、エボラの図書館などで既にこの本を見て垂涎しておられるのである。先生は後に「何にせよ今迄完本不完本を併せ、世界に数部外無い所へ、自分が完本一部を得たことは、在欧中の一つの誇としています。併し自分は決して自分一己の小さな誇のために本書を購入したのではなく、率直に打明けると、日本のためにと考えて買求めたのです」といっておられる。先生の虎の子のこの本は、戦後妙な手続を経て、今は大和の天理図書館に納まっている。

（「三田評論」七一〇　昭和四十六年十二月）

小林澄兄先生の頃のこと

去る七月十四日、幼稚舎五代目の舎長（当時は舎長といわず主任といっていましたが）小林澄兄先生がおなくなりになりました。小林先生が幼稚舎の主任におなりになったのは、大正八年のことで、私が田舎の中学をおえて慶應の文科に入ったと同じ年でした。それに私は渋谷の神山という高台に下宿していましたが、先生はそこから僅かに五六丁しか離れていない代々木の富ヶ谷に住んでおられました。私は卒業する前の年の十一月（大正十二年）、先生のお宅へうかがって、幼稚舎の先生にして下さいとお願いしました。その頃幼稚舎では各学級二組ずつで、それが三組になる時毎年一人ずつ先生が入要だったので、すぐ承知して下さいました。

それから大正十四年十二月、幼稚舎の主任をおやめになるまで、ずっと小林先生の下で働きました。小林先生の前の幼稚舎長は森常樹先生といって福沢先生の直弟子で二十三年間も幼稚舎長をしておいででした。むろん幼稚舎長が専門です。ところが小林先生は教育学専攻の大学の先生で、幼稚舎長を兼ねておいででした。だから決まっては一週間に二日か三日おいでになるだけで、山村材美という先生が副主任（今でいえば主事）として、小林先生を助けておいででした。

森先生の頃の幼稚舎も、全国どこの小学校にも負けないりっぱな小学校でしたが、小林先生になると、何しろ教育史が専門で、三年のヨーロッパ留学をおえてお帰りになり、その翌々年幼稚舎主任になられたのですから、急にいろいろな改革や試みがおこなわれました。入学の希望者がふえて来たので、始めてメンタル・テストという入学試験がおこなわれるようになりました。各学級二組ずつのを三組にふやしました。その頃幼稚舎には寄宿舎がありましたが、教室が足りないので、寄宿舎の寝室や自習室をそれにあて、結局小林先生の次の山崎恒吉先生が主任になられた頃までに寄宿舎は完全になくなりました。昔寄宿舎で育った人達は大そうそれをおしみ、今になっても、まだその頃の楽しかった思い出を話す人があります。

次に制服が変りました。森先生の頃までの制服は、つめ衿の短い上着に半ズボン、その頃寄宿舎があったので、勤め先の変りやすい軍人の子供さんが割合沢山幼稚舎の中にいました。父兄で野間口大将というお方が、幼稚舎の制服は発育盛りの子供にとってよろしくない、何とかしてと学校がわへ相談がありました。そこで医学部の先生方と相談の上、三越の婦人子供洋服部で考えだしたのが今皆さんの内、男子の着ている、いわゆる慶應型の制服です。

また先生方の中に、今は作文といいますが、当時綴方といって、その綴方に熱心な先生方がおられて、各組でうすい雑誌を出しておられましたが、やがて皆で相談して「智慧」という原色版の口絵の入ったりっぱな綴り方の雑誌が生まれました。今の「仔馬」は一年に六冊ですが、「智慧」は一年に十冊も出ました。岸田劉生という今でも尊敬されている画家が表紙を描いて下さいました。それから一月に二回ほど学校で映画を見せることが始まりました。その頃は子供向けのフィルムが少なくて苦労したようですが、小学校で日を決めて映画を見せたのは日本で慶應の幼稚舎が始めてです。

また小林先生の時、雨天体操場ができました。鉄筋建てで、その上に木造の教室が三つできました。学校の建物が鉄筋建てというのはこれも日本で始めてだそうです。なお、小林先生の時、林間学校や海浜学校が始められ、また「福沢の大先生の…」という、あの幼稚舎の歌ができました。菊池知勇先生とおっしゃって今でも和歌の先生として日本に大ぜいのお弟子を持っておいでになる先生が作詞をなさり、音楽の江沢清太郎先生が作曲をなさったのです。

小林先生ご自身のことはどなたか、お書きくださると思って、先生の主任をなさっていた頃のできごとを色々書いて見ました。先生は先にもお話したとおり、教育学者で、先生のお書きになったご本を積み上げたら、先生の背丈ほどになったと思います。先生は八十五歳でお亡くなりになりました。先生の奥さんやお子様方お孫様方のお仕合せを祈ります。

（「仔馬」二三―四　昭和四十六年十二月）

ヒゲのある福沢先生

明治十年代から二十年代にかけて、当時の有名人、貴顕紳士というような人達を百人ほど集め、肖像入りで小伝を付して小本（大抵美濃半截）に仕立てたものが沢山出ている。一人一頁「上御一人」から、学者、文人、政治家、画家、中には烈婦ともいうべきけなげな婦人も少し交っている。私は幾種類も見たが、大抵福沢先生の顔が見えていた。今手許に、「明治英銘百詠撰」といって、明治十二年十一月刊、篠田仙果輯、生田芳春画図というのがある。他にもう一冊ある筈であるが、今どうしても見当らない。この類の本でも、肖像が写真を元にしたらしくよく似ているのもあるが、今手許にある分は出鱈目で全然似ていない。福沢先生にはれいれいしくヒゲを生やしている。丸テーブルを前にして洋服をきた肖像であるが、同じこの本に出ている森有礼と顔付もポーズも瓜二つである。錦絵にもヒゲのある福沢先生があるようで、確か問題になったことがあった。

私は厳密に調査した訳ではないが、福沢先生は生涯ヒゲをたくわえることはなかったと思う。

長く風邪でもおひきになって、少しヒゲののびたことくらいはあったかも知れない。画家の生田芳春は無論福沢先生を知らず、また写真を見せられもせず、いやしくも日本一の英学塾の頭主たるものがヒゲのあるのが当然とヒゲを描きこんだのであろう。嘉永六年に来朝したアメリカの水師提督ペルリもヒゲのない人だったが当時の瓦版のたぐいにはヒゲのあるペルリが幾らもある。明治以降、学者やいわゆる偉い人にはヒゲのあるのが当り前であった。我々の学生時代のことを思いだして見ても大学の先生でヒゲのない先生を数えた方が近道だろう。今はそのヒゲが学生側に移ってしまった。

明治時代のヒゲは一種の肩書で、いわゆるエラい人の象徴だった。その肩書を最も嫌われたのが福沢先生である。福沢先生のあの立派なお顔にヒゲは不必要であるし、また似合わない。福沢先生は誰でもエラいエラいというが、その本当のエラさを知ることは難しい。ヒゲがないからである。私は昔、ある時期子供達によく福沢先生のことを話さなければならなかった。その都度私は福沢先生のおエラいことを諸君に話すことは難しい、大人になったら必ず自分で先生のお書きになったものをお読みなさい。そうしたら初めてよい学校に入ったことを感謝するようになるでしょう、そんな風にいった。

ところが、われわれ凡くらは先生の本を読んでも、先生のエラさの真髄にふれることは難しい。そうであればこそ、先生が見ず知らずの人で自分を分ってくれた人に感謝の手紙をお書きになるということにもなる。

それにつけても、ついこの頃、直接福沢先生にふれ教えを受けた人の、福沢先生を語るというような文章を読んで失望した。あの偉大な先生にふれて、誤ってもその人らしい感じが何処にも出ていないのである。どの本にも書いてあるようなことがキレいに列べてあるばかりである。

群盲象を撫でるという言葉がある。目の見えない人達が象の片隅のどこかを撫でて感想を述べたら大局を知らず、変なことになるというのであろう。しかし私は盲に象のどこか（尻尾だか耳だか鼻だかどこでもよい）を撫でてもらって、その正直な感想をきいたら如何に興味あることであろう。意外にあの象の偉大な体の真実を語ってくれるかも知れない。

ところでぱっちり目の明いた人々に象を見せても、案外、象の巨大な真実を語ってくれないかも知れない。ただ、鼻が長く目が二つ、口が一つに牙が二本、背丈が何メートルで、ジャガ芋と藁を好む、よく芸をするというくらいが落ちかも知れない。

ヒゲのない福沢先生を深く見とどけることは仲々難しい。ないヒゲをつけ、勲章をぶらさげて得意になるのは、容易でありチと笑止である。

（「三田評論」七一六　昭和四十七年六月）

親と子と

獅子文六こと岩田豊雄氏が、福沢先生を小説に書かれると聞いて心待ち楽しみにしていた。岩田氏は本当に書く気で高橋誠一郎先生を訪ねたりして調べて行くと、福沢先生は朝の太陽そのままで底抜けに明るくって、少しも陰翳がない。それに女出入りでもあればだが、それもない。「朝の人」という標題は出来たが、とうとう書かずじまいで亡くなってしまった。小説というものはそんなものかも知れない。菊池寛が勝ちいくさは小説にならんと言ったのも、そのことだろう。

福沢先生は生涯献身的の努力はされたろうが、あまり苦労はされたようにも見えない。一頃暗殺を恐れて枕を高くして眠れなかった時代のあったことは、「自伝」に見えている。ところがこの夏、久しぶりに「愛児への手紙」を読んで、天下の偉人福沢先生も、心から苦労されたのは、お子様のことだったかなと思った。「愛児への手紙」というのは、長男一太郎、次男捨次郎氏が（四男五女の中）明治十六年から二十一年までの六年間、アメリカへ留学されたその間、先生が一週間に一度か二週間に一度便船のある毎に両児へ手紙を送られた。お子さんへも一週間に一度は必ず便りせよ、用事がなければ用事がないといって寄こせといっておられる。「自伝」によると先生が出された手紙三百数十通という。ところが両児連名、また一太郎、捨次郎個人宛の手紙が幸いに百何通か残っており、その外関係資料何通かを加えて出版されたのが「愛児への手紙」である。三百数十通の中百何通、両人方々へ転々しながらよくも持ちかえられたとも思うし、またその約倍の二百何通はどうなったのだろうかとも思う。捨次郎家に伝わったもの、一通が不思議に元幼稚舎長の森常樹家へ伝えられ、終戦後その一通を森家から幼稚舎へ寄附していただいた。薄葉の日本紙で、その手紙でペン先を何度もぬぐいこすった跡がある。二十歳かの捨次郎氏が父先生の手紙に対する心持が一寸読めるような気がした。

さて先生の「福沢諭吉子女之伝」(福沢諭吉全集別巻)によると、一太郎氏は子供の頃色白でお嬢さんのように可愛らしく、二歳下の捨次郎氏は発育がよく誰が見ても一太郎氏と双生児のようにしか見えなかったという。このご両人が二十歳、十八歳に成長された時、六年という長い年月アメリカへ留学されたのである。(戦後の塾の留学生は半年せいぜい一年だった、何とケチくさいことか)天下の福沢先生もお子様方に対しては至って甘く、小泉信三先生は巧みに、賢さと痴さといっておられるが、下世話にいえば、「親ばかチャンリン」といった処が多分にある。

しかし古今往来先生ほどに子煩悩で物わかりのよい親がどこにあろうか。先生の手紙に「拙者の心は随分リベラルなり、少々の間違あるも容易に立腹不致候」などの文句が見える。先生は決して高望みせず、例によって高級の学問よりは身体、先ず英語を自由に話し自在に英語を書くことを何より望んでおられた。

ところが遠く離れた息子さんの方で色々事が起るのである。農学の学理よりも実際と志して渡米された一太郎氏は、文学（いわゆる文学でなく実学というほどの意）へ転向され、毎週出す筈の手紙の間があく、さては碧眼のお嫁さんとの話が、また卒業の資格の問題などが、次々に持上る。先生はどんなことがあっても決して反対し立腹ということがない。恐らくお弟子さんだったら「バカヤロー」で型がつく所であったろうが、我が子となれば、殊に子煩悩の先生は恂々《じゅんじゅん》と説いて解決して行かれる。しかし先生の手紙を読みながら、何度も先生が痛々しくなった。何者をも恐れず、天下にこわいものなしの先生が我が子なればこそである。明らかに先生の負けである。それが人間の親子というものであろうか。

朝の太陽のような先生にも、慈愛の権化のような先生も親と子の、否親子なればこその苦悶、「愛児への手紙」を読みながら、ふとそんなことを思って見た。

（「三田評論」七一九　昭和四十七年十月）

弔　友松円諦氏

私にすれば五十年の友で、神田寺の名誉主管友松円諦（若い時、くれぐれもえんていではないえんたいだと言われたから、ここでもそういうことにしよう）が亡くなったのは昨年十一月十六日のことであった。その嗣子諦道君から、氏について一文を書くように頼まれたが、期限がきってなく、また催促も受けなかったのでとうとう書かずじまいとなった。私が友松氏と五十年来の友だといったら、柏崎の人は驚くだろう。

友松君が大正大学を卒業して、再び慶應の文科に入ったのは大正八年のことで、この年私も柏崎中学をおえて慶應の文科に入った。当時予科が二年の本科が三年で、予科の時代は百人ばかりの学生が、もうもうと立ちこめる煙草の煙の中で駄法螺をふいていた。当時早生れで十八歳なのは私一人くらいなもので、みんな老青年であった。友松氏は私にくらべて七つも年が多かった。その百人ばかりの予科生が二年になると五十人くらいになり、予科をおえて本科に入った時は三、四十人になっていた。みんな遠慮なく落第させるのである。私は今でもこの制度をいい制度だと思っている。楽に入れて遠慮なく落第させるのである。

予科時代、友松君は滅多に学校へ顔を見せなかったが、いつも染絣の着物に袴をつけ、タマに背広でくると結ぶネクタイでなく、後でとめる安直のネクタイである。彼は坊さんだというけれど髪をのばし分けている（すでに奥さんもあった筈）。私が先ず脅威を感じたのはその勉強ぶりであった。恐らく明治頃の版と思うが縦長の袋綴じの大蔵経を懐にして片っぱしから読みくだき、万年筆でシルシをつけ、時にドイツ語かパーリー語かの横文字を書き入れるのである。

昭和十年に本科に進んだ。三四十人の学生が哲学科、文学科、史学科に分れ、哲学科の教育学科などいうと生徒はタッタ一人、私達史学科は友松円諦、山口昌、飯田茂登夫、私の僅か四人であった。立派な先生の講義に完全に四人揃って出席することは滅多にない。

友松氏は名古屋の人で米屋の生れだということである。友松家は代々男の子を一人ずつ寺に預けるのだそうで、円諦君は十歳の時深川の叔父さんの寺に預けられたのである。安民寺、またの名を荻寺といい江戸名所図絵に出ているということで私は探したが見当らなかった。予科の頃から数えて五十年になるのだが、その頃彼と口をきいた覚えはない。本科になれば、せいぜい四人の一組なのだから、口をきかぬという訳には行かない。彼は才能があり、雄弁で情熱があって一城の主たるの器である。仏教青年会などいうのを作って、今の大学図書館で増築したあたりに木造の洋館があり、小部屋が沢山あって（これは明治二十年に幼稚舎の校舎として建てられたものである）白亜館といい、その中の一室に仏教青年会が出来た。文学部の人はあまりはせ参じなかったが経済学部や医学部の学生などが多く出入りしたようである。学校へ行くとパーリー語だのジャータカ物語などとあおられたが、私は一向影響を受けなかった。私は当時何にも分りもしない癖に、西洋中世紀の神秘思想に心を引かれアッシジの聖フランシスコ伝やクララの伝記などにうつつをぬかしていた。つまり当時民藝以前の柳宗悦先生の「宗教的奇蹟」とか「宗教とその理解」などを読んでいて、友松氏の説く仏教に耳を傾けなかった。（友松氏は釈迦を釈尊といっていた。）ただ友松氏と話して、いつも物足りなく思ったのは、あの深い仏教美術の話の出ないことだった。

さて、私は割に学校の授業に出席したが、他の三人はとかく欠席がちで、ことに一番の勉強家の友松君は滅多に顔を見せなかった。試験が近づくと、みんなのノートを持ちよって試験の準備にとりかかるのである。如来滅後、釈迦の弟子達は屢々寄りあって師の思い出を語り「如是我聞」を打ちだした。これを「結集」といったそうである。試験が近づくと友松氏の寺に結集を開いてその準備をした。

友松氏の名は次第に高くなった。彼は雄弁にして人を引きつける情熱がある。抹香くさいところはないし、バタくさいところがあり、程よくまた人くさいところもあった。

彼は各宗派を無視した仏教を目ざし、終戦後、外神田に鉄筋コンクリート建ての神田寺を建てた。講堂もあり図書室もあり喫茶室もあり、寺としては全く新しい形式をそなえていた。ただここでも私は友松氏が建物の美などに全く無関心なことに気づいた。金の問題ではない、美意識の問題である。

彼は学究たるべき人であった。彼の最終の目的は仏教経済史を組立てることで、すでに三冊まで完成した。ほかに雑本を積み上げたら、優に等身になるであろう。

戦前だが彼のおこなったラジオでの法句経の講義は大向こうをうならした。宗派を越えた真理運動は日本の隅々にゆきわたり、地方講演、殊に営利会社などでする彼の講演は評判がよかったらしい。

近頃私は友人などが亡くなるとその人の一生を考える。葬式の盛大などは何のことだと思う。三越の前社長松田氏の葬儀は大へんなものであった。松田氏はよく知っていたので告別式にいって驚いた。現社長岡田氏の演出によるものだったという。友松氏は学究に耐える人であった。真理運動もよい法句経のラジオの放送もよい、私が学生時代にひたすら驚嘆したように、一寸も大蔵経と離れず、それを通されたら、とつくづく思うのである。

われわれ四人仲間の中、山口昌君が一番先に死んだ。三四年前、神田寺で二十三回忌をやった。次に去年七月私が柏崎へ引込むと間もなく飯田茂登夫君が亡くなった。これは友松君の計らいで立派な葬式をしていただいたと奥さんから便りがあった。そこへ去年の十一月友松君が大往生を遂げたのである。残るは私ただ一人になった。

(「越後タイムス」　昭和四十九年三月十七日)

棟方志功

棟方志功が九月十三日に死んだ。私が棟方を知ったのは随分古いことである。恐らく彼が貧乏のどん底時代であった。昔の棟方を想えば、同時に蔵原伸二郎が目に浮かぶ。蔵原といっても知る人は少ないかも知れないが彼は秀れた詩人であった。私が学生時代に文科で一緒になった人の中に骨董好きが二人いた。一人は青柳瑞穂、新宿の夜店で光琳作の商人像を発見したので有名になり、佐野乾山の最初の名乗りを上げたのも、たしか彼であった。彼は詩人でフランス文学者であった。蔵原は、その方では有名にならなかったが、眼の方では青柳におとらず確かな眼をしていた。熊本県の人で北里博士と縁つづきと聞いた。目玉が少し青く、好ましい風貌の文学青年であった。神経の行きとどいた特殊の短編小説を書き（たしか「眼白師」という小説集があった）、それより誇るべき詩を書いた。中でも最も初期の棟方が装釘した「東洋の満月」は彼の傑作で、それがもっと世に知られないことは残念である。規模雄大、誦して目がくらくらする。これを読んで感動しない人は気の変な人である。晩年「岩魚」などという詩集も出したが、やはり長く愛誦さるべきものである。彼も棟方におとらず貧乏であった。

蔵原はどういうものか、私に好意を持ち、気が向くとよく私のところへ遊びに来た。その九州生れの蔵原がどうして青森生れの棟方を知ったのか、ある日蔵原は棟方を家に連れて来た。棟方が原人のような人であることと同時に棟方の絵を認め私に紹介した。棟方は体は小さいが毛ぶかく、勢力がみなぎっていて、全身でしゃべった。それで私のところに無造作においてあるものを見て、ただ「ええなァ」「ええなァ」というのである。棟方の顔を見ていると、近眼のヒドいのは誰も認めるところであるが、鼻の下、唇の上に普通の人は二本の線のようなもの（医学上何というか）がある。棟方にはそれがない、のっぺらぼうなのである。何を見るにしても、少しななめに眼をくっつけて物を見る。時に会っても知らん顔していることがある。恐らく声を聞くまでこっちの顔が見えないのであろう。

もう一つ一般の人で割に気のつかないことは、彼は青森の鍛冶屋の何男かに生れ、役場の給仕をしていたそうである。二十二歳の時、日本のゴッホになるといって上京したというが、何か何時の間にか、広くよい文学を案外読んでいることである。彼が国展に出品して、浜田、柳両氏に認められた「大和し美はし」を選び、次いで「善知鳥《うとう》」その後の画題を見ても、彼の文学を見る目が確かなことがよく分かる。

彼は柳宗悦に認められ、京都の河井寛次郎の家にいて菜根譚だかの講義を聴いて著しい生長を遂げた。「華厳譜」だの「釈迦十大弟子」などの傑作を次々に発表する。事もなげにあの大作をつづけ様に発表する。そういう仏教的な題材ではないが、やはり大阪の「万朶譜」(「松竹梅」を画題としたもの)単純な作品なども私は感心して見た。それから料治熊太の出していた「白と黒」や「版画」や式場隆三郎らの出していた「月刊民藝」などに載る一文にもならぬタダ仕事、茶の湯の茶碗とか茶筌とか、虫とか花とか鳥とかのカットが悉く見事である。私はただただ感嘆して見ていた。彼の作品は特殊でこれを認める人は少ない。従って売れない。その売れない作品は必ずといってよいくらい良いのである。年譜を見れば分かる筈だが、それから彼は外国の国際展で屢々重ねて賞を得る。日本の大新聞社の大賞を射とめる。これまで彼を見向きもしなかった人々が忽ち彼を好きになり、彼の作品が欲しくなる。売れに売れて笑いが止らない。彼は内心の情をかくしていられない人である。天真爛漫とか直情径行とかで人気はさらに沸騰する。文化勲章で有頂天、ピエロとなってさらに人気をあおる。

ところで天は人に二物を与えないのである。嫉妬深いのである。彼の人気が上がり、湯水の如く札束がころがり込むようになると、彼の作品は漸次下り坂になる。彼の作品の上り坂にあった「華厳譜」「釈迦十大弟子」「聖徳太子絵伝(?)」「いろは屏風」のような作品が晩年にあらわれたか、私は甚だ疑問とする。これは棟方氏ばかりではない。多くの芸術家の運命である。人気が出て金がシコタマ入って作品がよくなる、そんな例があろうか。もしあるとすればそれはその作家の心掛けが異常なのである。そういう例は稀にないことはないが。

人はどう思うか知れないが、私は棟方の全生涯の作品を見てつくづくそれを思うのである。多くの人は作品を見ず、経歴や文化勲章などで物を見るのだから、彼の人気は益々上がり値もまた同じであろう。

以上私は彼の作品集や年譜を側におかず、記憶でこれを書いた。従って今下り坂の目処《めど》をどの年代におくか、はっきりいうことができない。しかし私の説に賛成する人はどこかに一人や二人はいよう。そう私は信じている。

誰もそうだが図にのってはいけない。お金の沢山入るのは嬉しいことに違いないが、特に芸術家は考えなければならない。位人臣を極め、栄華の夢にひたっている時、芸術の神は、笑ってその人の魂をぬきとるのである。非道残酷である。

先に申した通り私は棟方の古い知人の一人である。長い間年々歳々、彼に年賀状を出し、彼からも、ハガキいっぱいはみ出しそうな自由奔放な賀状をもらった。ところが、ある年から、月並の文句で、誰か代書人に書かせた賀状を貰うようになった。恐らく彼に既知未知の何千何万人の人から賀状が届き、それにいちいち答えてはいられないのであろう、もっともの話である。しかし私は爾来ふっつり彼に賀状を出すのを止めた。

私は彼の作品を早くから認め、今も天才として尊重していることに変りはない。彼の屍に鞭打つ気持は毛頭ない。ただ私の思うところを率直に述べたままである。

追記　蔵原も青柳も棟方もみんな死んでしまった。

（「越後タイムス」　昭和五十年十月五日）

普段着の幸田先生

一

片づけものをしていたら、古い原稿がいろいろ出て来た。ここに連載するのはその一つである。平凡社が、「東洋文庫」の一冊として、幸田成友先生の「日本大王国志―フランソア・カロン原著―」を出す時、私に先生の小伝を書いて欲しいといって来た。そこで「普段着の幸田先生」一篇を書いて差出すと実際の本の巻末に載ったのは、大分省略してあった。惜しいのでここに載せてもらうことにした。フランソア・カロンといっても知る人は少ないだろうが、十七世紀に和蘭商館の料理人手伝いから身を起こし後には商館長にまでなり、数奇な運命をたどり、かつ日本のくさぐさのことを書きのこした。先生はこの翻訳のために心血をそそぎ、その資料蒐集のためには如何に苦心されたか（経済的にも）。横のものを縦にしただけの翻訳ではない。先生の全身全霊がこもっているのである。

私もこのまま捨てておくのも惜しいので、読者よ、ご承知あれ。幾分でも先生の面目が描けていたら幸いである。四五回は続くであろう。

おこがましくも、正直いって私は幸田先生の不肖の弟子である。学生時代から、先生がお亡くなりになるまで、よく先生のお宅へ伺った。従って先生の書斎はもちろん、先生が命の次ぎに大切にしておられた書物の蔵ってある書庫にも、屢々入れていただいて、どういう本がどこにあるか、隅々まで知っていた。その事は、私の随筆集『私の小便小僧たち』の中に「他人の本棚」として入れてある。——のみならず、腰掛けの机にむかい両手に本を持ち厳しい目で照合しておられる勉強中の先生から脚立にのって植木の手入れをしておられる先生、また夕食の膳に向かって一杯きこしめし良いご機嫌になっておられる先生、時にしつこく奥さんに小言をいっておられる先生までよく知っていた。また先生が本をお出しになるたびに、出版社との交渉、造本上の雑用、つまり編集からレイアウト、原稿の清書にいたるまで、よくやった。自称愛弟子の一人と申してよいかも知れない。

たしか、昭和十七、八年頃だったかと記憶する。私が例によって上荻窪のお宅へ伺っている時、伊勢といったか津といったか、先生と同じ幸田姓を名乗る田舎田舎した老人が訪ねてきた。誰かの紹介状をもって、用件というのは、自分も一かどの世間にとおる人間になった（多分財産が出来たといいたかったのであろう)。ついては、偉い先生方を沢山お出しになっている幸田家の幸田姓について、いわれ因縁をお聞かせ願いたいというのであった。

時に先生、例の頤鬚《あごひげ》をしごきながら「ここに吉田君もいることで恐縮ながら、幸田だの吉田だの田中だの、田の字のつくヤツはどうせドンビャクショウに決っていますさ」と愉快そうに笑って答えられた。

しかし千年の昔はいざ知らず、幸田家は決して土百姓ではない。二百年来、江戸表に住み、四十俵三人扶持、微禄なりといえども、レッキとした士分《さむらい》の家柄である。幸田家の遠い先祖の中に書物のことを司った者もあるというが、それは書物好きの先生と血のつながりはない。何となれば、先生の祖父に当る利貞というお方は、その妻芳と共に夫婦養子だったというから。先生にとって、血の上からいって、幸田家は祖父利貞の時始まったといってよいであろう。

そもそも幸田家は士分の家といっても表坊主《おもてぼうず》の家柄であった。「表坊主とは営中の表座敷を管理し、専ら大名旗下、及び諸有司の給仕に服す。表座敷一式の装飾品の出納の如き、また之が任とする所にして、三番を以て勤仕し、出仕の時宿直す。座敷、太鼓、屏風、小道具、火箸、肝煎等の分掌あり。(中略)表坊主の職、由来賓客に接すること多く、役得従って豊かなるを以て、其食禄奥坊主に比して給付甚だ鮮しといえども(二十俵二人扶持)敢て困しみとせず。例えば、冬は黒羽二重紋付小袖に襲《かさ》ぬるに、黒縮緬紋付の羽織を着し、夏は越後縮に黒絽紋付羽織を常用したるが如き、むしろ奢侈なる者ありしという。諸大名、諸有司の雑用に服し、老、若への面会を取次ぐ。およそ大名坊主に関する関係に両種あり。家頼《いえだのみ》と称し役頼《やくだのみ》という。家頼とは、終始之を頼むの義、役頼とは、例えば溜間以外の大名がしばらく溜間詰となりたる勘間之を頼むが如し。溜間詰は主として数寄屋坊主之に膺る、而して大名坊主に致すの謝儀自ら等差あり。家頼は定額の金品にかうるに、普通夏冬二期紋服を贈り、役頼は中元、歳暮に二百疋宛を贈る。また溜間詰以外なる大名は登城の時必ず表坊主の室を借り受け、対客食事の曹司を例としたるが故に、其一畳に対し大藩約三年二両、小藩平均二分の謝儀と致する例とし、組頭以下表坊主之を配当所得せり」云々。以上は松平太郎氏の「江戸時代制度の研究」によったのであるが、士分の中坊主とはおよそそんなものであった。要するに大名、旗本の取持役である。やや横道にそれた嫌いはあるが、これによって、四十俵三人扶持であった幸田家の暮し向きがほぼ想像できる。

二

なるほど嘉永、文久の江戸切絵図に、下谷三枚橋の近くに幸田邸は確かに見えている。玄関、式台、門構、畳七十丈敷きといえば相当のものである。

さて、祖父の利貞なる人は厳格で、生涯膝をくずしたことがなく、またついに座布団を敷いたことがなかったという。利貞の妻芳、先生にとって祖母なる人が尋常一様の人でなく、細心で丹念で、幸田家の家政を愈々安泰ならしめた。芳は信心ぶかく神仏に対する勤めを欠かさない人であったが、秘かに聖書を読み、また夜空に星の位置によって時間を知ったという。先生の合理主義はこの婦人から受けた血によることもあったろう。

利貞夫婦の間には、子として一人娘の猷《ゆう》一人しかなかった。この女に養子をむかえ、これがすなわち先生の父利三で、後改名して成延《しげのぶ》となる。この成延の時代になって、幸田家は苦難の道をたどる。すなわち幕府瓦解の大変革で、当時の武士階級は何れも深刻な苦汁をなめたのであるが、幸田家も例外ではあり得なかった。世襲の奉禄は僅かに現石（表面上の知行高が草高《くさだか》、実際上の収入がすなわち現石《げんこく》）その十分の一となり、やがてこれも廃止されて公債証書に代えられた。当時、幕臣は、徳川宗家の静岡移封と共に同地へ移住するものが多かったが、幸田家はその例を踏まず東京に踏みとどまった。（先生はよく東京をとうけいと発音された）成延はやがて大蔵省の属官となった。幸田家が東京に踏みとどまったればこそ、自分は新しい時代の新しい教育を受けられたと先生は後々までそれを徳としておられた。

さて父成延について、先生は「父は頑健の体格の持主で倦むということを知らない、毎日一定の時間に出勤し一定の時間に帰宅する。辣腕家とか敏腕家という側の人ではなかったが、与えられた仕事だけは必ず処理したと思う」といっておられる。精励恪勤そのもののようなお人柄であったらしい。母猷は女傑とか女丈夫とかいう型の人ではないが、ただたぐい稀なすぐれて賢い婦人だったようである。夫婦の間に八人の子供をもうけたが、厳格に育て、しかもその子達が各々志すところに向かわしめた。記憶力は抜群（その例を挙げると興味ふかいのであるが、今は省略する）音楽の才があり、この母から、いわゆる幸田家の偉い同胞《きょうだい》が生れ育ったのである。

さて成延、猷の間に生れた八人の子女は左のとおりである。

長男　成常《しげつね》（幼名貞太郎）紡績業に関係し鐘紡、富士紡績の役員を勤め、先生が長兄という人。

次男　成忠《しげただ》（幼名金次郎）郡司家を嗣ぐ。千島探検の開発の大事業を行う。先生は仲兄と呼んでいる。

三男（男子　多分三郎といい夭折す）

四男　成行《しげゆき》（幼名鉄四郎）露伴と号し、碩学にして文豪、先生は末兄と称す。

長女　延子　音楽家（ピアノ、バイオリン）日本女性として音楽研究のために初めてアメリカ、ドイツへ留学す。東京音楽学校教授。

五男　成友　本篇の主人公、歴史家（日本経済史、日欧通交史、日本書誌学）

次女　幸子　安藤家に嫁す。音楽家（バイオリン）東京音楽学校教授

六男　修造　音楽（セロ）に志し、二十五歳にして夭折。

先生自筆の履歴書によると、先生の本籍は東京府下葛飾郡寺島村二五五番地、身分は東京府平民、生年月日、明治六年三月九日、誕生地、東京神田山本町となっている。先生の令兄達にはそれぞれ幼名があるが、先生は明治以後の誕生で、それがない。ただ成友はナリトモでなくシゲトモと読む。但し父成延は先生を音読みにして「セイユー」と呼んだという。（世間では往々にしてナリトモと読む。先生の外遊中、銀行為替にナリトモとあり、パスポートのシゲトモと異り、ナリトモすなわちシゲトモ也を証明するに困られたと先生から直接話にきいた。）幼少の頃は虚弱で、また癇癪持ちで進むを知って退くをこころよしとしない処があって、祖母は先生を負いながら「この子は香車みたような子だ」とよくいわれたという。

家の近い関係から、露伴、延子、成友の三同胞にはよい小学校が選ばれた。東京師範学校附属小学校、学制が布かれて以後出来た最もよく整備された模範的な小学校で、当時どこの学校にもなかった唱歌が試験的におかれていた。当時の小学校は下等四年、上等四年の計八年であったが、成績優秀のものは「抜擢」と称してどんどん上へ飛びこしていく。露伴は八年のところを四年で、成友先生は七年で卒業した。

ついでに余事を語れば、当時月謝は十二銭五厘で、三人までは一人分で間に合ったといい、

露伴、延子の卒業後は値上りして先生一人で五十銭になったという。先生の小学生時代、母親の猷は裁縫の手を休めずに、先生の音読復習するのを聴いていて、先生が間違えて読むと、必ず「それもう一度」と訂正催促するのが常だった。

先生は小学校時代、附属の小学校だけでは満足せず、兄露伴の例にならって五軒町の迎義塾（塾主菊池松軒）に入門し、ここで漢学を勉強すると共に、さらに小学校の東隣りにあった東京図書館へ通った。これが後の上野の帝国図書館、今日の国会図書館の前身であるが、先生は閲覧無料が魅力だったといわれるのである。

先に母猷に音楽の天分があったといったが、母猷の血が延子、幸子の二人まで著名な音楽家を出し、末子修造も音楽家（セロ）を志して夭折《ようせつ》したが、成友先生にしてもこんな逸話がある。多分幼年時代、母に連れられて長唄の御師匠杵屋の温習会に行き、自分にも唄わせろと母の制止もきかばこそ、いっそお出しになってはと師匠のとりなしで、緋の毛氈を敷いた山台の上にキチンと坐り、一礼の後、知っている長唄—供奴だか曽我の五郎だかを唄い出し—自分の知っている最後の所へ来ると、またピョコンと一礼して下り、満場の賞讃を博したという。我々が学生時代、史学科の研究旅行の折、たしか会津東山の温泉旅館で、先生はオペラ「椿姫」の音譜を手にして歌われた記憶がある。

三

明治十八年七月、小学校を卒業した幸田先生は、東京府中学校、後の府立一中へ進んだ。当時仲兄（郡司成忠）や露伴は官費の学校を志して、成忠は海軍兵学校、露伴は電信修技校に入学して家を離れていた。府立一中は日比谷のお濠端にあり、先生は当時芝区愛宕町下に住んでいた仲兄の許に移り住んだ。成績はよかったが、ここでまた幸田家は困難にぶつかった。それは明治十八年十二月、太政官制が廃止され、これに代って内閣制度が樹立され、幾多の大少官吏が罷免の厄に遭うことになったが、先生の父成延もその余波をくって大蔵省の属官を非職になった。非職は三年を期限とし、期限がつきれば自然廃官となり、その間月俸は三分ノ一を給すというもので、幸田家にとって第二の維新が襲来したも同然であった。そこで、父と二兄はそれぞれ家をたたみ、神田錦町に共同生活をいとなむようになった。

そこで、先生は一日も早く大学予備門に入学しようと考え、せっかくの府立中学を中退し、淡路町の共立学校へ入学した。共立学校は、今の開成高校の前身である。校長は後に財界の大立物となった高橋是清その人で、ここで五年、年長の馬場勝弥（孤蝶）と机をならべた。共立学校は上級学校への進学の率がよいとあって、およそ青雲の志をいだく気鋭の天下の学生が集まって来た。

明治十九年、予備門は第一高等学校、東京大学は帝国大学と改称した。当時大学は依然として日本に一校しかなく、高中は全国を通じて数校あった。しかし東京の高中が帝大へ進むのに有利である。先生は小学校を出て以来第一高校の試験を受けて初めて失敗した。

錦町における幸田一家の共同生活もこの頃解散して、先生は父母と共に末広町の家へ帰った。父はその頃、愛々堂という紙屋を経営し、先生はそこで店番をさせられたこともあるという。結局二十一年の夏、念願の一高の試験が通った。受験者千六百余人、その中二百五十人余が合格したというから、当時既に試験地獄はあったのである。

当時、一高の先生方は制服として烏帽子直垂にヒントを得たと思われる帽子とガウンを身につけ、教室へ入る時は、必ずこのいでたちで、かつ式の日にはその上紅白の綬を斜めにかけていた。当時の石版画の東京名所の中に上野付近をこのなりで歩いている紳士の図がのこっている。

学校は全校寄宿制で、学費は仲兄の援助で解決した。入学の翌年（明治二十二年）学校は一ツ橋から本郷へ移り、その時から寄宿舎の自治制が始まった。東京で生れ東京で育った先生はこの寄宿舎で初めて地方出身者と生活を共にして学ぶところがあったという。

当時、諸科目の教科書や参考書、たとえば代数、幾何、三角、地理、世界史、化学、論理など邦訳の教科書がなく、みな英語であった。

初めの頃は、仲兄の一家が仮寓していた湯島の家に同居し、三年の時再び、向ケ岡の一高の寄宿舎に入った。露伴は既に余市（北海道）の電信学校を卒業の後、中央電信局につとめ、その電信局を辞して東京（末広町の旧宅）へ舞いもどり、既に小説の筆をとって文名嘖々《さくさく》たるものがあり、国会新聞社に席をおいていた。それと前後して姉の延子は西洋音楽研究のため文部省から三年間、米国へ留学を命ぜられていた。露伴が居を谷中に移した折には、先生はここに同居し、ここで当時著名な文人の出入りするのを見た。例えば岡倉天心、石橋忍月、幸堂得知、斎藤緑雨、饗庭篁村、宮崎三昧、森田思軒、滝沢羅文、岡崎雪声というような人々。これが先生をして単なる学者たる外、何か付け加えたことは確かである。先生はその頃、身辺にあった小説を盛んに読み、さらに語学修業のためと称して英文の小説に及んだ。果てはトルストイのセバストポールの英訳の一部を訳して露伴に示したところ、露伴はこれに縦横に朱を加えて「初陣」と題して、国会誌にのせた。これが恐らく先生の筆になり活字になった最初のものであろう。次いで帝国図書館の蔵本によって訳した「グレート・フローズン・シー」これも「大氷海」と題して博文館から本になって出た。但し両書とも露伴の名になっている。また滝沢羅文のために先生が口訳した小説はライダー・ハッカードの「キング・ソロモンズ・マイン」で、これは翻案して幕末蝦夷の中央十勝岳付近におこった奇怪事件として「宝窟奇譚」と題して同じく国会誌に連載された。

明治二十六年、高等学校を卒業して帝国大学へ進学した。先生がかねて英語に熱中しているのを見て、人は誰も先生は英文科へ進むものと思っていたが、先生は史学科が志望であった。当時帝大には国史科と史学科の二つがあり、日本史を研究するには当然国史科を選ぶべきはずであるが、先生が敢て史学科を選んだのは、当時国史科には、研究法すべて手本は支那であり、これに反し、ヨーロッパの研究法によって新しい国史を開拓したい、そのために史学科こそ我が進むべき道と考え、行く行くは親しくヨーロッパの地を踏んで資料の保存及びその利用の実際を目撃したいと野心は果しなかった。

念願の帝大に入り史学科の実際にふれて、先生は失望し不満を感じたらしい。史学科の学生は国史、西洋史、東洋史が必須で、それぞれ大家碩学から講義を受けるのであるが、各々講義の間に何の脈絡もなく、進度も勝手で、学生の好学心研究欲をそそるものが乏しかった。その点、ドクトル・リース（ルドイッヒ）の史学演習には大いに啓発されたらしい。リースは大歴史家ランケ（レオポルド）の高弟で、明治二十年招かれて帝国大学で史学を講じ、初めて日本に科学的な史学研究法を伝えた人である。天下り式の科目と講義にあきたりなかった先生は、リースの自発的に研究心をそそるやり方に情熱をかきたてられた。

四

当時、生徒の間に各々渾名があり、先生は「鯨」と言われたというが、恐らく常に不平の潮を吹いておられたからであろうか。先生は講義をきいて、余暇はほとんど図書館にたてこもり勉強にはげんでおられた。さらに文科大学の階上の北隅にあった「史料編纂掛」に出入りし、リースの史学演習の課題に関する日本側の史料を借用して勉強し、また上野の図書館へかよって論文材料の捜索渉猟に余念がなかった。

先生は帝大在学中、露伴の暗示によって、博文館の大橋新太郎に面会して学資の融通を受けた。毎月博文館通いをしている中に、ある日、大橋から何か翻訳でもして融通金の帳消しをすすめられた。大橋が仮に提出したのはチャールス・アラン・ファイフの「近世欧州史」（一七九二年――一八七八年）三冊とロバート・マッケンジーの十九世紀史一冊とで、取りあえず、先生は後者を選んで、暑中蚊とたたかいながら六十日かかって訳了した。これが明治二十九年一月印刷発行された先生の訳書である。

三年生へ進んだ時、成績優等で特待生となり、一年分の月謝免除の特典に浴して、その上露伴の紹介によって浮世絵商小林文七が米国の取引先と往復する手紙の翻訳を引受けたりして、それで本郷菊坂の下宿へ引移ることが出来た。こうして先生は結局明治二十九年帝大の史学科を卒業した。二十九年の卒業生には不思議に雲霞のごとく高材逸足が多かった。例えば、哲学の桑木厳翼、姉崎正治（潮風）、高山林次郎（樗牛）、建部遯吾、滝精一、史学には原勝郎、瀬川秀雄、国史に内田銀蔵、黒板勝美、喜田貞吉、国文に武島又次郎（羽衣）、大町芳衛（桂月）笹川種郎（臨風）、英文に島文次郎、畔柳郁太郎、言語学に小川尚、金沢庄三郎、漢文に桑原鷺蔵、実に綺羅星のごとくである。先生もまたその中の大きな特異な存在であったことは言うまでもない。

大学を卒業した先生は、その後大学院に籍をおき、どこへも就職しなかった。先生は学生時代、悠々と講義をきき読書三昧にふけっていられる身分ではなかった。しかるに卒業後すぐ職につかずただ実力を養っておられたのはさすがである。それから明治三十四年五月大阪市史編纂主任として大阪に赴く間何をしておられたか。勉強のかたわら、アルバイトか筆のすさびに、博文館から少年読物、「熊沢蕃山」や「歴山大王」それに「東洋史（帝国文庫）」などを出しておられる。多分明治三十三年の秋と思しい頃、森半次郎の長女勢以（後清と改む）と結婚した。先生は二十七歳、新妻は十九歳であった。

その翌年、先生は大阪市史の大業を引き受けることになった。大阪市史の編纂は先生自らの口から上田万年博士の推薦と承った。また当時月給は百円で市長に次いで高給を食んだとも伺った覚えがある。新妻と相たずさえて、先生は、恐らく希望に燃えて大阪へ乗りこまれたことであろう。当時日本には官撰の国史や風土記はあっても都市の歴史というものがない。日本で手本にするものがなければ、先ず西洋で出た市史のようなものを参考にした。リースによって開かれた新しい研究法と多年たくわえられた実力を発揮する時は今にして外にない。大阪へ乗りこんで市役所や府庁の文書課を一巡して市史の材料となるべきものを探したが、殆ど皆無にちかく、ここで第一資料の収集から始めた。大阪やその付近の古書肆を知り好事家、愛書家、蔵書家と交友が出来た。富岡謙三、水落露石、永田有翠、小栗仁平、水野要太郎、浜和助、室谷鉄腸、平瀬露吉というような人々である。

史料の集まるにつれて展覧会を開き、さらに史料を求めて結局前後八年、明治四十二年までに、市史本文二冊、史料四冊、附図一冊、索引一冊計八冊の尨大な市史が完成した。市史として日本最初の光栄を有し、今なお市史中の白眉模範として重きをなしている。なお今日の市史といえば大勢で分担して筆を執り、時代の専門家が執筆するのだから長所もあるが、とかく全体としての統一を欠く。その点先生は、勿論助手を使われたが徹底して唯一人で大著を完成された。

嘗て先生が私に内々言われたことがある。嘗てこれを自らの博士論文として帝大に出した。しかるにこの市史には大阪市参事会編とあって、幸田成友著とない。その理由によって却下のうき目にあったという。爾来先生は終生自ら博士論文の申請をなされなかった。

しかるに後年、昭和三年のことである。先生は多年の希望がかなって東京商科大学から和蘭留学を命ぜられた。その折、主として江戸時代の金融の経済に関する論文集の編纂を一切吉田に任せ和蘭に発たれた。吉田はこれをまとめて「日本経済史研究」と題して大岡山書店から発行した。そこで慶應における弟子ども相はかり、(無論吉田もその一人)この本を慶應大学へ博士論文として提出し、先生のご不在中に博士になっていただいたのである。世間にはいかがわしい博士論文、博士も少なくないが、これはむしろ慶應義塾の名誉である。このような博士事件はたぐい稀なことであろう。

追　記

この前の「普段着の幸田先生(三)」に対し太田臨一郎氏から左記のハガキをいただいた。謹んでここに登載し太田氏への御礼にかえる。

「普段着の幸田先生」の「露伴が余市の電信学校を卒業後、中央電信局につとめ」とあるのは逆です。東京の電信修技校を了って余市の電信局へ赴任し、その義務年限が未了なのにもかかわらず、上京してしまって文筆生活に入ったのです。

五

先生は大阪で、最初多分、中の島玉江町に住み、ここで長女雪子（現在福山姓）を挙げ、後兵庫県武庫郡住吉村（現在神戸市東灘区住吉）に移り、そこで次女節（現在川原姓）が生れた。長男成一は帰京後の誕生である。先生は大阪市史のために壮年期の全勢力を傾け、ために髪はとみに薄れ光を増したと当時大阪の新聞はゴシップに書いた。

明治四十二年大阪市史完成後、いったん帰京し、さらに造本のため大阪市史調製事務を嘱託され、これが大正三年まで続いた。その間、明治四十四年には内田銀蔵の推薦によって京都帝国大学文科大学の講師となり、その前年明治四十三年から東京で慶應義塾大学文科（後に文学部）の講師となり、さらに教授となった。同大学には昭和十九年の退職まで、実に三十四年間勤務された。また大正十一年からは東京商科大学本科講師兼予科講師、同大学から昭和二年十二月から約一年半歴史学研究のため和蘭、イギリス、ギリシャ等へ留学視察を命じられた。その後同大学の図書館委員兼大学教授を兼任し、同十四年退官した。また大正七年六月から臨時帝室編修官に補せられた。

先生は、慶應義塾、並びに商科大学で国史の中、近世史、日欧交通史、江戸大阪の金融史を講ぜられるとともに書斎にあって専ら研究、著述に従事された。大阪は天下の台所といい、その歴史に全力をそそがれた先生が日本の経済史に特に興味を持たれたのは極めて自然である。先生はまた若い頃から恐らくリースの影響であろう、対外交渉史に関心を持ち、中晩年の研究はこれに集中された感があり「日欧交通史」の如き好著を編まれた。さらに生来の書物好き、千軍万馬の経験をもって日本書誌学を講じ（日本の大学では初めて）かつ一本にまとめられた。

先生は昭和十四年、商大を退官し、十九年には、長年お馴染の慶應をも辞任し、悠々自適の生活を送っていられたが、戦争の激化するにつれて戦火の東京を避けて滋賀県愛知郡八木庄村島川（先生の義父森半次郎の出生地）へ疎開された。幸いにして先生の東京の御宅は戦火を脱れ、誇るべき先生の書庫蔵書（もちろん特に貴重なものは既に疎開されていた）も助かった。先生は天下の愛書家であり蔵書家であった。古今東西の稀書珍籍が少なくなかった。先生は平素、質素倹約であられたが、書物のためには万金も惜しまれなかったのである。特にその一部でも披露したいのであるが、今その余裕がない。先生は独特の方針により基本的な史籍は元より史料となるものの断簡零墨といえどもよく蒐集されていた。特に目録類、雑誌のバックナンバーなど、また抜刷りなどはよく整理されていた。殊に感服すべきは、先生が他人より借用しておられる本は必ず別置きにしてあって、何時でも持ち出し返せるようにしてあった。また先生の蔵書の中に「三願書屋」の印の押してあるものがある。宋の趙季仁の言葉で、三願とは、一に天下の好人物と交りたい、二に天下の好山水を訪れたい、三に好書に回《めぐ》りあいたいとあって、先生の客間に、先生の恩師田中義成が書き、先生は額に仕立ててかけておられた。先生は雅号やペンネームのようなものはなかったが、「三願書屋」が先生唯一の書斎号ともいうべきものであった。先生の蔵書は、先生の没後その大部分が、慶應大学に移り、一部経済史に関するもの、例えば武鑑、徳川幕府引継本中の謄写本が商大へいった。(ただ天下の珍本、サンデの「天正遣欧使節記」だけが不思議な経路を経て天理図書館に入ったのは今にくやしい。)

私は大正十年四月から十三年三月まで、先生の講筵に列したものの一人である。先生の史風は、丹念に資料を蒐集し、原典に批判を加え、追究に追究を重ねていく。どこまでも原典主義、いわゆる「オリジナルに還れ」「孫引は不可」が先生のモットーであった。ある日私は先生に講義の準備はどうしておられますかと訊いた。先生曰く、そうだネ、学校の二時間の講義はウチにいて四日かかるよと。先生の講義は謹厳にして、しかも実があるから誠に面白く、隣の教室でドラマツルギーの講義をしていた小山内薫が、聴講生と共に自分の講義をおろそかにして暫し幸田先生の講義に聞きいっていたとは有名な話である。

先生は純然たる江戸っ子であるが、講義は、いかにも丁寧懇切、謹厳であられたが、さて講義に一きまりつくと、たちまちベランメエ交りの江戸弁に返り「エレいことになったたネ」「それその本オレによこせヨ」となる。その移動が極めて自然で味があった。

先生は晩年ご病気がちであられたが、それでも蔵書が戦災を脱れたのが何よりであった。戦後学問上における海外の学友の消息を気にしておられたが、昭和二十三年久しぶりに来朝したロンドン大学の教授Ｃ・Ｒ・ボクサーに会って如何に喜ばれたか。年を召された先生が殆ど泣かんばかりの光景は今に忘れがたい。先生は最後の最後まで書物を友とし、学問の研究を断たれなかった。

昭和二十九年三月二十六日、従順でよく先生の我がままを許し研究を助けてこられた清子夫人が他界され、時に清子夫人七十四歳。それから四十九日を過ぎて間もなく、先生もまた後を追うように同年五月十五日荻窪のお宅で亡くなられた。享年八十有二歳。同月十八日仏式で葬儀が行われた。先生の墓所は今大田区池上本門寺境内にある。

先生の著書は大阪市史八冊を始め、夥しい数に上るが、近年中央公論社より「幸田成友著作集八巻、別冊一巻（昭和四十六年十二月―昭和四十九年七月）」が刊行された。これに欠けて惜しく思われるものが多々ある。ただ親友太田臨一郎氏が別冊の中で詳細な索引、著作目録等々を追加されたのは嬉しい。それにしてもあの自由な慈味あふれる興味津々たる書翰集が欲しかった。（先生の外諸氏の敬称は全部省略した。）

（「越後タイムス」　昭和五十年十月十九日、十一月二日、十一月十六日、十一月三十日、十二月十四日）

懐しい人――椿貞雄氏――

椿貞雄氏が亡くなってから、もう二十年たつ。何時までたっても懐しい人である。男らしく俗気がなく、美しい奥さん（料理が上手で今も健在）を愛し、お子さんや（といっても今はみんなお父さんやお母さんである）お孫さんには目もないほどかわいがり、長上の人には愛され、同僚には慕われ、仕事には年中熱をもやして休みなく精進し、宮沢賢治ではないが、「こんな人に私もなりたい」ような人だった。私とのおつきあいも長く深かった。勤め先が同じだったのである。大正の末期、慶應の幼稚舎では、岸田劉生の推薦によって草土社系の画家三人を入れた。河野通勢、清宮彬、椿貞雄の三人、既に世に知られた人達であったが、幼稚舎の他の先生方には全くの他人である。この三人を招聘するについて少々曰くがあった。学校で出せる報酬に某篤志家の足し前によった。それにこの図画の先生方は一人週二日しか見えない。他の先生方は不平でならないのである。この画期的な企画をした先生も遠まわしの迫害を受けて学校をやめなければならなくなった。

私が幼稚舎へ入る四、五年前からのことで、私はよき知人を得て有頂天であった。河野氏は直き止められたが、清宮、椿両氏との交際は長くつづき、生涯のトクをした。他の先生方には図画の先生との間に共通の話題がない。ただ一週間に二日来て、それが自分達にくらべてよい待遇を受けている、にくらしい奴らである。椿さんが何度かいわれたが、ある老人のきれい好きの先生は、わざわざ図画教室にきては子供が油絵具で机や壁をよごすときたないといっておこるのである。正直の人はそれですんだが、他の先生方も何となく図画の先生が目の上のたんこぶである。何かにつけて陰険な嫁をいじめるしゅうとめのような態度があった。

しかし絵の先生方はみな朗らかであった。但し話相手は私タッタ一人である。私には氏らの言葉一つ一つが栄養になる。清宮さんと椿さんは性格がちがい、目標がちがって、私はいつも別々に話していた。いずれ清宮さんのことを語るつもりであるが、今日は椿さんの番である。椿さんと授業が終ると必ず銀座に出た。椿さんはお酒をたしなむお方であったが、二人はどこか銀座裏の喫茶店に入った。当時の喫茶店は今のような華やかさがない。ソーダ水とかコーヒー（椿さんは決して砂糖を入れない）せいぜいアイスクリーム、二時間でも三時間でも、主に椿さんの勉強話をきいた。

椿さんという人は、世のいわゆる芸術家とちがい、年中、朝から晩まで絵のことを考え、気分が向いたからどうのということがない。学校へ出られる日も毎朝三時に起きて絵筆を持つ。

そうして据風呂に火をつけるのだそうである。椿さんのは興がわいて一、二時間でサッと仕上げる絵ではない。例えば花をかきはじめて、毎日追究してその上に色を重ねて行く。花はしおれても、追求はつづく。甚しいのは冬瓜を夏五、六個買ってその一つを写し始める。来る日も来る日も冬瓜との対立である。翌年二月頃になるとさすがの冬瓜もどっとくずれて水となる。そこまで氏は休まずたゆまず追求してやまないのである。

氏は岸田劉生の高弟で写実がその本領であった。劉生はニキビまで描くとひやかされた人である。筆の写実は写真のそれとは違う。椿氏は山形県の米沢から岸田氏を慕って上京して来た人である。椿氏の父なる人はお前が画家になるというなら切り殺すと日本刀を振りまわしたという。とにかく勉強とごまかして上京し、正則中学へ入った。自画像外二三点の絵をもって岸田氏を訪ね、それは大いに劉生の意にかなった。劉生は「素晴らしいヤツが現われた、今度来た奴は実に有望なヤツだ」と盛んに吹聴した。椿は劉生に蔭の形にそうように、岸田が代々木の切通しに画架を立てれば椿も同じ場所に席をならべ、劉生が建物に向かえば同じ建物に向い、劉生がどこの絵の具を使えばそれを使い、筆も油もみな同じものを使った。

かくて椿はもっぱら岸田の真似、岸田の亜流といわれた。椿も成長するにつれ、岸田の真似、亜流といわれるのが面白くなくなったらしい。椿氏の絵を見る人も多少軽蔑の意味をふくめてそういった。しかしここで私は他の人と考えが違うのである。椿氏は決して岸田氏のそれを模写しているのではない。あの正直な誠実な気性がそうさせるのである。後には椿の絵は岸田の絵と度々間違われ（実物を手にとれば署名があるから間違えるはずはない、またよく見れば絵が違うのである）カタログの写真を入れる場合、屢々とりちがえられたことがあったという。

椿の絵がいかに岸田の絵に似ていても模写でないかぎり、同じであるはずがない。椿は椿であり岸田は岸田である。殊に椿は山形県出身の田舎漢であり、岸田は生粋の江戸っ子である。岸田の絵が何といってもシャレていて、椿の絵が土くさいのは争われない事実である。

そこで椿は晩年意識して劉生から離れようとした。本人もそれをいい、人もそれを椿のために祝っているフシが見える。

しかし私はそれと考えが違っている。椿氏が生涯心中の反旗をひるがえさず、どこまでも写実で岸田の後を追って終ったら、その方がよかったのではなかったかと思う。何故なら、椿がひたすら劉生の後を追い、劉生の目標に突進していた頃の絵が最もよいと思えるからである。私はそう信じている。ただ一点、椿が最期の入院中、僅かな時間で描いた四号ほどの小さな瓶に白椿の絵は実に素晴らしい。劉生の写実から全く離れている。これは奇蹟のような例外である。その他の全生涯の作品を見わたして、劉生一辺倒時代の作品を私は最も高く買う。

近頃、芸術新潮のオークション欄を見ていると椿さんの作品がいつも親札の一倍半か二倍になっているのは嬉しい。

（「越後タイムス」　昭和五十二年三月十三日）

懐しい人――清宮彬氏――

画の先生で清宮さんも懐しい人であった。「せいみや・ひとし」と読む。懐しいと同時に悲しい人である。清宮さんが岸田劉生の推薦によって幼稚舎の先生となられたのは判然している。大正十二年六月一日である。（吉田が幼稚舎へ入ったのは大正十三年四月。）清宮氏はフューザン会に属していたけれど、岸田氏の門下ではない。年齢からいっても、明治二十一年の生れだから、岸田氏より三歳の年長である。画家が学校で成績がよくても、何の誇りにもならないが、清宮さんは名門府立一中の出身であったから秀才だったろう。氏が府立一中の出身とは知らなかったが、氏が頭のよい人ということは早くから分っていた。

岸田氏と清宮氏が相知ったのは、葵橋の近くにあった黒田清輝の洋画研究所で同門だったからであろう。大正の初めに出来たフューザン会や岸田氏が創始した草土社ともに清宮氏は同人であった。フューザン会や草土社は文展や二科会にあきたりない二、三の偉才が新しい道を開いたのである。雑誌白樺が創刊されたのは明治四十三年であった。武者小路を盟主として志賀直哉、長与善郎、里見弴、柳宗悦らが参加し、新理想派というのか人道主義の文学の旗を掲げ、一方盛んに西洋の印象派の名画を紹介し、全国の心ある若い人々を刺激した。今は民藝の神様のように思われているが、ゴッホやセザンヌを最も早く世に紹介したのは柳宗悦であった。

岸田氏は個性つよく戦闘的の人であったが、清宮氏は春風駘蕩大人の風があって、そのために二人の仲は至ってよかったらしい。岸田氏は積極的にぐいぐい仕事を進めていく人であったが、清宮さんは何時もうじうじして仕事をしない。それでも劉生は清宮さんの装飾的才能を高く買い、それを人に推賞していた。私が清宮氏を知るようになってから氏は殆ど油絵を描かれなかったが、まさかフューザン会の時代、草土社の時代にはそうではなかったろう。当時のフューザン会、草土社の展覧会の目録を見ないことには、どんなものをどれだけ描いていられたか分らない。

清宮さんの父君は役人だったと聞いていた。多分専売局の相当の位置をしめた人であったろう。子供の時分、人力車で学校へ通ったと聞いた覚えがある。何はともあれ贅沢の人であった。人の見えるところで贅沢をする人ではなかったが、地味な洋服でも、持ちもの何でも贅沢であった。清宮さんに会ってから、椿さんの場合と同様、授業がすむと必ず銀座へ出た。清宮さんは椿さんと違って根っからの甘党、私とよく馬が合ったから銀座へ出ると、先ず、若松、白牡丹、十二ヶ月（ここは何といったか、シルコを十二杯食べきればタダ、そのシルコが段々甘くなって大抵の人がへこたれてしまう。十二ヶ月といったような気もするし、外に名前があったようにも思う。）とにかく、おしるこ屋に入っておしるこを食い、ぜんざいを食った。まだ足りなくて洋菓子屋に入ってケーキで茶をのむ。清宮さんは贅沢でこりやである。硯の話も出るし、シナの紙の話も出る。また東西の画人の絵の話が出る。氏はレオナルド・ダ・ヴィンチを最も尊敬しておられた。二、三人いられた男のお子さんのどなたかに、ビンチ「敏智？」とか名づけられた筈である。硯の話が出れば必ず墨の話がともなう。シナの硯や墨や紙の話となると微に入り細にわたってくる。墨の中で青墨《せいぼく》が好きだといわれる。青墨には青い鉱石（宝石？）が含んでいて、堅くて普通の硯では役にたたない。確かどんな硬い墨でも受けつけるのはコウシケン（黄絲硯？）といったか。とにかく詳しいのである。

しかし私にとって清宮さんが仕事をして、後の世に遺されないのが一番気にかかる。こちらは清宮さんからすればかなりの若輩であったが、「画を描いて下さい」と事あるごとにいう。私は氏の力量を信じきっているからである。一たび清宮さんが本気に油絵にかかれば、清新で、異色あり、どこか東洋画の味をふくんだ傑出した作品を描かれることは知れているのである。私は何度、何十度清宮さんにそれをお勧めしたか知れない。

しかし、当時、清宮さんは装飾画家として知られ、本の装釘は盛んにやっておられる。これを一堂に集めたら立派な展覧会が出来るほどあろう。展覧会のポスター、カタログの表紙などにも優れたものがある。また絵ハガキとかマッチのペーパーみたいなものに、小さいとはいいながらエネルギーの使い損みたいで本格の油絵に手が出ないのが惜しまれる。

やがて清宮さんは版画を始められるようになった。しかし、これがまた刀《とう》の種類だのバレンの講釈にやかましくて仲々仕事が進まないのである。バレン一つでもシナのバレンはどうであるか、文房堂辺りに売っているバレンはお粗末のものであるが、玄人の使うバレンは竹の皮を細かくさいて、それを編み紐のようにしてぐるぐる巻き、その上に板をあて竹の笹で包む。同じ笹でも、どこの国のどこの笹がよいと、聞いている方で面倒になってくる。しかし否応なしに画会をおこし、清宮さんに版画を作ってもらうことにした。たしか月一枚の十二ヶ月で終る筈だったのが、それも八枚か十枚でやんでしまった。しかし今のこっているその一連の作品、日本の版画史に遺るべき佳品揃いである。多分にシナ版画の影響があり、画仙紙に刷ってある。これはとにかく十人ほどの予約者があったから、一部の人の間にのこっている。ただ他に一枚、大きな皿に盛った葡萄の一房、これは僅かに二枚しか刷らず、その一枚はフランスの近代美術館に買い上げられた。

私は残りの一枚を入手しようとしてやっきになったが、それはかなわぬ願いであった。

氏がなぜ、氏の力量を知る一部の識者に怠け者といわれながら、生涯作品を遺されなかったか。その謎を左の一事で解けた気がした。昭和四年十一月、山口県徳山の旅先で、岸田劉生が死んだ。享年三十八歳。その後に出た美術雑誌のどれだかに、清宮さんが追悼文をかかれた。その中にこういう意味のことが書かれていた。自分が考え、こういうものを描こうと思っていると、必ず岸田がそれを一足先に描いていると。清宮さんが懐しく悲しいというのはそれである。氏は八十幾歳の長寿をたもたれた。

（「越後タイムス」昭和五十二年三月二十七日）

清宮さんと椿さんのこともう少し

清宮さんと椿さんのことを二回にわたって少し書いた。長い間のお付合いだったから、書こうと思えば、思い出はいくらでもある。

椿さんから先に書いたが、順序からいえば清宮さんの方が先である。この前にも書いたとおり、清宮さんが幼稚舎に入られたのは大正十二年であり、椿さんが幼稚舎へ来られたのは昭和三年、私が幼稚舎に入れてもらったのは大正十三年である。

清宮さんの家へも椿さんの家へもよく遊びにいった。清宮さんの家は四谷の番衆町のタイソウ寺に近くまた、近頃評判になっている花園饅頭の店のある花園神社とのほぼ中間に近い。清宮さんの家は格子戸があって如何にも下町風の家であった。奥さんがよいお方で清宮さんは奥さんによってどんなに救われなさったか知れない。亡くなる直前、奥さんに心からの感謝の言葉を述べられたとか聞いた。

前に書いたとおり、贅沢で我がままな人であった。大勢のお子さんがあって、その上お母さん孝行であった。「母が」「母が」とよくいわれた。そのお母さんが生きている中に清宮さんの絵が帝展に出ることを望んでいられたそうである。当時の帝展は今日の日展より権威があったが、清宮さんは無論帝展など問題にしていられなかったろう。理想は高く、氏の眼は本当に高かった。多分岸田氏か木村荘八氏の推薦であろう。改造社から清宮さんに学生のための絵画の鑑賞読本のようなものを作ることを依頼された。その用事で、当時芝の桜田町あたりにあった改造社へお伴したこともある。ところが、ダ・ヴィンチのデッサンとか徽宗皇帝の桃鳩の図だとか入れるものの品定めをし、八咫屋でゼーマンの複製を買ったりしていられたが、結局ぐずぐずして完成しなかった。

ある日、清宮さんの家で形を忘れたが小さな手でひねったセトモノを見た。いつかバーナード・リーチの手伝いをしたことがあり、その窯で焼いたものだといわれた。とにかく鑑賞眼はすぐれていた。ほかでも見たことがあるが古九谷の牡丹に唐獅子の大皿はできそこないでもいいものであった。シナの（これには日本の複刻がある）十竹斉画譜の版のよいのを持っておられた。歌麿の虫撰これは半かけであったが弘文荘の目録に出て、私がお世話して求められた。後にアトの半分が出て、とにかく二冊がまとまった。硯は何面か、質はよいのであろうが、私が羨しいようなものではなかった。なお思いだすのは、写真をとるのにライカが必要だといわれる（当時ライカ一台で家が一軒建つといわれた。）画のためか版画のためか、必要とあって、とにかくライカを買われた。しかし私はついに清宮さんがとられたライカの写真一枚も見せてもらえなかった。

その清宮さんが、今度の戦争でひどい目に会われたのである。荷物を一まとめにして新宿駅に出されたら、それが駅で丸焼け、その後で茨城県の何町何村か覚えないが、田んぼの中の一軒家に疎開されたら、その家が焼け、さらに遠く広島市外に再疎開されたら、そこでもまた焼けた。何ともいいようがなくお気の毒であった。幸いにお子様方がお嬢様をも含めて揃って優秀で今はそれぞれ成人されて一家をなしていられるだろう。

椿さんの絵のことを、椿さん周囲の人々の説に反して、椿さんが生涯劉生一辺倒で行かれた方がよかったと思うと私はいった。それだけでもユニークの画家である。あんなにも真摯で誠実な人間なんてあるものではない。岸田さんが晩年、（若い時代のピューリタンだったのにひきくらべ）酒と女に酔いしれ、生活を乱した、そのことを椿さんほど悲しみ憤慨した人はないだろう。（しかし私想うのに劉生は画を多く描かなくなったが、画に乱れはなかった。色紙でも半折でも乞われるままに描いて女に与えたというが、その画だって道を外さない）椿さんの家は船橋にあった。道順は忘れたが駅をおり線路を越えたり幾まがりして、田んぼの中に新築された（その前から鎌倉の家をたたんで船橋に住んでいられたのである）家である。門を入ると左手に「古池や」みたいな小さな池があって、座敷からは見渡すかぎり田んぼ（今はぎっしり家が建っているだろう）が見え、画室もある。

椿さんくらい劉生の死を悲しんだ人はないだろう。泣いても泣ききれなかったろう。劉生の生活の乱れをフンガイされたのだろう。無論劉生を命のごとく愛していられたからだろう。劉生が逝いて二年、昭和六年決心して主としてフランス、それにイタリー、スペインなどへ見学かたがた気晴しの勉強に行かれた。その欧州行きに学校長の理解がなくて苦労されたことを私はよく知っている。学校の校長なんか、生徒や父兄にそらぞらしい説教をしても、大切な先生の人となりを見通し理解思いやりがなければどうにもならない。こんな真相を語ることは学校の恥である。

椿さんのことだから、ルーブルやプラドの美術館を見てどんなに感激されたろう。殊にレンブラントには参ったらしい。しかし西洋の影響を受けるには劉生によって椿貞雄はでき上っていた。アンドレーとかいう娘のモデルを使って描かれた油絵が大小十枚くらいある。これはこれまでの椿さんの道を変えさせたかと思われるものがあり、その中クリーム色のジャケツを着た半身像は素晴らしいものであった。

岸田劉生はお嬢さんの麗子さんの肖像を沢山画いている。デッサンもあるし、水彩もあるし、油彩もある。麗子の劉生といわれるほど、それぞれ優れており、人に愛されている。椿さんも晩年お孫さんの肖像を沢山かいておられる。私思うに劉生はあのしつこさで、麗子さんを、どんなにか愛されたであろうが、絵を見ると、そのかわいい麗子さんをつっぱなして描いている。人間の愛情のねばねばしたものが全然ない。油絵の麗子は岸田氏の令嬢の麗子とは違っている。その点、椿さんの直の令嬢を描かれた時代のものはうなずけるが、お孫さんに対しては、甘さ、かわいさがむき出しに出ていて、私はどうかと思うのである。これも世間の人の見る見方と私のは違うかも知れない。

（「越後タイムス」昭和五十二年四月十日）

内田さん

どういうものか、内田英二さんとは見えない糸のようなものでつながっているように思える。亡くなられた閨秀画家幸恵《ゆきえ》さんとも奥さんともそうである。内田さんは青山師範の出身だが、誰も塾出身だと思っている。それほど塾の人である。内田さんも塾で救われ、塾も内田さんのためにトクをした。名舎長としてである。

内田さんも悲境に立たれたことがある。若き時代の病気である。それもあの悲惨な戦争時であった。あの頃の内田さんを知っている人は少ないであろう。天はこんなに惨酷なものかと思えるほどであった。しかし内田さんは美事にそれを克服された。天運の恩恵と氏のお人柄である。

内田さんには、実にファンが多い。悲境時代のことを忘れず、義理人情に厚いからである。強き人も助け弱き人も助ける心の広さを持っていられる。私も内田さんに公私でどんなに世話になったか知れない。幼稚舎の歴史を編纂する最中に色々手伝って貰ったし、さて原稿が出来上がって本にする場合、内田さんでなければ、あの姿にはしてもらえなかったろう。本文の外に日録というものをつけてもらえたのである。この日録が実はどんなに重要なものであるかは一般の人には理解ができない。腹のふとい内田さんは、それを平気で承知されたのである。私はいつもそれを感謝している。

学校の教師が本を読むのは、植木屋が木の手入れをするが如く当然なことである。しかし教師の身になって、それがなかなかできない人がある。ところが内田さんはかくれた読書家である。内田さんは今度身を引かれて、全時間が我がものとなる、めでたき極みである。

敗戦後、幼稚舎では振り出しにもどった形で、若い先生方が年々増し、先生方の勉強熱が急に高まったことがある。その結果は今にあらわれている。内田さんは日本の古代中世の子供の生活をテーマにして勉強を始められた。ある日、資料の一部をもって、中間報告のような形で私を訪ねて下さったことがある。詳しいことは覚えていないが、六国史を始め、今昔物語、源氏物語などから抜き書きされた史料を（今のようにゼロックスなどという便利なもののない時代だったから）いちいち手写されたもの、その分量は驚くべきほどのものであった。内田さんの顔をしげしげと見た覚えがある。

内田さんに暇ができて、あの史料を、またさらに増補して大成せられんことを希う。今は無理にもそれを内田さんに押しつけたい気になっている。内田さんのタッタ一人の令息隆志君も、会社員には珍しい、テーマを決めて大変な読書家だそうであり、奥様は既に独立した童話作家である。内田さん、安閑として暮して可ならんや。所懐の一端を述べて、内田さんをお送りするものである。

（「まこと」―内田英二先生退職記念文集― 昭和五十二年九月）

幼稚舎古今記　ひげの巻

ここに「ひげ」というのは、鼻の下や頬、顎などにはやす「ひげ」のことである。犬や猫は雄雌の差別なくひげをはやしているが、人間にかぎって、先ず男性がひげを生やす人があるが、女性にはそれがない。昔はやった歌に「うちの女房にゃひげがある」なんてのがあったが、あるいはその歌の作者の奥さんにはひげがあったのかも知れない。しかし女の人は代議士になろうが、医者になろうが、ひげは先ずないものとしなければならない。近頃男女平等がさけばれるが、こればかりは、女の人にあきらめてもらわなければならない。たまに男でもひげのうすくってあるかないかの人がある。早い話が近世の英雄で、織田信長、豊臣秀吉、徳川家康と三人ならべて見ると、信長と秀吉はひげをはやし、家康だけひげがない。万事実質主義の家康はかざり物のひげなんかはやそうと思わなかったのであろう。信長は青白い神経的の人だったらしいが、やっとこれまでと細いどじょうひげで満足していたらしいし、秀吉にいたっては、肝ったまは大きくても貧相な体格で、顎ひげは付けひげだったというし、着物の下には綿入れなんか着て堂々としたように見せたと伝えられている。幼稚舎の諸君、ひげの研究をする人はありませんか。西洋では階級によって、ひげの形がちがっていたらしく、日本でも、やはり大昔、昔はそんなものであったらしい。江戸時代にはキャラの油でひげをなでたの、明治時代になるとコスメチックをつけて、ひげの手入れをしたらしい。大体、明治から大正、昭和の時代を考えて見ると、明治時代には役人とか大学の先生というものは大抵ひげをはやしていたらしい。おかしいのは福沢先生はひげはない筈だったが、明治の偉人百人を集めた本にいちいち木版刷りの肖像が出ていた。その本の中の福沢先生はひげをはやしていられる。そういえば嘉永六年に軍艦四隻をひきいて日本へのりこみ、無理やりに日本を開国させた、アメリカの使ペリーもひげのない人だったが、その頃の日本の刷り物には大抵ひげをはやしている。

余談が永くなりましたが、昔の幼稚舎ではどうだったか、調べて見ましょう。

先ず舎長さんから始めましょう。福沢先生は千年に一人出るか出ないの偉いお方でしたがひげをおたてになりませんでした。ところが福沢先生が大そう信用し幼稚舎という小学校をおたてさせになった和田義郎先生。和田先生実にりっぱなひげをたてておられました。無論その頃、私は生まれていませんでしたが、写真でよくわかります。

和田先生がお亡くなりになって、幹事という名でほんの僅かの間、舎長の役をつとめられた早川政太郎先生にはひげがなかった。三代目の坂田実先生は舎長になられましたが、ひげがありました。次に歴代の舎長で一番長く舎長をなさった森常樹先生にはひげがありました。以上は皆明治時代です。次に五代目、大正時代に入りますが小林澄兄先生にはひげがありました。もう大正時代です。次が六代目の山崎恒吉先生ひげあり、七代目小柴三郎先生同じくひげあり、八代目になると昭和時代です。

八代目清岡暎一先生はひげなし、九代佐原六郎先生はひげなし、十代目吉田小五郎ひげなし、十一代中山一義先生ひげなし、十二代内田英二先生ひげなし、十三代林佐一先生ひげなし、十四代内田先生が再びひげなしで登場、十五代渡辺徳三郎先生ひげなし、諸君よくご承知の通りです。

こうして見ると、明治時代は五人の中一人を除いて四人ともひげがあり、大正、昭和となると、ひげのあるのは僅かに二人、あとは皆ひげなし先生。以上の中私は、五代目小林先生からはみな存じあげている。そのひげの様式でいえば和田先生のがお口にかぶさるような堂々たるひげ、森先生以後はおとなしいひげ、小林先生はいわゆるチヤップリンひげでした。

これから副主任とか主事とか世間でいう教頭のひげに入るが、私は大正十三年に幼稚舎の先生にしていただいたので、例えば小林先生の時代におられた先生は三十人ほどであったがひげのある先生が十人ばかり、そのひげのある先生が清岡先生の頃まで続きますが、そのあとひげのある先生がだんだんなくなり、最後に内田先生の時代に奮闘してひげをたてられたのが近藤晋二先生である。近藤先生のひげのためにフレーフレーと応援することにしましょう。

小林先生の頃から小柴先生の時代、最後のひげの時代に威厳をとどめた方々のお名前を記して敬意を表しましょう。

平尾富次郎先生（事務）根来義一先生、仁木林之助先生、大谷恒郎先生、及川全三先生、松原辰雄先生（間もなく剃られた）赤沢一蔵先生（事務）、小池喜代蔵先生（疎開中）、坂井林市先生

以上、稿本慶應義塾幼稚舎史にこの大切な記事がもれています。呵々

（「仔馬」三一―三　昭和五十四年十一月）

大多和さん

善人の代表者みたいな大多和さんといえば無闇に懐しい。

大多和さんは多分、大正六年に塾の文科（当時文学部とはいわなかった）に入り、大正十一年卒業された。私は二年おくれて大正八年塾に入り同十三年史学科を卒業した。無論大多和さんは本科になると、哲学科の教育学部に進まれたのである。

私は何時大多和さんを知り、話をするようになったか思い出せない。大多和さんは多分学生時代から児童文化研究会というものを作り、それに馳せ参じたのが史学科の私であり、一級下の宮下正美氏であった。一年に春秋の二回ずつ童謡童話会というのを大ホールでやり、そのお客は幼稚舎生であった。私は何にも出来ず、ただポスター書きに雇われたようなものだった。

大正十一年春、大多和さんは塾を卒業して幼稚舎の教員になられた。大正十三年私も史学科を卒業すると大多和さんにならって幼稚舎の教師にしてもらった。当時幼稚舎の主任は小林澄兄先生で、別に大多和さんに相談した訳でなく、確か大正十二年の十一月幾日かに小林先生をお宅に訪ね、お願いの向きを話して直ぐ幼稚舎入りが決まった。当時幼稚舎は各学年二クラスだったのを三クラスにする途中で、小林先生は立ちどころに承知して下さった。ただ先生が「幼稚舎でいいですか」といわれたのを覚えている。これで私の一生の方向が決まった訳である。考えて見れば大多和先生の感化を受けたことになる。といっても何もかも大多和さんに話してそうなったのではない。

何にしても大多和さんは善人の標本のような人であった。口が軽く何でもよく話すお方であった。正直なお方と申しあげてもいい。その辺のことはここでは語らない。

大多和さんのお父さんは陸軍中将で、確か山口県のご出身ときいた。山口では大多和を「おうとう」と読むそうであるが、東京では通じないので人のいうままに「おおたわ」で通したといわれた。そのお父さんが嘗て新潟県高田の師団長でおられたことがあると聞いて親しさを増した。

私は大多和さんの代々木のお宅へ遊びにいった。如何にも軍人の家らしい黒いがっしりした家であった。

大多和さんは、山崎恒吉、小柴三郎、清岡暎一の三代の主任につかえて副主任の職につかれた。今とちがって副主任といっても、一クラスの担任をしながらのことであったから、いかに雑務に多忙であられたか、お察しするにあまりある。戦争がだんだん厳しくなり、生徒の数はへり、いたし方なく先生方がお辞めにならなければならなくなり、その責任をとって大多和さんご自身も巻きぞえを食うというお気の毒なことになった。時勢が時勢とはいえ残念なことであった。その後東京女学館の小学部の主事のようなものになられたが、館長が官僚上がりのようなお方で各部の校長を一人で独占しておられて、大多和さんは思うように腕も振えずお気の毒であった。

大多和さんは立派な体格に似合わず頑健ではいられなかった。その大多和さんに家庭的のわずらいが沢山あられたように思う。大多和さんのお母さんを始め奥様の方のお年寄り姉妹方の面倒を見ておられた。別にこぼすようなことはなく誠実によくやっておられた。

私は大多和さんのお役に立つようなことは何もしていない。入学試験になると大多和さんは名簿の作製から問題を作り、結果の記入、主任と共に合格者の決定、合格者の姓名の書出し等何でも、だまって一人でやっておられた。ただ試験が近づくと、私はお宅へ呼びだされた。そうして試験問題に使う漫画のような絵を書いたものである。

こうして見ると大多和さんは世間的にいってよい籤《くじ》を引かれなかったようだけど、それは俗物のいうことで、大多和さんには自ら大多和さんの世界があったのであろう。

（『大多和顕先生を偲んで』大多和先生の会刊行　昭和五十五年七月）

吉田小五郎（よしだ　こごろう）
1902（明治 35）年新潟県柏崎に生まれる。1924（大正 13）年慶應義塾大学文学部史学科卒業。卒業後幼稚舎教員となり多くの子どもたちから慕われ、尊敬を集める。戦時中、空襲激化による幼稚舎生の疎開にあたり、疎開学園の責任者として尽力。戦後、9 年間幼稚舎長を務める。キリシタン史研究者としても業績がある。民藝運動にも関わり、古美術・石版画などの蒐集家としても著名。1983（昭和 58）年、故郷柏崎で没、享年 81。
主な著作として随筆集に『犬・花・人間』（慶友社、1956 年）、『私の小便小僧たち』（コスモポリタン社、1959 年）、『柏崎だより』（港北、1978 年）。キリシタン史研究書に『日本切支丹宗門史（上・中・下）』（訳、岩波書店、1938、1940 年）等がある。

吉田小五郎随筆選　第一巻　幼稚舎家族

2013 年 11 月 15 日　初版第 1 刷発行

著　者――――吉田小五郎
発行者――――坂上弘
発行所――――慶應義塾大学出版会株式会社
〒 108-8346　東京都港区三田 2-19-30
TEL〔編集部〕03-3451-0931
〔営業部〕03-3451-3584〈ご注文〉
〃　03-3451-6926
FAX〔営業部〕03-3451-3122
振替　00190-8-155497
URL　http://www.keio-up.co.jp/
装　丁――――中島かほる
印刷・製本――萩原印刷株式会社

Printed in Japan ISBN 978-4-7664-2057-9（セット）